KB068060

# 산속의 가을 저녁 山居秋暝

빈 산, 새로 내린 비 막 갠 뒤
날 저물자 가을이 깊어졌다
밝은 달 소나무 사이로 비치고
맑은 샘물은 돌 위로 흐른다
대나무 숲 시끄럽게 빨래 하는 아낙네들 돌아가고
연꽃 요동치게 고깃배가 내려가네
봄날의 향기로운 꽃 없어진들 어떠리
은자만 절로 머물만 한 것을

空山新雨後 天氣晚來秋 明月松間照 清泉石上流
竹喧歸浣女 蓮動下漁丹 隨意春芳歇 王孫自可留

# 검선지로 4

사우 新무협 판타지소설

초판 1쇄 찍은 날 § 2005년 11월 26일
초판 1쇄 펴낸 날 § 2005년 12월 6일

지은이 § 사우
펴낸이 § 서경석

편집장 § 문혜영
편집책임 § 서지현
편집 § 장상수 · 최하나

펴낸곳 § 도서출판 청어람
등록번호 § 제1081-1-89호
등록일자 § 1999. 5. 31
어람번호 § 제2-0752호

주소 § 경기도 부천시 원미구 심곡1동 350-1 남성B/D 3F (우) 420-011
전화 § 032-656-4452  팩스 § 032-656-4453
http://www.chungeoram.com
E-mail § eoram99@chollian.net

ⓒ 사우, 2005

ISBN 89-5831-842-2 04810
ISBN 89-5831-681-0 (SET)

사우 新무협 판타지 소설

# 검선지로

Fantastic Oriental Heroes

4

劍仙之路

팔황겁난(八荒劫亂)

도서출판 청람

목차

제29장 나는 아직 살아야 할 이유가 있다 … 7

제30장 파겁의 맥은 백 년의 시공을 넘어 이어지고 … 29

제31장 마음의 빚을 지고 … 61

제32장 절망은 스스로를 포기하는 순간 시작된다 … 91

제33장 전장에서 사형제는 재회하고 … 117

제34장 이것이 곤륜의 검이다 … 143

제35장 아미산은 불타오르고 … 177

제36장 해후는 이루어지기 마련이다 … 199

제37장 장강의 물이 마르지 않는 한

　　　 이 빚은 갚을 것이다 … 251

제38장 인연은 또 다른 인연을 만들고 … 273

第29章

나는 아직 살아야 할 이유가 있다

제29장

비는 계속해서 내렸다.

한 치 앞도 보이지 않을 정도로 굵은 비였다.

운남 특유의 기후와 산의 습기가 어우러진 점창의 비는 우울하면서도 모든 것을 씻어 내릴 듯 차가웠다.

철퍽—!

사방이 온통 물웅덩이투성이였다. 그것은 경사진 땅도 마찬가지였다.

연운비는 신법을 펼치며 하늘을 올려다보았다.

전형적인 우기(雨期)에 들어선 듯 하늘의 먹구름은 쉬이 물러갈 기세가 아니다.

산의 메아리를 타고 유령문 살수들이 외치는 고함 소리가 희미하게 들려왔다. 평상시라면 신호탄이나 문파 특유의 표식을 사용했겠지만,

이런 거센 빗줄기 속에서는 그마저도 불가능했다.

시야가 점점 흐릿해져 가고 있었다.

이제는 단순히 습기가 차는 정도가 아니라, 사물이 뿌옇게 보일 정도였다.

그럼에도 연운비는 걸음을 멈추지 않았다.

그것은 어디선가 기다리고 있을 일행에 대한 염려와 그리움 때문이었다.

'내가 이대로 죽는다면……'

찰나간이지만 연운비의 머리 속에 사제들을 비롯하여 무수히 많은 사람들의 기억이 떠올랐다.

실전 경험을 쌓게 해준 기련쌍괴를 비롯하여, 한 단계 높은 경지로 이끌어준 위지악와 당문표… 그들이 없었다면 지금의 연운비는 존재하지 못하였을 것이다.

'살아야 한다.'

한 줌의 진기도 남아 있지 않다고 생각하는 순간, 단전에서 미약하지만 희미한 기운이 전신의 경맥을 따라 타고 돌았다.

꽉! 파파팍!

한 줌의 진기로도 천 리를 달릴 수 있다는 운룡대팔식(雲龍大八式)이 펼쳐졌다.

멀게만 느껴졌던 봉우리가 점차 가까워지고 있었다.


후드드득.

거센 빗줄기가 발목을 잡았다면, 지금에 와서는 오히려 도움을 주고 있었다. 몸에서 흘러내리는 피는 굵은 빗줄기에 쓸려 내려가 흙탕물과

뒤섞였다.

"크윽……."

빗방울이 몸을 훑고 지나갈 때마다 경련이 일어났다.

온몸에 난 상처는 열 개가 넘었다.

그중에서도 야이목풍에게 당한 옆구리의 상처는 내장이 보일 정도로 치명적이었다. 도망치는 와중 금창약을 발랐다고는 하지만, 도무지 피가 멈출 기미가 보이지 않았다.

연운비는 이를 악물고 소매를 찢어 상처 부위를 감쌌다.

빗물이 흔적을 지워준다고는 하지만, 혈향까지 없앨 수는 없는 노릇이다. 그나마 염후아에게 배운 추격술이 아니었다면 지금까지 버티는 것조차 불가능했을 터이다.

'모든 일에는 인과가 있기 마련이라… 염 대협에게 배운 무공이 내 목숨을 구하는구나.'

추격술을 배우며 좀처럼 웃지 않던 염후아에게서 이따금씩 볼 수 있었던 환한 미소. 단옥령을 위험에서 구하기 위해 배운 것이 그의 목숨을 부지하게 해주고 있었다.

"후욱."

단내와 함께 차가운 입김이 흘러나왔다. 연운비는 지친 몸을 이끌고 주위를 둘러보았다.

크고 작은 봉우리들이 무수히 많았지만, 마땅히 숨을 곳이 없었다.

간혹 동굴이 보이기도 했지만 너무 트여 있어 숨기에 적당하지 않을 뿐더러, 오히려 막다른 궁지에 몰릴 수도 있었다.

그 순간 연운비의 머리 속에 염후아와 주고받았던 대화들이 떠올랐다.

'어쩌면……'

연운비는 곧장 왔던 길로 신형을 되돌렸다.

모험이라고 할 수도 있겠지만 지금으로서는 선택할 수 있는 방법이 그리 많지 않았다.


"흔적을 발견할 수 없다니, 그게 말이 되는 소리냐!"

천살대주가 버럭 소리를 내질렀다.

"죄송합니다."

"다시 확인해 보아라."

천살대주의 말에 흑의인 두 명이 주위를 확인했다. 미세한 흔적이라도 놓치지 않기 위해 흑의인들은 몇 번이고 같은 자리를 살폈다. 그러다 여전히 흔적은 발견되지 않았다.

"마찬가지입니다. 이곳에서 흔적이 완전히 끊어졌습니다."

"끄응……."

천살대주는 신음성을 흘렸다.

"놈은 정파의 무인이다. 은신술을 익혔을 리 없다는 말이다. 그런 놈이 흔적을 완벽하게 지울 수 있을 것이라 생각하느냐?"

"하지만 그간 놈의 흔적을 미루어볼 때 은신술은 아니더라도 어느 정도의 추격술을 익힌 것은 사실입니다."

흑의인들 중 제법 지위가 되어 보이는 자가 조심스레 말문을 열었다.

"그렇지 않고서야 아무리 폭우 속이라 한들 지금까지 흔적을 찾는데 드러나지 않을 수 없습니다."

"하면 왜 지금까지는 흔적을 남기고 다닌 것이냐? 그 점이 이상하지 않느냐?"

천살대주는 정확히 핵심을 집었다.

부상이 심해졌으면 심해졌지 나아졌을 리는 없었다. 지금까지도 흔적을 지우지 못한 자가 이제 와서 보란 듯이 흔적을 지우며 이동했을 리는 없었다.

"두 가지로 생각할 수 있습니다. 그것은 놈이 동료들의 안전을 위해 우리를 이곳까지 유인했을 가능성과 나머지 한 가지는 그 근방 어딘가에 몸을 숨겼을 가능성입니다."

"크음……."

천살대주는 이 일이 자신으로서는 결정할 수 없는 사안이라는 것을 깨달았다.

단순히 추격하는 것과 전혀 다른 가능성을 염두에 두고 일을 진행하는 것은 천양지차(天壤之差)였다.

"태상장로님은 어디에 계시느냐?"

"협곡 반대편으로 돌아오시는 중입니다. 놈이 만약 그리로 향했다면……."

"그럴 가능성은 없다. 내려가는 길만 아니라면 우회로는 얼마든지 있다. 이곳에서 내려가는 길목만을 차단한 채 태상장로님께 연락을 보낸다."

"존명!"

흑의인들이 일제히 부복한 후 신형을 날렸다.

\*　　　　\*　　　　\*

점창산에도 어둠이 스며들었다.

시간은 계속해서 흘러갔다.

의미없는 시간이었다. 동굴에 머물고 있는 일행 모두의 표정은 어두웠다.

부상자들은 모두 몸을 추스르기에 바빴다.

그중에서도 한 팔이 잘려 나가다시피 한 삼살 호리파와 천독문도 몇 명의 부상은 심각했다.

"흐윽……."

호리파의 온몸에서는 열이 솟구쳤다.

가끔씩은 알아들을 수 없는 헛소리까지도 중얼거렸다. 금창약은 발랐다지만 다른 치료를 할 수 없는 상황인지라 상태가 좀처럼 호전되지 않고 있는 것이다.

"잠시만 나갔다 올 수 없나요?"

단옥령이 초조한 표정으로 물었다.

이대로라면 호리파는 목숨이 위태로워질 수도 있었다. 이번 고비만 넘기면 된다고는 하지만 누구도 장담하지 못하는 상황이었다. 낭인삼살은 그녀에게 수하이기도 했지만 지난 칠 년간을 함께해 온 친인이기도 하였다.

"불가하오."

조철산이 단호하게 말했다.

이미 주변에는 적들이 곳곳에 퍼져 수색을 하고 있었다. 당장 협곡 밖으로만 나가도 발견될 것이 뻔했다. 한 사람을 위해 모두가 위험을 감수할 수는 없는 노릇이다.

단옥령 역시도 그 사실을 알고 있기에 안타까운 눈으로 호리파를 바라볼 뿐 어떤 도움도 줄 수 없었다.

"우리가 이곳에 들어온 지 얼마나 되었습니까?"

"다섯 시진."

"연 형은……."

막이랑이 불안한 기색을 감추지 못하며 입을 열었다.

"그에 대한 미련은 버리시오. 이미… 죽었을 것이오."

조철산이 힘들다는 표정으로 고개를 주억거렸다.

한두 시진이라면 모를까, 지세도 모르는 산에서 적의 추격을 이렇듯 긴 시간 동안 피하는 것은 불가능에 가까운 일이었다. 그것도 연운비는 부상까지 입고 있었고, 적들은 다수였다.

모두의 표정이 딱딱하게 굳었다. 그중에서도 막이랑과 유사하의 얼굴이 파랗게 질릴 정도였다.

'그때 내가 붙잡았더라면…….'

유사하는 자책감에 고개를 들지 못했다.

평소와는 다른 단호한 연운비의 표정에 어쩔 수 없이 몸을 돌렸다고는 하지만 결국 그로 인해 연운비와 헤어지고 생사조차 불분명한 상황이 되어버렸다.

"차라리… 지금이라도 구하러 가는 것이 낫지 않겠습니까?"

"가려면 혼자 가시오."

조철산이 냉정하게 대답했다.

"하면 저희를 왜 도와주셨습니까?"

가슴속에서 울컥 치밀어 오르는 감정을 추스르며 막이랑이 조철산의 두 눈을 직시하고 물었다.

"그가 상청무상검도를 사용했기 때문이었소. 누구도 본 문을 도와주러 오지 않는 상황에서 곤륜과 아미만이 지원군을 보내주었다 하오. 당시 가장 앞장섰던 것이 곤륜의 무인이라 하였소. 그 빚을 갚고 싶었소.”

“왜 지금은 도와주려 하지 않으십니까?”

“내게 그 사람보다 중요한 것은 내 목숨이오. 점창의 비전이 사라지지 않도록 하는 것.”

조철산도 연운비를 구하고 싶지 않은 것은 아니었다.

하나 그러기엔 전력의 차이가 너무 심했다.

다른 사람들과 다르게 조철산은 산아래 포진하고 있는 자들의 무공 수준을 알고 있었다. 이 중에서 그들 중 셋 이상을 감당할 수 있는 사람은 극소수에 불과했다. 그런 자들이 무려 기십 명이었고, 삼마는 조철산으로서도 감당할 수 없는 고수들이었다.

“아무것도 할 수 없다니…….”

막이랑이 괴로운 표정으로 주먹을 움켜쥐었다.

그 누가 뭐라 하여도 연운비가 죽었을 것이라는 말을 믿지 않았다. 천명(天命)이라는 것이 존재한다면 연운비 같은 사람을 그리 쉽게 죽게 할 리 없었다.

‘연 형은 어디선가 홀로 고군분투하며 우리를 기다리고 있을 것이다.’

막이랑은 피에 전 연운비의 모습을 생각하며 이를 악물었다.


*　　　　*　　　　*


“놈의 종적이 발견되지 않는다고?”

"그렇습니다."

천살대주가 공손한 표정으로 대답했다.

"흐으음……."

야이폭풍이 얼굴을 찌푸렸다.

유령문의 살수들은 모두 추격술을 익혔다.

각기 다른 종류의 추격술이었고, 그들 모두가 발견하지 못했다는 사실은 결코 있을 수 없는 일이었다. 심지어 태상장로인 그조차도 삼십여 명의 천살대 살수들의 추격을 뿌리치는 것은 불가능에 가까웠다.

"있을 수 없는 일이군."

"저도 그렇게 생각합니다. 우선은 내려가는 길목을 중심으로 그 근방만을 차단하였습니다."

"혹시라도 놈이 산을 벗어났을 가능성은?"

"십중일(十中一)도 되지 않습니다."

천살대주가 자신있게 대답했다.

"한심한 묘독문 놈들. 백 년이라는 시간이 지났거늘 고작 그런 문파하나 따위를 해결하지 못했다는 것이냐?"

야이목풍은 혀를 찼다.

응당 멸문되었을 것이라 생각하고 있던 점창파 무인의 난입으로 인해 포위망이 깨졌다. 그자만 아니었다 한들 지금 이 고생을 하고 있을 이유도 없었다.

"마곡에서는 어찌하고 있다더냐?"

"그들 역시 수색에 어려움을 겪고 있다고 합니다. 스스로를 점창파무인이라 말한 그자가 아마도 점창산의 지리를 잘 알고 있는 듯합니다."

"삼마는?"

"무혼대와는 떨어져 수색을 하고 있는 것으로 보입니다. 그다지 적극적으로 참여하고 있는 것 같진 않습니다."

"당연한 소리다. 그들도 어부지리(漁父之利)를 노리는 것이겠지. 일시적으로 동맹을 맺고 있다고는 하지만 놈들 역시 언젠가는 적이 될 자라는 것을 잊지 말아라."

"명심하겠습니다."

"그 정도의 부상을 입고도 우리를 유인했다는 것은 말이 되지 않는다. 어딘가에 놈이 몸을 숨기고 있을 것이다."

일순간 야이목풍의 눈에서 살기가 솟구쳤다.

무인이 아니었기에 대결 도중 기습을 가한 것은 부끄럽지 않았지만, 기습을 가하고서도 놈을 처치하지 못했다는 사실은 분명 수치스러운 일이었다.

"반드시 죽여야 한다. 놓치면 다음 기회에 죽이면 그만이라는 생각을 버려라. 마곡의 봉공에 이어 곤마까지도 놈에게 패퇴했다. 차후 시간이 흐른다면 가장 큰 적이 될 자다. 동굴과 협곡 사이사이를 중점으로 수색한다."

"명을 받듭니다."

이번만큼은 절대 놓치지 않겠다는 듯 흑살대주의 눈에서는 시퍼런 빛이 번뜩였다.


"하아악……."

발소리가 멀어져 가는 것을 느낀 연운비는 긴 한숨을 토했다.

기척은 지웠다지만, 심장의 고동 소리만으로도 적을 감지하는 것이 바로 실수들이었다.

'얼마나 버틸 수 있을까?'

숨기에 적당한 동굴이나 협곡이 있었지만 굳이 위험을 무릅쓰면서까지 왔던 길을 되돌아가 썩은 나무 속에 몸을 숨긴 것은 일종의 모험이었다.

적들이 가장 먼저 수색할 곳이 바로 동굴이었고, 차라리 이 편이 조금이라도 시간을 더 벌 수 있는 길이라 생각했다.

물론 안전하다고만은 말할 수 없었다.

벌써 두 차례나 흑의인들이 이곳을 지나갔다. 그나마 다행인 것은 동굴이나 협곡 부근을 중점으로 수색하고 있어 아직은 들킬 염려가 없다는 것이다.

추격은 가장 기본이 되는 것에서부터 시작한다.

잠시 속일 수는 있을지 모르겠으나, 그 기본을 무너뜨리는 것은 쉽지 않았다.

연운비의 수준은 잠시 적을 속일 수 있는 정도는 되었지만, 그것을 뿌리칠 정도는 되지 못했다. 어찌 되었든 지금 중요한 사실은 어느 정도의 시간을 벌었다는 것이고, 그 시간을 적절히 사용해야 한다는 사실이었다.

'우선은 내공을 회복해야 한다.'

이런 상태에서 운기조식에 들어가는 것은 실로 위험천만한 일이지만, 현재로서는 다른 방도가 없었다.

우우웅…….

기의 파동과 함께 단전에서 시작한 미약한 기운이 경맥을 따라 이동했다.

'어렵다.'

운기조식을 하는 연운비의 안색이 딱딱하게 굳어졌다.

신봉혈(信封穴)을 비롯하여 대부분의 혈도들이 막혀 있었다. 그중에서도 지혈하기 위해 막아놓은 옆구리 부분의 연액혈(淵液穴)은 미약한 진기마저 흐르고 있지 않았다.

내상을 입은 것은 아니었지만, 부상의 정도가 심해 내기에까지 그 영향이 미친 것이다.

'어찌해야 하는가.'

연운비는 고민에 빠졌다.

시간을 번 것은 분명한 사실이지만, 긴 시간은 아니었다. 유령문의 살수들은 만만한 자들이 아니었고, 지금 이 시간에도 포위망을 좁혀오고 있을 것이다.

스스스.

다시 한 무리의 흑의인들이 다가오는 기척을 느끼고 연운비는 호흡을 멈췄다.

흑의인들은 세 명이 한 개 조가 되어 주위를 돌아다녔다. 연운비가 당시 본 흑의인들의 숫자가 서른 명이 넘었으니 몇 명을 처치했다 하더라도 열 개 조에 가까운 인원이 이 주위를 배회하고 있다는 뜻이기도 했다.

흑의인들은 소리를 내지 않았다.

말은 물론이요, 움직일 때에도 극히 조심했다. 그들 역시 연운비가 이 근처 어딘가에 몸을 숨기고 있다는 사실을 알고 있었고, 개죽음을 당하는 것을 원하지 않았다.

'갔군.'

연운비는 본능적으로 시간이 많지 않다는 것을 느꼈다.

주위를 순회하는 흑의인들이 오고 가는 시간이 점차 짧아지고 있었고, 그것은 포위망이 점차 좁혀들고 있다는 것을 의미하기도 했다.

방법을 찾아야 했다.

시간은 그의 편이 아니었다.

*　　　　*　　　　*

하구(河口)로 향한 추격대의 지휘를 맡은 것은 무당의 일송자와 십팔도궁의 헌원산이었다.

제갈헌이 남아 있었다면 응당 그가 지휘를 하였겠지만, 제갈세가 역시 호북과 안휘 일대에 자리잡고 있었기에 회군해야 하는 문파 중 하나였다.

추격대의 인원은 육백에 달했다.

회군한 인원이 많다고는 하지만 어디까지나 마곡이 점령한 산동 부근을 기점으로 그 인근과 섬서 일대에 한정되어 있었다.

"원시천존, 적들의 수가 얼마나 되는 듯싶습니까?"

"적게는 이백에서 많게는 삼백까지 되는 듯합니다."

일송자의 말에 헌원산이 대답했다.

아직 하구로 도망친 적들의 주력 병력의 정확한 숫자까지는 파악하지 못하고 있었다.

그만큼 비밀 통로를 이용한 전격적인 후퇴는 아군의 의표를 찌르는 것이었다.

회의는 빠르게 진행되었다.

현재 묘독문 주력 병력과의 거리는 이백 리 정도였다. 평지라면 몇 시진에도 주파할 수 있는 거리였지만, 운남의 지형상 이백여 리라면 좁히기가 수월하지 않았다.

묘독문은 철저히 관도를 피해 이동했다.

그들 역시 추격대가 뒤를 쫓고 있을 것이라는 사실 정도는 짐작하고 있었고, 물러나야 할 때를 알고 있었다.

"이 진형과 속도를 유지하실 생각입니까?"

이번에는 아미의 장로 매영 신니가 물었다.

사천에 위치한 문파들은 대부분 이번 추격전에 참여했다. 피해가 극심했던 당문만이 일정 인원을 돌려보낸 상황이고, 청성과 아미는 거의 모든 주력이 와 있다고 해도 과언이 아니었다.

"그래야 하겠지요."

헌원산은 다른 생각이 있느냐는 듯 한차례 주위를 둘러보았다.

"저는 반대입니다."

"소궁주, 하면 무슨 다른 생각이 있는가?"

"저희가 한 가지 간과하고 있는 사실이 있습니다."

굉천도(轟天刀) 혁련후가 말을 이었다.

"묘독문 주력 병력이 하구로 향했다고 해서 그들의 목적지가 하구라는 것은 아닙니다."

"무슨 뜻인가?"

"만해도가 바다가 아닌 장강에서 수로맹을 무너뜨렸다는 사실을 잊어서는 안 됩니다. 원강(元江)까지는 몰라도 원양(元陽)이라면 그 폭이 넓어 만해도의 전선들이 충분히 들어올 수 있습니다."

"흠……."

장내에 있던 모든 이들의 안색이 가볍게 변했다.

바다에서 움직이는 배와 강에서 움직이는 배는 그 구조가 다르기 마련이다. 응당 바다와 접해 있는 하구가 목적지라고 생각했었지, 다른 곳이라고는 생각해 본 적이 없었다.

"이 속도라면 적들이 원양까지 도착하는 동안 따라잡을 것이 불가능합니다. 병력을 나누어 미리 저들이 이동할 만한 곳에 진을 치고 기다리고 있어야 합니다."

"아미타불… 위험한 일입니다."

매영 신니가 반대 의견을 내세웠다.

그 수가 얼마 되지 않는다고는 하지만 묘독문의 주력 병력이다. 자칫 잘못하면 각개격파를 당할 수도 있을뿐더러, 아무리 후퇴하고 있다지만 아직까지 운남은 그들의 영역이었다.

매영 신니가 반대하자, 사천에 위치한 몇몇 중소문파에서도 그 의견에 동의했다.

'이럴 때가 아니거늘, 정파는 무슨 생각을 하는가?'

혁련후는 내심 탄식을 금치 못했다.

위험하다고 해서 탁상공론(卓上空論)이나 하며 주저할 상황이 아니었다.

정파무림의 군사 격인 제갈헌의 부재가 이렇게 아쉬울 수가 없었다. 아무래도 운남보다는 산동의 일이 더 급했기에 제갈헌은 어쩔 수 없이 회군할 수밖에 없었고, 그것이 정파의 의견을 하나로 묶는 데 많은 어려움을 가져오고 있었다.

묘독문 총단을 공략하면서 보여주었던 제갈헌의 모습은 조금을 실망스러운 것이었다. 그러나 그것은 어디까지나 생각했던 만큼에 미치지 못했다는 것이지 제갈헌의 능력은 의심할 여지가 없었다.

"소궁주의 말씀도 일리가 있습니다. 하나 적들이 정말로 하구로 이동할 생각인지도 모르지 않습니까?"

"그럴 리 없습니다. 그들이 비밀 통로를 통해 빠져나간 데에는 그럴 만한 대비가 되어 있기 때문입니다. 애뇌산에서 하구까지라면 운남을 관통하는 거리입니다. 굳이 다른 방법이 있음에도 그런 길을 택할 이유가 없습니다. 저에게 단도객 백여 명과 정파에서 그 정도 인원만 지원해 주신다면 퇴로를 끊어보겠습니다."

"소궁주!"

헌원산이 나무라는 태도로 혁련후의 말을 잘랐다.

이 자리에는 십팔도궁의 무인들만 있는 것이 아니었다. 너무 확신에 찬 태도를 보이는 것은 그다지 좋지 않았다.

만에 하나 실패했을 때의 일도 염두에 두어야 했다.

"저희는 묘독문에 적지 않은 피해를 입었습니다. 지금은 반목할 때가 아닙니다."

혁련후가 시선을 다른 곳으로 돌리는 척하며 전음으로 헌원산에게 말했다.

십팔도궁 내에서 회의였다면 대놓고 이야기를 했겠지만 정파무인들이 있는 이곳에서라면 헌원산의 체면을 세워줄 필요가 있었다.

'허허… 어느새 사자가 되었구나.'

헌원산은 강경한 태도를 굽히지 않는 혁련후를 보며 마음속으로 탄식을 흘렸다.

대기(大器)는 정파무림에만 있는 것이 아니었다.

도왕 혁련무극이 십팔도궁의 기반이 되었다면 이제 그 기반을 넓혀

가는 것은 혁련후가 되리라.

"무당에서는 어떻게 생각하십니까?"

"원시천존. 잠시 상의를 해도 되겠습니까?"

"그렇게 하시지요."

일송자는 추격전에 참여한 정도문파의 수뇌들과 의견을 나누었다. 분위기는 혁련후의 의견에 찬성하는 쪽으로 흘러갔다.

"형산파와 천원세가가 추격에 참여할 것입니다."

"좋습니다. 하면 추격대를 둘로 나누도록 하지요."

결정이 내려진 이상 머뭇거릴 이유가 없었다. 십팔도궁에서는 혁련후를 비롯하여 백 명의 단도객들이, 정파에서는 형산파의 장로 소미득을 주축으로 하여 역시 백 명을 지원했다.

본격적인 추격은 이제부터 시작이었다.


"속도를 조금 줄이는 게 낫지 않겠나?"

형산파의 장로 취영보 소미득이 뒤를 돌아보며 말했다.

경공에 능한 단도객들과는 다르게 조금씩 처지기 시작하는 형산파의 무인들이 눈에 들어왔다. 단도객들의 무공은 도객들보다는 처지는 것이었지만 적어도 신법 면에 있어서는 월등했다. 집단 전투를 가장 효율적으로 운영하기 위해서 필요한 것이 바로 기동력이었다.

"그럴 시간이 없습니다."

"허어… 너무 서두르는 것도 좋지 않다네."

관도를 따라 이동한다고는 하지만, 실제로 관도를 이용하는 것은 아니었다.

관도의 대부분은 산맥과 험난한 지형을 피해 만들어져 있기 마련인지라, 우거진 숲이나 산맥을 넘어야 할 때도 있었다. 물론 그렇다고 해도 적들의 흔적을 쫓아 일송자와 헌원산이 이끄는 본대보다는 속도가 빠를 수밖에 없었다.

"제가 걱정하는 것은 그들을 놓치는 것이 아닙니다."

"무슨 소리인가?"

"철갑대. 그들의 존재입니다."

"흠… 그들은 이미 회군하지 않았겠나?"

소미득은 이해가 가지 않는다는 표정으로 반문했다.

'형산… 그들이 어째서 무벌에 맥없이 호남 일부의 지배권을 내주었는지 이제야 이해가 가는구나.'

아무리 구파 중 말석이라고는 하지만 구파라는 이름이 가지는 의미를 알고 있는 혁련후였기에 그 충격은 적지 않았다.

무벌의 영역은 넓다. 호남, 강서, 복건, 안휘 남부에 이르기까지 광대하게 퍼져 있다.

하나 실제로 그 힘이 미치는 것은 강서와 호남 일부에 불과했다.

안휘에는 남궁세가가 자리잡고 있고, 복건에는 흑수방이나 천련문 등 해안 지대를 중심으로 무수한 정, 사 문파가 양립하고 있어 진출이 쉽지 않았다. 그저 무벌의 무인들이 활동하기에 불편함이 없다는 정도에 그칠 뿐이다.

어느 누구도 구파일방의 앞에 오대세가를 거론하지 않는다.

실제로 구파는 그만한 힘이 있었고, 아무리 남궁세가라 한들 형산파보다 나은 전력을 가지고 있는 것은 아니었다.

한데 남궁세가는 무벌의 세력 확장을 허용하지 않았고 형산파는 허용했다.

그 차이가 바로 지금 드러나고 있었다. 그리고 그것이 세가와 문파의 차이이기도 하였다.

"기마대의 이점은 누가 뭐라 하더라도 기동력입니다. 극히 단거리가 아니라면 따라잡을 수 없습니다. 언제든 후퇴할 수 있는 그들이 무엇 때문에 먼저 회군하겠습니까?"

"허어… 듣고 보니 그렇구먼."

그제야 상황이 심상치 않음을 느낀 소미득의 표정이 변했다.

"너무 걱정하실 것은 없습니다. 그런 이유 때문에 이미 그들을 한번 상대해 본 적이 있는 단도객들을 위주로 편성을 해왔습니다."

"본대에도 이 사실을 알려야 하지 않겠나?"

"이미 어느 정도는 짐작하고 있을 것입니다. 그런 이유 때문에 넓은 평야 지역은 피해서 가는 것이지요."

혁련후는 시선을 돌려 어두워져 가는 하늘 녘을 바라보며 얼굴을 굳혔다.

그가 정말로 걱정하는 것은 철갑대의 습격이 아니라 혹시라도 철갑대의 존재로 인해 본대가 발이 묶이는 경우였다. 그렇게 될 경우 지금 있는 전력으로 묘독문 주력 병력과 부딪쳐야 했다.

'어려운 싸움이 될지도 모르겠군.'

가정에 불과했지만, 그에 대한 대비책 또한 세워두어야 한다는 것을 혁련후는 누구보다 잘 알고 있었다.

第30章

파검의 맥은
백 년의 시공을 넘어 이어지고

제30장

두두두두두!

칠흑(漆黑)의 파도가 몰아쳤다.

합천평야에서 진저리가 날 정도로 중군 무인들을 괴롭혔던 철갑대가 다시 그 모습을 드러낸 것이다.

철갑대(鐵甲隊)는 팔황의 난 당시에는 존재하지 않던 부대로 마곡이 산동을 쉽게 점령한 것은 상당수의 인원이 운남으로 향했던 이유도 있었지만, 그보다는 기동력을 앞세운 철갑대의 존재 때문이었다.

산동악가의 주력 병력이 바로 이 철갑대에 의해 궤멸되다시피 큰 피해를 입었다.

"적이다!"

"기마대가 나타났다!"

한바탕 진영이 혼란에 빠졌다. 그중에서도 중소문파 무인들의 혼란은 통제할 수 없을 정도로 좋지 않았다.

"원시천존… 무당의 제자들은 선두를 지원하라!"

일송자가 내력을 끌어올려 도호성를 터뜨리자 무당의 검수들이 일제히 선두로 향했다.

"아미타불, 아미의 제자들은 검진을 펼쳐라!"

"단도객은 좌현에서 적들을 막는다!"

각 문파의 수뇌진들이 나서자 혼란은 그리 어렵지 않게 진정되었다.

합천평야에서와 지금의 상황은 달랐다. 대비가 되어 있는 것과 그렇지 않은 것의 차이였다. 고작 사십여 기의 기마대로 할 수 있는 일에는 한계가 있었다.

평지에서 기마대가 열 배에 달하는 보병을 감당할 수 있다고는 하지만, 그것은 어디까지나 일반 병사들의 경우이지 무림인들에게는 통용이 되지 않았다.

외부의 검진을 한차례 두드린 철갑대는 철벽 같은 수비에 막혀 방향을 틀었다.

'과연 구파. 이것이 바로 전통이구나. 그러나……'

철갑대주 목군풍은 진영을 보고 감탄해 마지않았다.

수백 년을 이어온 검진도 검진이지만 그보다는 더욱 훌륭한 것은 검진을 이루는 구성원들이었다.

"출(出)! 파(破)!"

목군풍은 다시 한 차례 공격을 명령했다.

히이이잉!

거친 말 울음소리와 함께 철갑대가 다시 질주했다. 무모한 돌격이라는 것을 알고 있음에도 그들에게서는 단 한 점의 흔들림도 찾아볼 수 없었다.

콰콰쾅!

대여섯 기의 말이 쓰러지고, 대지는 피로 물들었다.

"지독한……."

동귀어진(同歸於盡)이나 다름없는 그들의 돌격에 일순간 십여 명이 넘는 사상자가 발생했다.

"회(回)!"

목군풍은 말 머리를 돌렸다.

무모한 선택인지 알지만, 돌격을 명하지 않을 수 없었다. 어떻게 해서든 적에게 위협감을 줘야 했다. 그것이 이번 기습의 가장 큰 목적이었다.

두두! 두두두두!

흩어진 철갑대가 일제히 능선 위에 모였다.

중원무인들은 긴장된 눈빛으로 그들을 쳐다보았다. 비록 삼십여 기밖에 남지 않았다 하나 그들이 죽음을 각오하고 쇄도한다면 큰 피해를 입을 수 있었다.

휘이이잉…….

백여 장의 거리를 두고 그렇게 중원무인들과 철갑대의 대치 상태는 한참이고 계속되었다.

"돌아간다."

대치가 끝난 것은 적지 않은 시간이 흐른 시점이었다.

철갑대가 시야 저 멀리 사라지고서야 중원무인들은 어느 정도 긴장을 풀었다.

"아미타불… 적이 너무 순순히 물러간 듯싶습니다."

매영 신니가 불호성을 읊으며 말했다.

"수적 불리함을 느꼈겠지요. 그나저나 대단한 위력입니다. 돌파력만큼은 인정하지 않을 수 없군요."

"원시천존……"

"우선은 평야 지대를 벗어나야 합니다."

헌원산이 장내를 정돈시키며 빠르게 병력을 이동시켰다.


철갑대의 기습은 계속되었다.

잊을 만하면 나타나 맹공을 퍼붓고 사라지는 그들의 신출귀몰한 공격 앞에 중원무인들은 치를 떨었다.

"큭……"

대웅보의 수석총관 석태명이 뒤를 돌아보았다.

수하들이 너무 지쳐 있었다. 마음이 불안하니 그것이 피로로 이어진 것이다.

호남 회화(懷化)에 자리잡고 있는 대웅보는 상당한 문도 수를 자랑한다.

그 수로만 따진다면 호남 중북부에 영향권을 행사하고 있는 형산과에 비해 뒤지지 않았다. 단지 고수의 수가 부족하다는 것이 명문대파로 올라설 수 없는 유일한 이유였다. 대웅보에서 최절정고수라 해봐야 보주를 위시해 수석총관인 석태명 등 극소수에 불과했다.

"수하들이 너무 지쳐 있습니다."

석태명이 친분이 있는 흑표 당철운에게 말했다.

"어쩔 수 없네."

"시간을 끄는 것이 틀림없습니다. 한데도 이렇게 보고만 있어야 한다는 것입니까?"

실제로 첫 전투 이후에 이렇다 할 교전도 없는 상황, 그럼에도 함부로 진형을 흩뜨릴 수 없는 이유는 평지에서 기마대가 가지는 돌파력 때문이었다.

실제로 십여 명이 넘는 사상자가 단 한 번의 충돌로 발생했고, 적들 역시 피해가 있었다지만 우려할 수밖에 없는 상황이었다.

"이러다가 놈들을 놓치기라도 한다면……."

"조금만 있으면 기마대를 운용할 수 있는 평지가 없네. 그때부터 는……."

"시간이 너무 촉박합니다."

"알고 있네. 그래도 지금은 기다려야 할 때이네. 무리해서 움직이다 가는 자칫 큰 피해를 입을 수 있네. 우리의 적은 묘독문만이 아니라는 것을 잊지 말게. 팔황 중 대부분의 문파가 발호한 상황이네."

당철운도 답답하지 않은 것은 아니었다. 그러나 지금은 참고 기다려 야 할 때였다. 조금이라도 빈틈을 보이는 순간 철갑대는 주저없이 달 려들 것이다. 지금으로서는 관도로 향한 형산파와 십팔도궁을 믿는 수 밖에 없었다.

＊　　　　＊　　　　＊

부스럭.

연운비는 조심스럽게 품 안을 뒤졌다.

금창약과 몇 가지 요상약이 전부였다. 그나마 가지고 있는 금창약도 바닥을 보이고 있었고, 요상약 역시 크게 효과를 기대할 수 없는 것이

전부였다.

'방법이 없는가……'

연운비는 목갑을 바라보며 한숨을 내쉬었다.

목갑 안에는 기련산을 떠나올 때 천 의원에게서 받았던 소환단(小環丹)이 들어 있었다.

하나, 천고의 기보라는 소환단도 지금 같은 상황에서는 아무런 도움이 되지 못했다.

소환단이 기보인 것은 확실하지만 지금같이 내공이 고갈된 상태에서 그 효과를 볼 수는 없었다.

연운비의 상태는 내상을 입은 것이 아니라 내공이 소모된 것이다. 물론 외부의 상처가 내기에까지 영향을 미쳤다지만 그 정도는 굳이 소환단을 먹지 않아도 치료할 수 있었다.

소환단의 효과는 무엇보다 내공을 증진시키는 것과 내상을 치유하는 것이었다.

'어떻게 해야 하나.'

연운비는 다시 생각에 잠겼다.

시간이 없다는 것을 알면서도 아무런 조치도 할 수 없다는 것이 이리도 답답할 수가 없었다.

그 순간이었다.

쩡!

둔탁한 마찰음과 함께 허리춤에 매달려 있던 검집이 균열을 일으키며 산산조각으로 부서졌다.

'무슨……'

연운비는 가슴이 철렁, 가라앉는 것을 느끼고 급히 청각을 끌어올려 주위를 확인했다. 다행히 그 어디에도 흑의인들의 기척은 느껴지지 않았다.

뒤늦게서야 연운비는 시마와 요마에게 죽었던 약초꾼 부부의 무덤을 만들어주며 검집에 균열이 갔었다는 사실을 기억해 냈다. 균열에 물기가 흘러들어 가면서 공기가 차가워지자 팽창을 견디지 못하고 부서진 것이다.

'이것이……'

그렇게 조각이 난 검집을 바라보고 있던 연운비는 검집의 잔해 사이에서 한 장의 양피지를 발견할 수 있었다.

〈연자(緣子)에게.〉

양피지의 내용은 그렇게 시작하고 있었다.

〈나는 모용세가(慕容世家)의 마지막 남은 후예 모용기라고 하네. 어쩌면 파검(破劍)이라는 말이 더 익숙할지도 모르겠군. 이 글을 누군가 읽을 때쯤이면 이미 모용세가는 그 흔적조차 사라진 후이겠지. 나는 모용세가에서 태어났지만 모용세가에서 자라진 못했네. 단전이 존재하지 않는다는 것… 그것이 적자이지만 내가 세가에서 내쳐진 이유이지. 그렇다고 세가를 원망해 본 적은 없네.〉

"파검!"

연운비는 자신도 모르게 짧은 탄성을 내뱉었다.

백여 년 전 팔황의 난이 일어났을 당시 그가 존재하지 않았다면, 그랬다면 지금의 중원은 있을 수 없었을 것이다.

파검은 그런 존재였다.

그의 의기는 천하를 떨쳐 울렸고, 그와 함께한 백여 명의 중원지혼(中原之魂)은 아직도 회자되고 있는 전설이었다.

'그가 팔황의 난 당시 가장 먼저 멸문되었다고 알려진 모용세가의 후예였다니…….'

연운비는 숨겨진 비사를 보며 놀라움을 금치 못했다.

〈단전이 없던 나는 내공을 수련할 수 없었네. 무인으로서 치명적인 결함이었지. 나를 안쓰럽게 여겼던 지세가에서는 언제나 나에게 풍족한 돈을 보내왔네. 그것은 나를 방황과 더 깊은 절망의 나락으로 이끌었지. 언제였을까… 유람을 하고 있던 나는 해동(海東)에서 온 한 분의 선인(仙人)을 만났네. 그분께 전해받은 한 가지 무공… 그것은 내 희망이자 삶의 목적으로 변해갔지. 단전이 없음에도 펼칠 수 있는 무공, 선인께서는 그 무공을 일컬어 천지검(天池劍)이라 말씀하셨네.〉

양피지의 앞면에는 모용기의 깊은 고뇌와 그가 살아온 일생이 적혀 있었다.

연운비는 눈을 감고 그의 생을 그리고 흔적을 더듬었다.

영웅이었으되 누구보다 비참한 삶을 살았고, 자신을 버린 세가를 위해 검을 들었다.

만약 자신이었다면 어떤 선택을 하였을까?

연운비는 계속해서 양피지의 내용을 읽어 내려갔다.

천지검이라는 무공을 익히기 위해 뼈를 깎는 수련을 했고, 결국에 대성하여 어느 무인 못지않은 무공을 지니게 되었다.

천지검(天池劍)!

그것은 육체의 단련을 통해 이루어진다.

단전에 내공을 쌓는 것이 아니라 사람이라면 누구나 사용할 수 있는 근력에서부터 시작되었다.

그 근력에 쌓여 있는 힘. 세맥이라는 작은 줄기에서 시작된 기운은 천지의 기운과 하나가 되어 검을 통해 발현된다.

내공이 없어도 펼칠 수 있는 검법, 그것이 바로 천지검이었다.

〈나는 백 명의 친우들과 함께 하남 천중산(天中山)으로 향할 것이네. 어차피 얼마 남지 않은 생명, 죽음은 두렵지 않으나 나로 인해 돌아오지 못할 강을 건너야 하는 친우들에게 미안할 뿐. 선인께서는 말씀하셨네, 내가 죽더라도 천지검은 이 땅에 남아 누군가에게 전해질 것이라고. 후인을 두고 싶은 생각은 없었지만, 그분의 뜻처럼 일세의 절학이 묻혀서는 안 된다고 생각했네.

연자여, 부디 이 무공을 익혀 그대의 의지를 이 땅에 펼치기를…….〉

양피지의 내용은 그렇게 끝나고 있었다.

뒷면에는 천지검을 펼칠 수 있는 구결과 초식이 적혀져 있었다.

'아……!'

연운비는 천지검의 구결을 읽으며 감탄을 금치 못했다.

그것은 신검합일(身劍合一)을 이루어가는 내용을 담고 있었다. 상청무상검도와는 비슷하면서도 전혀 다른 원리를 지니고 있었고, 일반적인 무학 상론에서도 벗어나 있었다.

'대단한 무공이다!'

상청무상검도와 비교해서도 전혀 차이가 없는 무공, 그것이 바로 천지검이었다.

단 한 가지 아쉬운 점이라면 연운비가 익히기에는 불가능에 가까운 무공이라는 사실이었다. 천지검은 단전이 없거나 내공을 익히지 않은 무인들을 위한 무공이었다.

그 위력이 강맹한 것은 사실이었지만, 태청신공과 상청무상검도를 익히고 있는 연운비에게는 맞지 않는 무공이라 할 수 있었다.

'비록 제가 익히지는 못할지라도 이 무공의 맥이 끊어지지는 않도록 하겠습니다.'

연운비는 검에 대고 맹세했다.

그것이 이 검집을 남긴 파검 모용기에 대한 예의였고, 그와 함께한 백 명의 중원지혼에 대한 염이었다.

"후으읍."

연운비는 호흡을 다스리며 눈을 감았다.

마음속에 있던 검이 세상으로 나왔다. 천지검을 익힐 수는 없다지만 무공에 담긴 묘리(妙理)가 연운비를 또 다른 경지에 올라서게 하고 있는 것이다.

하남 천중산에서 팔백의 적을 맞이하여 모용기가 펼쳤던 무공의 흔적을 따라갔다.

모용기가 함께했던 일백 중원지혼의 의기가 연운비의 가슴속에 전해졌다.

화아아악!

멀다고만 느껴졌던 길이 흐릿하지만 눈에 들어오기 시작했다.

'아쉽구나, 아쉬워. 언제 다시 이런 기회가 올 것인가……'

지금이라도 자리에서 일어나 검무(劍舞)를 추고 싶었다.

춤사위와 어우러진 운율을 느끼며 검을 논하고 싶었다. 그 상대가 있다면 더할 나위 없겠지만, 지금으로서는 홀로 추는 검무조차도 할 수 없다는 것이 너무나 아쉬웠다.

"무엇을 위해 살아왔는가!"

그 순간 연운비의 머리 속에 창마 조풍령이 외친 사자후가 들려왔다.

신창합일(身槍合一)!

조풍령은 극의를 바라보고 있다고 생각하던 연운비에게 새로운 세상을 보여준 무인이었다.

연운비는 검을 들었다.

상대는 창마 조풍령이었다. 단순한 공격임에도 조풍령의 창을 홀로 막아내기란 불가능에 가까운 일이었다.

누군가 곁에 없다는 사실은 외로운 것이다.

지금 이 순간 연운비는 함께 창마 조풍령을 상대하던 혁련후의 존재를 떠올렸다. 십팔도궁의 소궁주라 하던 무인, 결코 자신에 비해 하수가 아니었다.

'물러서지 않겠다!'

연운비는 이를 악물었다. 혁련후가 없다 하나, 그렇다고 해서 혼자인 것만은 아니었다.

마음속으로 자신을 응원해 주던 수많은 지인들. 연운비는 그들을 떠올리며 조풍령의 창에 맞서갔다.

쩌정!

상청무상검도가 펼쳐졌다.

천리무애, 단설참, 이제 또 다른 경지를 향해 나아가는 만월파(彎月波).

연운비는 그 모든 초식을 펼쳤다.

아직은 조풍령의 상대가 되지 못함인가! 연운비의 검은 조금씩 밀리기 시작했다.

검은 밀리고 있었지만, 연운비는 물러서지 않았다.

무엇을 말하려 함인가? 조풍령은 말없이 그런 연운비를 바라보고 있었다.

연운비 역시 이상한 감을 느끼고 그런 조풍령을 쳐다보았다.

그렇게 얼마나 시간이 흘렀을까.

연운비는 조풍령의 모습이 점점 흐릿해져 감을 느꼈다. 이상하게도 조풍령이 안타까워하고 있다는 느낌이 들었다.

시간이 더 있었다면…

아주 조금의 시간만 더 있었더라면… 그랬더라면 조풍령이 안타까워하는 이유를 알 수 있었을지도 모르겠다.

연운비는 천천히 자리에서 일어났다.

스스스슥.

주위에서 적지 않은 수의 인기척이 느껴졌다.

천지검의 묘리를 느끼며 기운을 개방시켰고, 그 기운을 느낀 유령문의 살수들이 몰려온 것이다.

아쉬움은 없었다. 다시 그 같은 상황이 온다 하여도 같은 선택을 할 것이다.

나뭇가지를 치우고 구덩이에서 걸어나왔다. 흑의인들의 숫자는 점점 늘어나고 있었다.

'후회는 없다. 지금 이 상황에 최선을 다할 뿐이다.'

연운비는 죽음을 예감했다.

내공은 회복되지 않았고, 금창약을 바른 상처조차 제대로 아물지 않은 상황이었다.

화르르륵!

손끝에서 일어난 불이 양피지를 태웠다.

삼매진화(三昧眞火)!

한 줌의 내공도 아쉬운 상황이지만, 그렇다고 해서 이 무공이 적의 손에 넘어가도록 내버려 둘 순 없었다.

때로는 목숨보다 중요한 것도 있는 법이다.

"오라!"

연운비는 검을 들었다.

쇄쇄쇄삭!

수없이 많은 암기와 함께 흑의인들이 짓쳐들었다.

야이목풍이나 천살대주가 올 때까지 포위망을 유지한 채 대기하라는 지시를 받은 그들이지만, 어쩔 수 없이 공격을 시작했다.

그것은 기세.

연운비의 몸에서 일어난 무형의 기운이 그들의 전신을 옭아매고 있는 것이다.

쩡!

비폭유천(飛瀑流泉)!

상청무상검도의 한 초식이 펼쳐졌다.

흐름을 끊고 적은 내공으로도 효과를 볼 수 있는 초식. 일순간에 승기가 연운비에게로 넘어왔다.

부드러우면서도 단호하다. 초식은 이전과 비슷하면서도 전혀 다른 움직임을 보이고 있었다.

촤악!

한 명의 흑의인이 쓰러졌다.

즉사였다.

손써 볼 사이도 없이 일어난 일이다. 흑의인들의 표정이 심하게 흔들렸다.

강하다고 생각은 했지만, 이것은 도를 뛰어넘는 강함이었다.

치릿!

연운비는 허벅지 부근에 박힌 암기를 뽑아내며 상대를 몰아쳤다. 조금만 깊었더라도 다리 한쪽이 마비될 수도 있는 상황이었다.

이 개 조.

천살대 살수 여섯이라면 구파의 장로라 한들 상대할 수 없는 전력이다. 더욱이 이 같은 지형지물이 많고 음습한 곳에서라면 그 전력이 극대화될 수 있었다.

그런 천살대 살수 여섯이 속수무책(束手無策)으로 밀리고 있다.

그것은 연운비의 무공이 또 다른 경지에 이르렀다는 것을 의미하고 있었다.

쳉! 채채채쳉!

연이어 계속되는 공격에 다시 한 명의 흑의인이 부상을 입고 뒤로 물러났다.

가슴뼈까지 드러나 보이는 심각한 중상이었다.

"후욱후욱."

하나 연운비 역시 상황이 좋은 것만은 아니었다.

허벅지에 맞은 암기 이외에 이렇다 할 부상을 입은 것은 아니었지만, 빠른 속도로 지쳐 가고 있었다.

"파하!"

연운비는 이를 악물었다.

죽더라도… 설령 그렇게 되더라도 곤륜의 무인답게 마지막 순간까지 최선을 다하리라!

우우웅!

태청신공을 끌어올리자 지금까지와는 다른 기세가 연운비의 몸에서 흘러나왔다.

단설참(斷雪斬)!

부드럽게 뻗어가던 검의 기운이 신랄하게 극변했다.

상당한 내공의 소모를 요하는 초식이지만 펼치기를 주저하지 않았다. 마지막 남은 한 줌의 진기까지… 곤륜의 신검은 그렇게 점창산에서 애처로운 빛을 발하고 있었다.


"이런 말도……."

마지막 말을 잇지 못하고 쓰러진 흑의인을 끝으로 장내에 더 이상 서 있는 사람은 존재하지 않았다.

연운비 역시 한쪽 무릎을 바닥에 대고 있었다.

자잘한 상처와 함께 야이목풍에서 당한 옆구리의 상처가 쩍 하니 벌어져 있었다. 지혈할 생각도 하지 못했다. 아니, 한다 하더라도 지금 같은 상황에서는 도움이 되지 않을 터였다.

"큭……."

연운비는 간신히 자리에서 일어나 걸음을 옮겼다.

한 차례 신형이 크게 휘청였다. 제대로 걷지도 못할 정도로 지쳐 있는 것이다.

비틀.

어디로 가는 것인지도 모르겠다. 그저 무작정 발걸음이 닿는 대로 움직일 뿐이다. 아마도 그 끝에 너머 어디엔가 곤륜산이 존재하고 있으리라.

사박사박.

멀리서부터 누군가가 다가오는 소리가 들려왔다. 신호를 받은 유령문의 살수들이 은밀히 다가오고 있는 것이다.

'끝인가…….'

연운비는 피로 범벅이 된 검을 내려다보았다.

진득한 피가 덕지덕지 묻어 있었다. 대부분 적들의 것이었지만, 연운비의 몸에서부터 흘러내린 피도 있었다. 이 검에 이렇게 많은 피가 묻을 것이라고 생각이나 할 수 있었을까?

연운비의 머리 속에 몇 사람의 얼굴이 스쳐 지나갔다.

기련산을 내려와서 만나게 된 수 없이 많은 사람들. 그들과 이제는 보지 못할 두 사제의 얼굴이었다.


"징그러운 놈……."

어느덧 장내에 도착한 천살대주가 쓰러져 있는 수하들을 보고 인상을 찌푸렸다.

눈조차 제대로 뜨지 못하는 자가 손에서 검을 놓지 않고 있다.

연운비가 얼마만큼의 부상을 입었는지 누구보다 잘 알고 있었기에 그런 부상을 입은 상태에서 수하 여섯 명이 맥없이 죽었다는 것이 이해가 가지 않았다.

"태상장로님은?"

"신호탄을 쏘아 올렸으니 곧 도착하실 것입니다."

"알겠다."

당장에라도 일검만 휘두른다면 죽일 수 있을 것 같았지만, 묘하게도 마음이 불안했다.

혹시라도 놈이 최후의 발악을 한다면…….

눈먼 칼에 죽기는 싫은 것이 천살대주의 솔직한 심정이었다.

그렇다고 수하들을 시키자니 벌써 잃은 천살대 살수들이 적지 않은 상황에서 돌아갔을 때 받을 문초를 생각해야 했다.

"이놈! 사지를 갈기갈기 찢어 늑대 밥으로 던져 줄 것이다!"

천살대주는 삼 장 밖에서 연운비에게 욕설을 퍼부었다.

데리고 온 서른 명의 수하 중에서 열 명에 가까운 인원을 연운비에게 잃었다.

팔황의 다른 문파와는 다르게 유령문의 문도 수는 극히 적었다.

천살대 역시 그것은 마찬가지여서 데리고 온 인원이 천살대 삼 할에 해당하는 전력이었다. 그중 점창산에서 목숨을 잃은 것이 열이 넘었으니, 부상자까지 합하면 절반에 가까운 피해를 봤다고 해도 과언이 아니다.

우우웅…….

아무 소리도 들리지 않았다.

들리는 것은 오직 세찬 빗줄기 소리뿐, 오감조차 서서히 마비되고 있었다.

"놈! 이제 그만 끝내도록 하자!"

흐릿한 그것은 야이목풍의 목소리였다. 연운비는 목소리가 들려온 곳으로 시선을 돌렸다.

"이것 하나만큼은 인정하도록 하마. 고금을 통틀어 네 나이에 그만한 성취를 이룬 자는 몇 되지 않을 것이다."

야이목풍은 가볍게 손을 들었다. 굳이 자신이 손을 쓰지 않겠다는 태도였다.

명령을 받은 흑의인 두 명이 연운비에게 쇄도했다.

스팟!

두 개의 기형도가 날아들었다. 기형도는 연운비의 몸에 두 개의 상처를 만들었다.

"지독한⋯⋯."

야이목풍이 침음성을 흘렸다.

응당 죽일 것이라 생각했었는데 고작 상처를 입히는 정도에 불과했다. 더구나 공격을 명령했던 두 명 중 한 명은 팔이 잘리는 중상을 입었다.

무아경(無我境)!

상대의 기운조차 느끼지 못함에도 무인으로서의 본능이 연운비를 이끌고 있는 것이다.

"쿨럭!"

검붉은 선혈이 흘러나왔다.

이 정도의 충격이라면 내기가 요동을 쳤겠지만, 신체 내에서는 아무 런 증상도 일어나지 않았다. 내공이 고갈된 것이다.

"오냐! 정히 원한다면 직접 죽여주마!"

야이목풍이 팔목을 감싸고 있던 연검을 풀었다.

일반적으로 허리춤에 차는 연검과 달리 야이목풍의 연검은 소매 속 팔목에 감추어져 있었다. 그 사실을 모르고 있던 상대들은 흔히 야이 목풍이 무기가 없다고 착각해 곤욕을 치르곤 했었다.

"뒈져라!"

야이목풍이 연검을 휘둘렀다.

살모사가 먹이를 노리듯 기묘한 움직임과 함께 날아든 연검은 그대 로 연운비의 목덜미를 노리고 날아들었다.

그 순간이었다.

파팟!

쾌속한 움직임과 함께 장내에 하나의 인영이 뛰어들었다. 흑의인 하 나를 그대로 베며 날아든 인영은 곧바로 야이목풍에게 쇄도했다.

"감히!"

야이목풍은 검끝의 방향을 인영에게로 돌렸다.

챙!

한 번의 부딪침과 함께 살모사의 이빨이 인영의 어깨를 스치고 지나 갔다.

"노오옴!"

야이목풍은 살기를 내뿜으며 나타난 인영을 노려보았다.

그토록 애를 먹였던 놈의 목숨을 취하려는 순간에 생각지도 못한 방 해자가 나타났으니 기분이 좋을 리 없었다.

"연 형."

너무나도 익숙한 목소리. 연운비는 고개를 들어 목소리가 들려온 곳으로 시선을 돌렸다.

"어, 어째서……."

"너무 늦지는 않았나 모르겠습니다."

그곳에서는 막이랑이 피가 흘러내리는 한쪽 어깨를 감싼 채 환한 미소를 짓고 있었다.

"막 소협……."

연운비는 차마 말을 잇지 못했다.

생사를 초월한 상황 속에서 그렇게 두 사람은 짙은 신뢰의 눈빛으로 서로를 바라보고 있었다.

"쳐라!"

그와 동시에 무수한 인영들이 포위망을 구성하고 있던 유령문 살수들을 몰아쳤다.

그들은 바로 천독객 단중명과 그가 이끄는 천독문도들이었다.

허를 찌르는 기습에 일순간 서너 명의 유령문 살수들이 목숨을 잃었다. 평상시였다면 이렇듯 어처구니없게 당하지는 않았겠지만, 연운비에게 너무 신경을 집중하고 있던 탓이다.

"모조리 죽여라!"

천살대주도 수하들을 이끌고 전투에 참여했다.

챙! 채채챙!

이전에 있었던 전투와는 다르게 천독문도들은 유령문 살수들을 압박하며 우세를 점하고 있었다.

기습이라는 이점과 독공의 절묘한 혼합이었다.

"크억……."

유령문 살수 하나가 목을 부여잡고 쓰러졌다.

혈비익(血比翼).

오직 상대를 죽일 목적으로만 사용되는 혈비익은 당문의 칠대극독에는 들지 못하였지만, 어떤 면에서는 칠대극독보다 더 지독한 독이 혈비익이라고 할 수 있었다.

당문 무인들조차 해독약을 미리 복용하지 않는다면 즉사를 면치 못하는 것이 바로 혈비익이었다.

물론 혈비익에도 약점은 존재한다.

일정 수준에 이른 무인이라면 내공으로 그 독기를 몰아낼 수 있을 뿐만 아니라, 그 연기가 눈에 보이기에 하독하기는 쉬워도 중독시키기는 극히 까다로웠다.

다만 지금 같은 상황이라면 유령문의 살수들이 혈비익의 독을 내공으로 몰아낼 방법이 없었다.

"연 소협! 조심하세요!"

유령문 살수 하나가 은밀히 연운비에게 다가서는 순간, 어느새 장내에 모습을 드러낸 유사하가 검을 휘둘러갔다.

"유 소저까지……."

연운비는 앞을 가로막은 조그마한 둥근 어깨를 보며 가슴속에서 무엇인가가 복받쳐 오르는 것을 느낄 수 있었다. 그곳에는 평소와는 다르게 강한 기세를 뿜어내며 쇄도하는 유령문 살수를 베어가는 유사하가 있었다.

인연이란 그리 쉽게 끝나는 것이 아니다.

"넓게 퍼져라!"

천살대주가 소리를 내질렀다.

그러면 적들을 상대하면서도 내공을 운기해 독기를 어느 정도 누를 수 있다지만 그의 수하들은 그러지 못했다.

"호흡으로 중독되는 독이다. 일단 중독이 되면 해독약도 소용이 없으니, 놈들을 죽이고 내공으로 몰아내야 한다!"

천독문의 제일기재라 일컫는 단중명을 상대하면서도 천살대주는 여유가 있었다.

그것은 천살대주의 무공이 뛰어나서가 아니라 주위에서 호시탐탐 기회를 노리는 두 명의 흑의인의 존재 때문이었다.

"어떻게 이곳에……."

"조 장문인과 단 소저가 적들을 유인해 갔습니다."

"어째서 이런 짓을……."

연운비는 안타까운 마음을 금할 수 없었다.

대체 무엇 때문에 이런 사지로 뛰어들었단 말인가? 그 마음은 알겠지만 이런다고 해서 달라지는 것은 없었다. 차라리 그곳에 있었다면 목숨만은 부지할 수 있었을지도 몰랐다.

"연 형, 우리는 동료입니다. 연 형이 피를 흘리는 것을 지켜보고만 있다면 그것은 동료가 아닙니다."

"막 소협……."

"연 형이 그랬던 것처럼 이제는 저희가 뒤를 지키겠습니다."

막이랑이 단호한 표정으로 말했다.

"가소로운! 누구 맘대로 오고 간단 말이냐!"

쐐애액!

야이목풍은 한차례 검을 휘둘렀다.

막이랑은 그 검을 막기 위해 몸을 움직였다. 하지만 막이랑과 야이목풍의 격차는 의기만으로 감당하기에는 너무 컸다. 다시 하나의 선혈이 하복부에 그어졌다.

그럼에도 막이랑은 단 한 걸음도 뒤로 물러나지 않았다.

그것은 자신의 검이 결코 살수 따위에게는 지지 않을 것이라는 신념이었다.

막이랑은 패배를 염두에 두고 있지 않았다.

"내가 바로 화산의 검이다!"

막이랑의 검이 휘둘러졌다.

검에서는 빛이 났다.

그것은 검기와는 또 다른 빛이었다. 그렇게 점창산에서 매화가 활짝 피었다.

툭! 투툭…….

피가 흘러내렸다.

야이목풍의 옆구리에서 흘러내리는 피였다. 스친 정도에 불과했지만 그것은 그의 자존심에 큰 상처를 주었다.

"감히!"

야이목풍의 전신에서 살기가 솟구쳤다.

화산의 장로조차 자신의 검을 받아내지 못한다고 자부하고 있었거늘, 어떻게 일대제자 따위에게 이런 치욕을 당할 수가 있단 말인가!

"막 소협, 제가 돕겠어요."

유령문 살수 하나를 벤 유사하가 막이랑의 옆에 섰다.

얼마나 도움이 될는지는 모르겠지만, 그래도 막이랑 혼자 상대하는 것보다는 나을 거란 생각에서였다.

"같잖은!"

하나 야이목풍의 무공은 그들이 생각하는 것 이상이었다.

전력을 다한 야이목풍의 쾌검은 막이랑과 유사하의 합공조차 통하지 않았다.

비록 스친 것에 불과하지만 막이랑이 상처를 낸 것조차 기적이라 할 수밖에 없는 상황이었다.

해연약파(海燕掠波).

보타암(菩陀菴)의 이대검법 중 하나인 여래검법(如來劍法)이 펼쳐지며 환검에는 부드러움이 깃들었다.

유사하는 최선을 다했다.

일방적인 수세 속에서 두 사람의 몸에는 서서히 상처가 늘어가기 시작했다.

팔황 중 한 곳인 유령문. 이것이 그곳의 태상장로가 지닌 힘이요, 능력이었다.

'이 정도였다니……'

막이랑의 안색이 침중하게 굳어졌다.

유사하와 합공을 취하고 있음에도 반격은커녕 야이목풍의 검을 막아내기에도 버거웠다.

쩡!

다시 한 차례의 충돌과 함께 무엇인가를 결심한 듯 막이랑의 눈빛이 변했다.

그것은 마치 오래전 연운비가 일행을 살리기 위해 등을 돌렸을 때의 모습이었다.

"연 형!"

막이랑이 큰 소리로 외쳤다.

이미 죽었을 것이라는 조철산의 반대에도 불구하고 막이랑은 고집을 꺾지 않은 것은 연운비에 대한 믿음 때문이었다. 죽어서는 안 될 사람이었고, 죽지 않았을 것이라 믿었다.

그 믿음을 지켜주었으니, 이제 그 뒤를 책임져야 할 사람은 자신이었다.

"제가 연 형에게 말했던 것을 기억하십니까? 운남행에 참가한 것은 나의 의지, 이곳에 온 것 역시 나의 의지입니다. 우리를 부끄럽게 만들 참입니까? 우리의 짐이 될 생각입니까? 믿으십시오. 나 막이랑은 그렇게 약하지 않습니다!"

기울기 시작한 추가 평행선에 올랐다.

화산파. 매화검수라는 자격을 얻은 무인. 그의 일검 일검에는 필생의 공력이 실려 있었다.

"이, 이놈이……."

도저히 믿을 수 없게도 두 번의 연이은 충돌에 밀려난 것은 야이목풍이었다.

"유 소저, 이곳은 내가 맡겠소. 단 형, 무엇을 하고 있소?"

막이랑은 피를 토하며 두 사람의 이름을 불렀다. 그들이 이곳에 온 것은 연운비를 구출하기 위해서이지, 이들과 생사를 결하기 위해서가 아니었다.

"연 형을… 부탁하오."

기적은 계속해서 일어나고 있었다.

유사하가 몸을 뺐음에도 불구하고 막이랑은 물러서지 않고 있었다. 오히려 조금씩 물러서고 있는 것은 야이목풍이었다.

투기. 그것은 막이랑이 보여주는 최후의 의지였다.

"물러난다!"

단중명이 이를 악물고 가지고 있던 모든 독을 살포하며 몸을 날렸다.

천독문 살수들은 감히 그들을 추격할 생각을 하지 못했다. 그러기에는 천독문이라는 이름이 갖는 두려움이 존재했다. 준비된 상태에서 독공을 사용하는 적은 무엇보다 까다로운 상대였다.

"연 소협, 지금은 가야 합니다."

유사하가 차마 발을 떼지 못하고 있는 연운비를 억지로 이끌고 단중명과 함께 몸을 날렸다.

연운비는 분루를 흘리며 신형을 날렸다.

그는 막이랑의 검에 맺힌 잿빛 검기의 의미를 누구보다 잘 알고 있었다.

진원진기.

이미 막이랑은 생사를 도외시하고 있었다.

"뭣들 하느냐!"

천살대주가 고함을 지르며 수하들을 재촉해 보았지만, 그 역시도 천독문도들이 죽음을 각오하고 뿌려대는 독에는 마땅한 대책이 있을 리 없었다. 더구나 혈비익에 중독된 자들이 적지 않아, 그들이 운기조식으로 독을 밀어내는 동안 호법도 서줘야 했다.

"크윽……."

천살대주는 발을 동동 구르며 그렇게 멀어져 가는 적의 뒷모습만을 바라보고 있었다.

매화구변(梅花九變)!

막이랑은 물러서지 않았다.

그의 모든 초식은 방어를 염두에 두지 않았고, 그의 일검은 그의 의기를 담고 있었다.

자하신공(紫霞神功)과 어우러진 매화의 검기는 너무나 아름다웠다. 다만 자하신공과는 어울리지 않는 짙은 회색 빛의 검기만이 안타까울 뿐이었다.

쩌쩌정!

화산의 정기는 점창의 기운과 어우러져 한바탕 춤사위를 추었다. 아쉬운 것은 상대가 막이랑으로서 감당하기에는 너무나 커다란 벽이라는 사실이었다.

'강하구나. 이것이 팔황인가……'

막이랑은 자신의 무위에 대해 알고 있었다.

화산을 떠나올 때라면 몰라도 지금이라면 그의 스승인 화산검성 청운 진인과 두 명의 사숙을 제외하면 화산에 그와 검을 논할 상대는 극소수에 불과했다. 그런 자신이 진원진기까지 사용함에도 야이목풍의 공세를 막아낼 수 없었다.

서걱!

피가 튀었다.

막이랑의 왼쪽 허벅지에서 솟구치는 피였다.

"어디 다시 한 번 지껄여 보아라!"

불과 이십여 초나 흘렀을까?

막이랑은 더 이상 야이목풍을 압박하지 못했다. 아니, 일초 일초가 오고 갈 때마다 그의 전신에는 선혈이 그어졌다.

목숨을 끊어놓을 수 있음에도 자존심이 상한 야이목풍이 잔인하게 막이랑을 괴롭히고 있는 것이다.

"나는… 대화산파의 무인이다."

막이랑은 상처를 입으면서도 물러서지 않았다.

검을 휘두른다지만 삼류무사보다도 못한 정도에 불과했다. 진원진기를 소모한 대가였다.

촤아아악!

연검이 막이랑의 어깨를 가르고 지나갔다.

시뻘건 피가 솟구치며 막이랑이 왼쪽 팔이 어깻죽지에서부터 떨어져 나갔다.

"크윽……"

막이랑은 이를 악물고 비명을 참았다. 바닥에 떨어져 꿈틀거리는 그의 팔이 보였다.

매화혈우(梅花血雨).

그럼에도 막이랑은 검을 휘두르는 것을 멈추지 않았다.

이십사수 매화검법의 한 초식인 매화혈우는 그 말처럼 핏빛 물결만이 넘실거렸다.

와직!

야이목풍은 발을 들어 막이랑의 얼굴을 후려쳤다. 이미 연검은 회수한 지가 오래였다.

"오라!"

핏물이 튀어 눈에 들어갔다. 손을 들어 핏물을 닦아낼 힘도, 그럴 손도 없었다. 그럼에도 검만은 놓지 않고 있었다.

검이 바닥으로 처졌다.

그러나 자세까지 흐트러진 것은 아니었다.

하단세(下端勢).

쾌검을 사용하는 무인이 흔히 취하는 자세였지만, 그렇지 않은 무인이라면 오직 한 가지 목적으로만 사용했다.

동귀어진(同歸於盡).

이곳에 남는 순간 막이랑은 이미 죽음을 각오했다.

"가지가지 하는구나."

야이목풍은 눈살을 찌푸렸다.

검세에서 각오는 느껴졌지만 힘은 느껴지지 않았다. 그러나 허장성세라는 것을 알면서도 묘하게 거리낌이 있었다. 그것은 기세, 죽음을 각오한 무인의 의지였다.

'후회는 없다.'

과도한 출혈로 정신이 혼미했다. 시간이 없다는 것을 느낀 막이랑은 마지막 공격을 준비했다.

그의 검이 조금씩 움직였다.

진원진기가 빠져나가며 이미 그의 전신에는 한 올의 내공도 존재하지 않았다. 그럼에도 그의 검에서는 빛이 났다.

매화만개(梅花滿開).

매화의 꽃잎에는 방울이 맺혀 있다. 비록 피다 만 매화라고는 하지만 그 모습은 너무나 아름다웠다.

서걱!

살기 어린 검은 그런 매화를 난도질했다.

'스승님……'

막이랑의 동체가 서서히 무너졌다.

후회는 없었다. 친우를 위해 검을 들었고, 의를 지키기 위해 검을 휘둘렀다.

그렇게 점창산에서 화산의 정기는 마지막 빛을 발했다.

第31章

마음의 빛을 지고

제31장

일순간 하늘이 컴컴해졌다.

'그가 죽었구나⋯⋯.'

연운비는 본능적으로 막이랑의 죽음을 느낄 수 있었다.

그것은 마음속에 빚으로 남았다.

언제나 화산의 무인임을 자랑스러워했던 사내. 그는 그렇게 점창산에 몸을 담았다.

'용서하지 않겠다. 용서하지 않을 것이다!'

연운비는 태어나 처음으로 살의(殺意)를 느꼈다.

그것은 운명이라는 이름을 부정하는 연운비의 의지였고, 소중한 사람을 잃은 아픔이었다.

"연 소협, 어서 가야 합니다."

돌연 걸음을 멈춘 연운비를 보고 유사가가 말했다.

"연 소협?"

"알고… 있습니다."

연운비는 저 어디엔가 차가운 바닥에 쓰러져 있을 막이랑을 생각하며 이를 악물었다. 지금은 도망치는 것이 그의 죽음을 헛되게 하지 않는 길이리라.

한편에서는 살아남은 네 명의 수하와 함께 단중명이 길을 뚫고 있었다.

비는 아직까지도 멈출 기미가 보이지 않았다.

전형적인 우기의 현상이라고는 하지만, 실제로 내린 비의 양은 지난 몇 년을 통틀어 가장 많은 것이었다.

"둘이 남는다."

단중명이 이를 악물고 말했다.

혈비익(血比翼)으로 시간을 벌었다고는 하지만, 독의 특성상 그리 오랜 시간을 끌 수 없었다.

더욱이 야이목풍은 단중명으로서는 감당할 수 없는 고수였다.

그 정도 경지에 이른 무인이라면 웬만한 독으로는 피해도 끼칠 수 없을뿐더러, 하독하기 가장 어려운 상대가 바로 어둠 속에서 암격을 가하는 살수들이었다.

천독문도들은 말없이 서로를 바라보았다. 그리고 두 사람이 주저없이 신형을 돌렸다.

"미안하다……."

"본 문을… 지금과는 다르게 해주십시오."

등을 돌린 천독문도 중 하나가 떨리는 목소리로 대답했다. 그들도 죽음이 두렵지 않은 것은 아니었지만, 단중명을 위해서라면 기꺼이 목숨을 내어놓을 용의가 있었다.

한때 귀주와 중경 일대를 지배했던 천독문은 당금에 와서 그 세가 극히 줄어든 상태였다. 그 세력을 다시 일으킬 기대를 한 몸에 받고 있는 것이 바로 단중명이었다.

'너무 큰 희생이다. 나 하나를 살리기 위해 이 많은 사람이 죽어야 한다니……'

연운비는 분루를 삼켰다.

만약 자신이 몸이 성했다면… 지금처럼 유사하의 도움이 없이도 신법을 펼칠 수 있었다면… 그랬다면 저들이 이곳에서 죽을 이유가 있었을까?

"크윽……."

단중명은 역시 차마 그들의 모습을 보지 못하고 두 명의 수하와 함께 신형을 날렸다.


"크흐. 장 형, 결국 이렇게 되는구려."

남은 천독문도 중 한 명인 이벽이 말했다.

"왜, 죽음이 두렵나?"

"크큭, 죽음이 두려웠다면 주군 옆에 남지도 않았을 것이오."

"하긴… 어차피 우리는 버려진 자들."

장벽삼은 우중충한 하늘을 올려다보며 한탄을 토했다.

그 어느 문파도 이번 운남행에 소문주를 참여시킨 문파는 없었다.

이번 운남행이 중요하다고는 하지만 두 명의 제자가 더 있는 상황에서 굳이 소문주인 단중명을 이곳에 보낸 것은 이해할 수 없는 처사였다.

당대 천독문의 문주 천독마종(天毒魔宗) 여방은 지극히 소심한 인물로 전대 문주가 주화입마로 인해 급살(急煞)을 당하지 않았다면 문주가 될 수 없는 자였다.

그런 이유로 여방은 자신을 반대했던 모든 파벌들을 제거했을 뿐 아니라, 호탕하고 사리분별한 단중명보다는 적당히 비위를 맞춰주는 둘째 제자를 더 총애해 소문주임에도 단중명을 따르는 자들은 외지로 멀리 보내 버렸다.

"죽기에는 알맞은 날이구려."

"그러게 말일세, 날도 음습하고."

"크흐……."

멀리서부터 추격자들이 다가오고 있는 소리가 느껴졌다. 이벽과 장벽삼은 각기 병장기를 움켜쥐었다.

"장 형, 솔직히 말하자면 조금은 두렵소."

이벽의 두 다리는 미세하게나마 떨리고 있었다. 아무리 강호인이라 한들 죽음이 두려운 것은 마찬가지리라. 단지 그 죽음에 대한 두려움을 극복하려고 노력할 뿐.

"나도 마찬가지이네."

"크흐, 나는 철담(鐵膽)이라 불리는 장 형은 그렇지 않을 것이라 생각했는데 착각이었구려."

"죽음이 두렵지 않은 이가 누가 있겠나? 생사경에 오른 자들도 마찬가지일 것일세."

"오는 것 같구려."

발소리가 점차 가까워지고 있었다. 병장기를 움켜쥔 두 사람의 손에 힘이 들어갔다.

"놈들에게 천독문이 만만한 곳이 아니라는 사실을 각인시켜 줍시다."

"물론이네."

장벽삼이 세차게 고개를 끄덕였다.

"난세혈하(亂世血河)."

"천독천하(千毒天下)."

천독문도라면 누구나 가슴속에 담고 있는 말.

병장기를 하늘 높이 치켜든 두 사람은 그렇게 무수히 많은 적들 속으로 몸을 날렸다.


"지독한 놈들……."

천살대주는 독에 타버린 소맷자락을 찢어내며 이벽과 장벽삼의 시체에 침을 뱉었다.

"피해는?"

"두 명이 죽고 세 명이 큰 부상을 입었습니다."

"기가 막히는구나."

천살대주는 형제도 알아볼 수 없는 이벽과 장벽삼의 시체를 걷어찼다. 그러고도 분이 풀리지 않는지 한참 동안 두 사람의 시체를 난도질했다.

애초부터 동귀어진을 목적으로 시간을 끌려 한 두 사람의 기습에 그나마 얼마 남지도 않은 수하 둘을 잃었다. 추격을 서두르다 보는 일어난 일이었다.

독공을 제외한다면 실력도 떨어지는 자들이니 실로 분통이 터지지 않을 수 없었다.

"이놈들을 들개 밥으로 던져 버려라."

"알겠습니다."

흑의인 두 명이 피육으로 변한 두 사람의 시체를 질질 끌어 짐승들이 오가는 길목에 가져다 놓았다

"부상자들의 상태는?"

"거동하기 어려울 듯싶습니다.".

"천독문… 기울어져 간다고 생각했는데 오판이었구나."

천살대주는 자신의 실수를 뼈저리게 느꼈다.

너무 방심했다. 추격에 급급한 나머지 기본적인 것을 잊고 있었다. 평상시라면 있을 수 없는 일이겠지만 마음이 급하다 보니 일어난 일이었다.

"호위로 둘을 남기고 간다."

천살대주가 고민 끝에 말했다.

그렇지 않아도 인원이 부족한 상황에서 다시 다섯 명이 빠진다는 것은 큰 출혈이었지만, 그렇다고 부상자만 남기고 가자니 운기조식을 취하는 중에 산짐승의 습격을 받을 수도 있었다.

"그것이… 쉽지가 않습니다."

흑의인 하나가 조심스레 말을 꺼냈다.

"무슨 소리냐?"

"폭우가 너무 심합니다. 흔적을 찾기도 어려울뿐더러 대뇌봉 곳곳에 계곡이 있어 자칫 고립될 수도 있습니다."

"고립이라니? 강도 아니고 겨우 계곡 따위를 무서워한단 말이냐?"

"운남의 지형을 생각하셔야 합니다. 굴곡이 심해 순식간에 물이 불어납니다. 더욱이 중턱이 높아 한 번 불은 물은 쉽게 빠지지도 않습니다."

"크윽……."

천살대주가 침음성을 삼켰다.

전혀 생각지도 못한 데서 문제가 발생했다. 운남 지형의 특성을 생각하지 못하고 있던 것은 아니었지만, 이 정도일 것이라고는 짐작하지 못한 것이 원인이었다.

"마곡은 어디쯤 있느냐?"

그동안 침묵을 지키던 야이목풍이 처음으로 입을 열었다. 그러자 천살대주가 한편으로 조용히 비켜섰다.

추격을 하는 도중 말을 꺼낸 것은 지금부터 야이목풍이 전권을 지휘하겠다는 것을 의미했다.

"그것 역시 파악이 불가능합니다."

"제대로 하는 것이 무엇이냐?"

야이목풍이 인상을 와락 찌푸렸다.

아무리 세찬 빗줄기 속이라고는 하지만 연락조차 되지 않는 것은 실로 기가 막힌 일이 아닐 수 없었다. 묘독문도들이 이 자리에 있었다면 운남의 기후에 익숙해 상황이 달라질 수도 있었겠지만 그렇지 않은 이상 마땅한 방법이 있을 리 없었다.

"으드득… 운이 좋은 놈들이군."

야이목풍이 이를 갈며 중얼거렸다.

목소리만으로도 사람을 죽일 수 있다면 바로 이런 목소리가 아닐까 하는 생각이 들 정도로 음산한 살기가 배어 있는 목소리였다.

"좋다. 오늘은 우리가 실패했다는 것을 인정하마. 하지만 그 운이 언제까지나 계속될 것이라 바라지 말아라."

야이목풍은 이글거리는 눈빛으로 연운비가 도망친 곳을 바라보았다.

"돌아가 마곡과 합류한다. 그런 연후에 놈들을 다시 추격할 것이다."

대자연은 그 어떤 적보다 무서웠다. 척박한 요녕에 살고 있는 유령문의 무인들은 그것을 누구보다 잘 알고 있었다. 괜한 위험을 무릅쓰기보다 지금은 마곡과 합류하는 것이 우선이었다.

"가자."

야이목풍을 필두로 천살대 무인들이 몸을 솟구쳤다.


후드드득…….

빗줄기는 도무지 그칠 기미가 보이지 않았다.

그것은 추격자들에게는 불행이었고, 연운비 일행에게는 더할 나위 없는 행운이었다.

"이쪽으로 오시오."

우거진 수풀 속에서 불쑥 나타난 인영을 보고 긴장했던 일행은 조철산이라는 것을 확인하고 안도의 한숨을 내쉬었다. 오 척 단신 조철산의 몸집은 무척이나 왜소했지만 목소리만큼은 중후할 정도로 굵었다.

"살아 있었구려."

조철산은 조금은 뜻밖이라는 표정으로 유사하의 부축을 받고 있는 연운비를 바라보았다.

막이랑의 주장에 의해 어쩔 수 없이 그렇게 했다지만 내심 연운비가 살아 있기란 요원한 일일 것이라 생각하고 있었다.

"단 소저가 보이지 않는데…….."

"모르겠소. 생각보다 적들의 추격이 거세 약속 장소에서 만나기로 하고 흩어졌는데 오지 않았소."

"그런……."

유사하가 차마 말을 잇지 못했다.

조철산에게 대략적으로나마 근방 지리를 들었다고는 하지만, 말로 듣는 것에는 한계가 있었다. 그런 상황에서 적들의 추격을 받는다는 소리는 단옥령 역시도 살아남기 어렵다는 것을 뜻했다.

"적들은 어디쯤 있나요?"

"중턱에서 헤어졌으니 지금쯤 동굴이 밀집되어 있는 곳을 수색 중일 거요. 이럴 시간이 없소. 어서 갑시다."

단옥령의 생사를 확인하지 못했지만, 지금은 그녀를 걱정하고 있을 때가 아니었다.

아직 그럴 기미는 보이지 않았지만, 혹시라도 비가 그친다면 흔적을 지우려 해도 지울 수 없게 된다. 더욱이 연운비는 심각한 부상을 입고 있어 유사하의 도움이 없다면 신법조차 펼칠 수 없었다.

조철산은 앞장서서 길을 뚫었다.

점창의 산세는 험준해 이동하는 데에 여간 힘든 것이 아니었다. 더욱이 굴곡이 심해 방향을 구분할 수 없어 이곳 지리에 익숙한 사람이 아니라면 밤에는 한 치 앞도 내다볼 수 없었다.

"이곳을 건너야 하오."

조철산이 자리에 멈춰 섰다.

일행의 앞에는 이 장 높이로 불어난 계곡물이 앞을 가로막고 있었다. 이 길을 지나칠 때만 하더라도 허리 높이에 불과하였는데 몇 시진 만에 이렇게 불어난 것이다.

"다른 곳은 없나요?"

"없소. 그나마 이곳이 건너기에 가장 수월할 것이오."

조철산이 무겁게 고개를 젓는 것과 동시에 일행의 안색이 딱딱하게 굳어졌다.

폭이 십여 장 정도는 족히 되어 이 정도라면 아무리 무공을 익혔다고 해도 수공에 능하지 않고서는 건너기 힘든 급류였다.

"돌아가는 길은 없습니까?"

"어디나 마찬가지요."

"으음……."

단중명이 침중한 표정으로 힐끗 연운비를 바라보았다.

다른 사람들이야 어찌어찌 건넌다 해도 부상이 심한 연운비는 불가능할 터였다. 그렇다고 도움을 주기에도 이 중에서 그나마 무공이 강하다고 할 수 있는 단중명조차 혼자 건너기도 벅찬 판국이니 마땅한 방도가 있을 리 없었다.

"죄송합니다, 저 때문에……."

흐릿한 의식 속에서 연운비가 간신히 입을 열었다. 과도한 출혈로 인해 핏기라고는 하나도 없는 창백한 안색이었다.

"그리 걱정 할 필요는 없소."

그 순간 조철산이 품 안에서 무엇인가를 꺼냈다. 그것은 천잠사(天蠶絲)를 꼬아 만든 줄이었다.

그것은 보기에는 평범한 줄에 불과했지만 백 년이라는 시간 동안 묘독문의 눈길을 피해 숨어 지내야 했던 점창파의 한이 서려 있는 물건이기도 하였다.

"내가 먼저 건너가겠소. 이것을 저쪽에서 던질 터이니 나무 기둥에 묶으시오."

이미 이런 일을 예상하고 있었다는 듯 조철산은 조금의 머뭇거림도 없이 물속으로 발을 내딛었다. 조철산은 그다지 어렵지 않게 급류를 건너 계곡 저편으로 건너갔다. 무척이나 익숙한 몸놀림이었다.

"받으시오!"

천잠사로 만든 줄은 상당히 길었다. 튼튼해 보이는 나무 기둥에 그것을 묶은 조철산은 일행에게 외쳤다.

"저희가 먼저 가보겠습니다!"

천독문도 둘이 앞으로 나섰다. 혹시라도 있을지 모를 사태에 대비하기 위해서였다.

천독문도 둘은 천잠사로 만든 줄을 붙잡고 계곡을 건넜다. 물살이 세다고는 하지만 의지할 것이 있기에 건너는 것은 그다지 어렵지 않았다.

"먼저 가세요."

"유 소저 혼자서는 무리요."

단중명이 고개를 저었다.

유사하의 무공이 자신에 비해 처지는 것은 아니었지만, 이런 급류 속에서 누군가를 부축한 채 움직이는 것은 쉽지 않았다.

"내가 돕겠소."

단중명이 앞에 서고 유사하가 연운비를 부축한 채, 세 사람은 조심스럽게 급류를 건넜다.

시간이 지날수록 급류는 점점 더 세지고 있었다. 그것을 느낀 단중명이 속도를 올렸다.

"하악하악……."

유사하의 입에서는 연신 거친 숨소리가 흘러나왔다.

남해 보타암에서 자라 어느 정도 자맥질에는 익숙한 유사하였지만,

몸이 말을 듣지 않았다. 너무 지쳐 있는 것이 그 원인이었다.

"얼마 남지 않았소. 힘을 내시오!"

멀리서 조철산이 큰 소리로 외쳤다. 천독문도 둘도 긴장한 표정으로 세 사람을 바라보고 있었다.

그렇게 세 사람이 급류의 중간 지점을 지나치는 순간이었다.

콰르르르!

거센 물줄기 소리와 함께 상류에서 무엇인가가 떠밀려왔다. 그것은 수십여 개의 썩은 나무 기둥과 크고 작은 무수한 돌무더기들이었다. 경석(輕石)의 일종으로 보이는 그것은 점창산에서는 흔히 볼 수 없는 일부 지역에만 존재하는 것이었다.

"위험하오!"

조철산이 다급한 어조로 외쳤다.

물에 뜰 정도라면 무게가 적어 그렇게까지 큰 충격을 주지 못한다 하더라도 지금 같은 급류 속에서라면 사정이 달랐다.

퍽! 퍼퍼퍽!

나무 기둥 하나가 단중명의 왼쪽 상체를 후려쳤다. 연이어 무수히 많은 돌무더기가 세 사람을 몰아쳤다.

"아악!"

유사하는 고통을 참지 못하고 비명을 질렀다. 끝이 뾰족한 경석 하나가 어깨 어림에 박힌 것이다. 피가 번져 나왔다. 출혈이 심한 것이 적은 부상이 아니었다.

단중명 역시 상황이 좋지 않은 것은 마찬가지였다.

출혈은 나지 않았지만 나무 기둥에 얻어맞은 늑골이 서너 개 정도 부러진 듯싶었다.

휘청ㅡ!

문제는 그 다음에 일어났다. 두 사람의 부축을 받고 있던 연운비가 지탱하고 있던 힘이 사라지자 그만 물살을 견디지 못하고 밀려 떠내려간 것이다.

"연 소협!"

유사하가 다급히 팔을 뻗었다. 닿을 것 같지 않았던 연운비의 소매가 기적적으로 붙잡혔다.

"흐윽… 단 소협……?"

유사하가 파랗게 질린 안색으로 단중명에게 도움을 청했다.

가까스로 줄을 잡고는 있다지만 상처로 인해 팔에 힘이 들어가지 않았다.

하나, 뒤를 돌아본 단중명의 얼굴을 본 유사하는 도움을 바라는 것이 불가능한 일이라는 것을 깨달았다. 단중명의 입에서는 검붉은 피가 끊임없이 흘러나오고 있었다. 부러진 늑골이 폐를 찌르고 있는 듯싶었다.

"소문주님!"

천독문도 둘이 놀란 표정으로 급히 물로 뛰어들었다.

"아니 되오! 더 이상 사람이 매달리면 나무 기둥이 부러질 수도 있소."

조철산이 그런 두 사람을 붙들었다.

천잠사로 만든 줄이라면 몰라도 그것을 묶어놓은 나무 기둥까지 세 사람 이상의 무게를 견디지는 못하였다.

"어떻게 방도가……."

천독문도들은 안타까운 눈으로 세 사람을 바라보고 있었다. 그들 역시 이벽이나 장벽삼처럼 단중명을 위해서라면 얼마든지 목숨을 버릴 수 있었다.

"아……."

유사하는 팔에서 힘이 점점 빠져나가는 것을 느낄 수 있었다.

그렇다고 해서 연운비를 붙들고 있는 손을 놓을 수도 없었다. 손을 놓는 순간 연운비는 물살에 떠내려갈 터이고, 그것은 곧 그의 죽음을 의미했다.

"허윽……."

차가운 물살 속에서 연운비는 고개를 들어 유사하의 두 눈을 바라보았다.

유사하는 입술을 질끈 깨문 채 사력을 다해 소맷자락을 놓치지 않기 위해 발버둥을 치고 있었다. 하지만 그런 유사하의 의지와는 다르게 끈을 잡고 있는 손에는 점점 힘이 풀려가고 있었다.

'무리다.'

연운비는 유사하의 몸 상태를 알고 있었다. 그녀 역시 격전 중에 적지 않은 부상을 입었고, 자신을 부축한 채 이곳까지 오는 것조차 힘들었을 터였다.

잡고 있는 손을 뿌리쳐야 했다.

그것이 최선의 선택이었고, 모두가 사는 길이었다. 그럼에도 연운비는 쉽사리 유사하의 손을 뿌리치지 못했다. 그것은 사람이라면 누구나 가지고 있는 살고 싶다는 본능적인 욕구였다.

'막 소협…….'

그 순간 연운비의 머리 속에는 자신을 위해 목숨을 내던진 막이랑의 모습이 스치고 지나갔다.

'나는 무엇을 망설이고 있었는가?

피를 흘리는 것을 지켜보고만 있는다면 그것은 동료가 아니라 하였던가? 그렇다면 동료의 목숨을 담보로 살고자 하는 이는 대체 무어란 말인가?

연운비는 일말의 망설임도 없이 그대로 유사하가 잡고 있는 손을 뿌리쳤다.

잠시나마 혼자 살아남고자 주저했다는 것이 이리도 부끄러울 수가 없었다.

"연 소협!"

유사하가 안타까운 목소리로 연운비의 이름을 불렀다. 그러나 연운비는 마치 그 소리가 들리지 않는 것처럼 희미한 미소를 지으며 그녀를 바라보고 있었다.

그녀의 눈동자에는 빗물과 어우러진 두 줄기 눈물이 흘러내렸다.

그렇게 급류에 휘말린 연운비의 신형은 일행의 눈에 희미한 점이 되어 사라졌다.


"흐윽……."

유사하는 간신히 물가로 나와 그대로 신형을 무너뜨렸다. 그녀의 두 눈에서는 눈물이 그치지 않았다. 그녀가 흐느낌은 일행 모두의 가슴에 비수가 되어 박혔다.

"차라리… 동굴에서 나오지 않았더라면……."

조철산이 고개를 돌려 그녀를 외면했다.

연운비가 살아남았다면 몰라도 지금 같은 상황에서는 오히려 나서지 않느니만 못한 결과가 되었다. 그로 인해 막이랑이 죽었고 수많은 천독문도가 목숨을 잃었다.

"갑시다. 우리라도 살아야 하지 않겠소?"

조철산이 이를 악물고 말했다.

"유 소저, 슬픈 것은 알지만 지금은 가야 합니다. 살아남아야… 복수도 할 수 있는 것입니다."

단중명도 힘에 부치는 표정으로 가까스로 자리에서 일어났다. 조치는 했다지만 부러진 늑골이 계속 폐를 찌르고 있었다. 평범한 사람이었다면 그대로 절명했을 부상이었다.

"그래요, 가요. 살아야겠지요. 그래야 복수도……."

유사하가 검에 의지한 채 자리에서 일어났다.

아직까지도 물살에 떠내려가며 자신을 바라보던 연운비의 모습이 잊혀지지가 않았다.

객잔에서 처음 보았을 때만 하더라도 그저 조금 특이한 사람이라고만 생각했다. 그것이 인연이 되어 동행을 하게 되었고, 당문까지 짧은 여정이지만 친분을 쌓게 되었다.

시간이 흐르고…

언제부터인가 차츰 연운비의 존재가 마음 한구석에 자리잡아 가기 시작했다. 위험을 무릅쓰는 연운비의 모습을 보면서 마음을 졸였고, 부상을 입을 때마다 가슴이 저려왔다.

이러면 안 된다는 것을 알면서도 연운비에 대한 마음은 점점 더 커져만 갔다.

유사하는 고개를 돌려 연운비를 삼킨 급류를 바라보았다.

원망스럽기 그지없게도 무슨 일이 있었냐는 듯 급류는 굉음성을 내며 세차게 흐르고 있었다.

"가요."

유사하가 가장 먼저 걸음을 옮겼다.

빗줄기는 점점 약해져 가고 있었다. 일행은 그렇게 추적추적 내리는 빗줄기 속으로 걸음을 옮겼다.

*　　　*　　　*

"적은?"

"삼십 리 밖에서 이동 중입니다."

"삼십 리라……."

수하의 보고를 들은 혁련후는 생각에 잠겼다.

본대와의 연락은 이미 두절된 지 오래였다. 수백 리까지 신호를 찾아가는 비합서가 찾지 못하는 것을 보아서는 그 이상 떨어져 있다고 하는 편이 옳았다.

'본대의 지원은 기대할 수 없다. 이곳에 있는 전력으로 적들을 상대해야 한다.'

혁련후는 아군과 적군의 전력을 비교했다.

아직까지도 정확하게 파악되지는 않았지만, 대략 삼백여 명에 조금 미치지 못하는 인원이었다.

그 정도라면 이곳에 있는 전력으로는 상대할 수 없다.

절정고수의 수도 그렇거니와, 무엇보다 상대는 후퇴하고 있다지만 묘독문 주력 병력이다. 혁련후 역시 애뇌산에서 그들과 싸워본 경험이 있기에 그들의 무력에 대해 알고 있었다. 팔황이라는 이름은 거저 얻어진 것이 아니었다.

'정면 대결은 불가하다. 그렇다면……'

혁련후는 고민 끝에 결정을 내렸다.

"형산파는?"

"약속한 곳에서 매복을 하고 있습니다."

"매복을 풀고 두 번째 약속한 지점에서 만나자고 연락을 보내라."

"알겠습니다."

단도객은 지체없이 형산파 무인들이 있는 곳으로 향했다.

'모든 일이 너희들의 뜻대로 돌아가지만은 않을 것이다.'

이제 서산 너머로 떨어지고 있는 해를 보는 혁련후의 눈에 섬광이 스치고 지나갔다. 이대로 적들을 보내주기에는 애뇌산에서 입은 피해가 너무 컸다.


스윽.

혁련후의 손짓에 단궁(短弓)을 들고 있는 단도객들이 일제히 철전을 발사했다. 그 뒤로는 십수 명의 단도객들이 혹시라도 있을지 모르는 기습에 대비하고 있었다.

쐐애애액!

어둠 속에서 날아든 철전은 정확히 보초들을 향해 날아갔다.

"크억……"

"적이다!"

퍽! 퍼퍼퍽!

칠십여 명의 단도객들이 일제히 쏘아대는 철전은 실로 위력적이었다. 철전은 암기의 일종이었지만, 단도객들은 단궁을 이용해 그것을 화살 대신으로 사용했다. 어둠 속에서 그 능력이 극대화되는 철전의 파괴력은 강궁을 능가할 정도였다.

"이진은 공격에 가담하라."

혁련후에 명령에 이십 보 뒤에서 대기하고 있던 나머지 삼십여 명의 단도객이 불화살을 쏘아 올렸다.

혁련후는 도객과 함께 움직이기보다는 단도객들과 움직이는 것을 더 선호했다. 도객들의 무공이 단도객보다 월등한 것은 사실이었지만, 각종 전략을 구사하는 데 있어서는 단도객들의 작전 구사 능력이 더 뛰어났다.

혁련후는 집단 전투에 있어서는 십팔도궁의 최정예라 할 수 있는 철혈도단의 단주를 제외한다면 가장 능했다.

도왕(刀王) 혁련무극은 냉철한 무인이었다.

혁련후가 소궁주가 될 수 있었던 것은 그의 능력이 뛰어나서였지 다른 이유에서가 아니었다.

화르르르르!

불화살은 적진 깊숙이 박혔다.

이글거리는 불길은 주위로 빠르게 번져 갔다. 부상을 입은 묘독문도 몇의 몸에 불이 옮겨 붙었다.

"북서쪽이다! 모조리 죽여라!"

흑혈단주 우야타루가 삼십여 명의 수하와 함께 쇄도해 왔다.

기습을 시작한 지 촌각이라는 시간도 지나지 않았건만 지독히도 빠른 대응이었다.

'명불허전(名不虛傳), 역시 팔황이라는 것인가? 이들은 정예 중에서도 정예이다.'

혁련후는 적이지만 묘독문 무인들에게 감탄을 금치 못했다.

기습을 당했음에도 일말의 흐트러짐도 없다. 더욱이 어둠 속에서의 암격이었음에도 아무리 보아도 사상자는 십여 명이 넘지 않을 듯싶었다.

'아쉽구나. 철마시(鐵魔矢)와 철혈도단 삼십여 명만 있었다면 해볼 만한 싸움이 되었을 터인데…….'

혁련후는 불타고 있는 적 진지를 보며 안타까움을 금치 못했다.

십팔도궁의 최정예라 할 수 있는 철혈도단이 왔다면 충분히 자웅을 결할 수 있는 상황이었다. 혁련후 역시 철혈도단이 움직이지 못한 이유에 대해서는 어느 정도 알고 있었기에 아쉬움을 속으로 삭일 수밖에 없었다.

'상관없다, 이 싸움이 사상자를 내기 위한 것은 아니었으니.'

혁련후는 즉시 결단을 내렸다.

"물러난다."

상대는 묘독문의 최정예이다. 흑혈단만 하더라도 단도객들보다 오히려 강했다.

파파파팍!

혁련후와 백여 명의 단도객이 빠르게 후퇴했다.


"그만."

우야타루가 손을 들었다.

그와 동시에 흑혈단 무인들이 일제히 추격을 멈추었다. 추격을 하는 것도 좋지만 너무 깊숙이 들어가면 오히려 적의 매복이나 함정에 빠질 수도 있었다.

"십팔도궁이군."

우야타루는 멀어져 가는 단도객들을 보며 침음성을 흘렸다.

운남혈전에서 묘독문에 가장 큰 피해를 입힌 것이 바로 십팔도궁이었다. 광서, 광동에 걸쳐 이 개 성의 패자답게 그들은 조직적이면서도 개개인의 무위도 뛰어났다.

"물러간다. 본대와 합류한 후, 이곳을 벗어난다."

우야타루는 추격대가 이곳까지 벌써 도착했다고는 믿을 수 없었다. 그랬다면 철갑대를 지휘하고 있는 대주 목군풍에게서 무슨 연락이 왔어야 했다.


"놈들은?"

묘독문 소문주 미르타하가 흰 이를 드러내며 웃었다.

"어둠 속이라 명확히 파악할 수는 없지만, 일백여 명은 족히 되는 듯 보였습니다. 십팔도궁의 단도객들이었고, 이끌고 있는 자는 파악이 불가능했습니다."

우야타루는 긴장한 표정으로 대답했다. 미르타하가 저렇게 웃는 것은 화가 났을 때였다.

"십팔도궁의 소궁주의 이름이 무엇이라 그랬지?"

"혁련후라 하였습니다."

"그자로군."

미르타하의 눈에 순간적으로 섬광이 스치고 지나갔다.

헌원산이었다면 소수의 병력으로 이렇듯 기습을 해올 리 없다. 그것이 문파의 원로급 무인과 신진 무인의 차이였다.

"제법이야, 운남 땅에서 싸움을 걸어오다니……. 철갑대가 마지막으로 소식을 보내온 것이 언제였지?"

"여섯 시진 전입니다."

"여섯 시진이라……."

미르타하는 여전히 웃고 있었다.

그 웃음을 보는 흑혈단주 우야타루나 백충단주 섬벽은 침음성을 삼켰다.

그들은 누구보다 미르타하에 대해 잘 알고 있었다. 자칫 잘못하면 이곳에서 적들과 싸워야 하는 경우가 생길 수도 있었다.

"소문주! 이곳에서의 싸움은 피해야 합니다."

그 순간 삼대호법 중 유일하게 진영에 남아 있는 탑칠라하가 의견을 내세웠다.

애초 총단을 폭파시킬 목적으로 적들을 유인하였고, 그로 인해 중원을 공략하고 있을 팔황의 다른 문파들에게 충분한 시간을 벌어주었다.

그러나 그 모든 계획은 지금 여기 있는 이 병력을 유지한다는 가정 하에서 세운 작전이었다. 더 이상의 손실이 있으면 약속받은 이 개 성에 대한 지배권을 공고히 할 수 없었다.

"지금은 우선 만해도와 접선을 해야 합니다. 그런 연후에 놈들을 처리해도 늦지 않습니다."

"흐으음……."

미르타하가 인상을 찌푸렸다. 그로서도 탑칠라하의 말을 무시할 수만은 없었다. 더욱이 지금처럼 탑칠라하가 먼저 의견을 내세운 경우에는 더욱 그러했다.

"부상자들을 치료한 후 이곳을 벗어난다."

미르타하가 마지못한 표정으로 명령을 내렸다.

습격은 계속되었다.

혁련후는 불과 백여 명의 병력으로도 적들을 효과적으로 교란시켰다. 단도객들의 희생이 없는 것은 아니었지만, 묘독문의 정예 역시 상당한 피해를 입었다.

"피해는?"

"여덟 명이 죽고 열두 명이 중상을 입었습니다. 더 이상 본궁의 인원만으로 기습하는 것은 무리입니다. 형산파는 왜 싸우지 않습니까?"

단도객 중 일인이 불만을 토론했다.

벌써 사상자의 수가 스무 명이 넘었다. 부상자까지 합친다면 실제로 싸울 수 있는 병력은 절반에 불과했다.

"아직은 우리의 전력을 전부 보일 때가 아니다. 지금 이동 방향으로 본다면 적은 원양(元陽)에서부터 물길을 이용할 것이 틀림없다. 본대는 철갑대에 발목이 잡힌 것이 틀림없다. 지금 이곳에 있는 병력으로 놈들에게 최대한 타격을 주어야 한다."

혁련후도 수하들의 고충을 모르는 것은 아니었다.

그러나 지금은 여분의 전력을 상대에게 함부로 노출시킬 때가 아니었다.

맹수가 먹이를 물 듯,

그렇게 단번에 효과적인 피해를 입혀야 했다.

"무엇을 두려워하느냐? 우리는 십팔도궁의 무인들이다."

혁련후의 그 말 한마디에 불만을 토론하던 단도객들이 일제히 입을 다물었다.

"가자."

혁련후를 필두로 한 팔십여 명의 단도객들이 일제히 몸을 날렸다.

부상자가 태반이었지만 그들의 몸놀림은 오히려 평소보다 더욱 날렵했다.

화르르륵―!

시뻘건 화마가 산림을 뒤덮었다.

그제까지 내린 폭우로 인해 아직 땅은 젖어 있었지만, 운남 지형의 특성상 웬만한 곳에는 이미 물기의 흔적이라고는 찾아볼 수가 없었다.

쾅! 콰쾅!

고목들이 무너지며 불길은 빠르게 번져 갔다.

"십팔도궁! 너희가 끝내 피를 보기를 원하는구나!"

미르타하가 서슬 퍼런 눈빛으로 외쳤다.

이제 원양(元陽)까지는 불과 반나절의 거리. 이곳만 통과하면 만해도의 전선과 합류할 수 있었다. 그러나 이 화마를 뚫고 가기 위해서는 적지 않은 피해를 감수해야 했다. 결국 돌아가는 길을 택할 수밖에 없다는 뜻이었다.

"수하륵."

"여기 있습니다."

묘독문 총단 소속 내당주 수하륵이 부복했다. 수하륵은 묘독문에서도 다섯 손가락 안에 드는 고수였다. 순수한 무공으로 치자면 태상호법 호미야루조차 그의 적수가 되지 못했다.

"이제부터 원양까지 그대가 전권을 지휘한다."

"존명."

"흑혈단주는 나와 함께 흑혈단 오십 명을 이끌고 놈들을 추격할 것이다. 피를 보기를 원한다면 그렇게 해주겠다."

"소문주님?"

탑칠라하가 놀란 표정으로 외쳤다.

"뭐 하고 있는가? 명령이 들리지 않는가?"

"존명!"

우야타루가 고개를 숙이고 행동할 수하 오십 명을 추렸다.

'차라리 총단에 내가 남았어야 했다.'

탑칠라하는 이제는 한 줌의 재가 되어 있을 태상호법 호미야루를 떠올리며 한탄했다. 호미야루라면 지금의 미르타하를 말릴 수 있을지 모르겠지만 탑칠라하로서는 역부족이었다.

'이제는 어쩔 수 없다.'

탑칠라하는 굳은 표정으로 결단을 내렸다.

"저도 따라가겠습니다."

"편한 대로 하십시오."

미르타하가 고개를 끄덕이며 승낙했다.

이것마저 거절한다면 탑칠라하가 죽음을 무릅쓰고 반대할 것이라는 사실을 알고 있었기 때문이다.

"가자!"

그렇게 미르타하는 오십여 명의 흑혈단 무인들과 함께 어디엔가 있을 적들을 향해 신형을 날렸다.

\*　　　　\*　　　　\*

콰르르르—

급류에 휘말린 연운비는 차가운 물속에서 차츰 의식을 잃어가고 있었다.

생사일여(生死一如)라!

연운비의 뇌리 속에 당문표가 눈을 감으며 남긴 마지막 말이 스치고
지나갔다.

이제야 그 말이 어느 정도 이해가 되었다.

연운비는 고개를 들어 하늘을 올려다보았다. 무수한 세찬 빗줄기가
얼굴을 때렸다.

몸이 점차 차가워지는 것을 느낄 수 있었다.

물은 마치 한겨울의 그것처럼 지독할 정도로 차가웠다.

"후욱후욱……."

호흡에 곤란이 오기 시작했다.

연운비는 마지막 끈을 잡고 있었다. 그 끈을 놓는 순간 영혼은 심해
(深海)로 가라앉게 될 것이리라.

'후회하고 있는가?'

연운비는 스스로에게 물었다.

그렇지 않았다.

당시로서는 그 방법이 최선이었고, 다시 그 상황이 온다 하여도 같
은 선택을 할 것이다.

'무엇을 안타까워하고 있는가?'

지금이라도 몸에 힘을 빼면 전신은 물에 잠길 것이다.

그 순간 기련산을 내려와 지금까지 함께했던 수많은 사람들이 떠올
랐다.

어째서 막이랑이 자신을 구하기 위해 목숨을 버렸는지… 손을 놓아
버리는 순간 유사하가 그토록 애처로운 눈빛으로 자신을 바라보았는

지… 연운비는 그 이유에 대해 잘 알고 있었다.

"순리(順理)란 무엇이더냐?"

언제였던가?
기련산에 터를 마련한 운산 도인이 화두를 던진 적이 있었다.
연운비는 그 질문에 대답하지 못했다. 연운비가 그 질문에 답한 것
은 그로부터 한참이 지난 시점이었다.

"무엇이 순리이더냐?"

운산 도인은 또다시 화두를 던졌다.
'지금 내 죽음은 순리인가?'
연운비는 의구심을 가졌다.
만약 지금 자신의 죽음이 순리라면 귀상(鬼相)은 어찌 되는 것인가?
자신의 죽음으로 인해 귀상이 사라지게 되면 더 이상 사제들은 위험이
없는 것인가?
죽음이 순리였다면 어찌하여 막이랑이 자신을 살리기 위해 목숨까
지 버린 것인가?
점점 흐릿해 가는 의식 속에서 연운비는 무엇이 그토록 삶에 집착을
하게 만들었는지를 생각했다.
'지금 죽는 것이 내 운명이고, 그것이 순리라 하여도 나는 포기하지
않겠다.'
절망은 스스로를 포기하는 순간 시작된다.

늘어진 손가락에 힘을 불어넣었다.

텅 빈 단전에서 미약하지만 한줄기 흐름이 느껴졌다. 연운비는 그 흐름을 심장으로 이끌었다.

귀식대법(龜息大法)!

연운비는 마지막 남은 한 호흡의 진기로 심장을 보호한 채 서서히 의식을 잃어갔다.

절망은 스스로를
포기하는 순간 시작된다

제32장

전신을 옭아매는 고통 속에서 연운비는 꿈을 꾸었다. 그것은 지독할
정도의 악몽이었다.

서너 살이나 되었을까?

악몽 속에서 연운비는 무척이나 어렸다.

누군가의 손에 붙들린 채 연운비는 한 사내를 보고 있었다.

단아한 이목구비와 스스로의 자존심을 대변하기라도 하듯 고집스러
워 보이는 눈매가 무척이나 인상적인 사내였다.

쏴쏴쏴쏴!

빗발치는 화살과 무수히 날아드는 암기들.

퍽! 퍼퍽!

그것들 중 몇 개가 사내의 전신에 틀어박혔다. 그럼에도 사내는 신
음성조차 흘리지 않았다.

사내가 일수를 뿌리면 서너 명이 피육이 되어 나가떨어졌고, 일검을 휘두르면 대지가 갈라지며 주위의 모든 것이 무너졌다. 수많은 인영들이 사내에게 쇄도해 들었지만, 달려드는 족족 쓰러질 뿐이었다.

스슥!

어디선가 사내를 돕기 위해 세 명의 흑의인이 나타났다. 흑의인들의 무공 역시 고강해 주위를 포위하고 있는 수백의 무리들을 휘저으며 사내에게 다가왔다. 흑의인들은 혼전 속에서도 사내에게 예를 취하는 것을 잊지 않았다.

"회주님은?"

"무사합니다."

흑의인들 중 유난히 체구가 큰 한 명이 대답했다.

"다행이구나……."

사내는 큰 짐을 덜었다는 듯 무척이나 홀가분한 표정이었다.

그것은 사방진(四方陣)의 일종으로 보였다.

서로 등을 맞댄 네 사람은 무인지경(無人之境)으로 주위를 휩쓸었다. 주위를 포위하고 있던 자들이 주춤주춤 물러났다.

그 순간 연운비는 자신을 붙들고 있는 백의인이 움직이는 것을 느낄 수 있었다.

싸움이 잠시 중단되었다.

슬퍼 보이는 눈동자로 백의인을 바라보던 사내가 천천히 입을 열었다.

"무엇 때문에 배신한 건가?"

"배신한 적은 없네, 애초부터 가는 길이 달랐을 뿐."

"그랬었군."

"만약… 내가 자네를 먼저 만났다면… 그랬다면 상황이 조금은 달라졌을 수도 있었을 텐데……."

찰나지간이지만 무표정한 백의인의 얼굴에 안타까움이 스치고 지나갔다.

"받게."

연운비는 허공으로 몸이 떠올랐다 가라앉는 것을 느낄 수 있었다.

사내의 품에 안기는 순간 이상하게도 마음이 편해지며 스르륵 눈이 감겨왔다.

"잔인하군."

"어쩔 수 없네, 자네들을 죽이기 위해서는 이 방법밖에는 없으니까."

백의인은 차마 사내를 보지 못하고 말했다.

"무덤은 만들어주도록 하겠네. 그리고… 대계(大計)가 끝나는 날 죽음으로서 용서를 빌겠네."

백의인은 뒤로 물러서며 한차례 손을 내저었다.

그와 동시에 백의인에 옆에 시립해 있던 다섯 개의 홈이 파여 있는 하나의 칼을 가진 자를 필두로 주위를 포위하고 있던 무수한 인영들이 달려들었다.

스스스슥!

격전은 치열했다. 수백의 인영들은 사내와 세 명의 흑의인을 둘러싼 채 차륜전을 펼치고 있었다.

기이한 것은 종전과는 다르게 사내와 세 명의 흑의인들의 움직임이 민첩하지 못하다는 사실이었다. 연운비는 그것이 바로 자신 때문이라는 것을 알아차릴 수 있었다.

사내와 세 명의 흑의인은 자신을 보호하기 위해 무리하면서까지 방어에 치중하고 있는 것이었다.

"크윽……."

흑의인들 중 한 명의 어깨에서 피가 솟구쳤다.

다섯 개의 홈이 파여져 있는 칼을 지닌 자가 한 짓이었다. 그의 무공은 흑의인들에 비해서 떨어지지 않았다. 지쳐 있는 흑의인들이었으니 그의 칼을 받아낼 수 없는 것이 당연했다.

"대형, 아이가 피를 꺼려하는군요."

"흐흐, 그러게 말이오. 그래서 내가 그러지 않았소? 주워온 자식 같다고."

흑의인들은 부상을 입으면서도 전혀 위축된 표정이 아니었다. 오히려 그들의 전신에서는 자욱한 투기가 뻗어 나오고 있었다. 가히 일기당천(一騎當千)의 모습이 아닐 수 없었다.

"배가 고픈가 봅니다."

"그럼 무엇이라도 먹여야지."

"근처에는 객잔이 없으니 장사(長沙)까지만 가면 먹을 만한 것을 구할 수 있을 것이오. 대형, 잔챙이들은 우리가 맡을 터이니 이만 가보시구려."

흑의인들은 얼굴 가득 미소를 띠며 말했다.

"아우들……."

"대형, 어서 가시오."

"흐흐, 설마 우리들이 저런 잡종 놈들에게 패할 것이라 생각하는 것은 아니겠지요?"

"아직도 형수님께서 만들어주셨던 탁주 한 사발을 잊을 수가 없소.

우리에게 그 빚을 갚을 기회를 주어야 하지 않겠소?"

흑의인들이 호탕한 대소를 터뜨리며 말했다.

"이 빚은 반드시 내세에서 갚도록 하겠네."

사내는 혈루(血淚)를 흘리며 신형을 돌렸다.

마음 같아서는 이곳에서 저들과 함께 최후를 맞이하고 싶었지만 그러지 못하는 것이 이리도 원통할 수가 없었다.

지금은 차라리 그들의 말처럼 이 자리를 피해주는 것이 도움이 되는 길이리라.

수많은 적들이 앞을 막아섰지만 흑의인들의 완강한 저항으로 인해 사내의 발걸음을 제지할 수 없었다.

감겨오는 눈꺼풀 속에서 연운비는 다섯 개의 홈을 가진 칼에 의해 흑의인 중 한 명이 쓰러지는 것을 보았다. 그의 마지막 시선이 자신을 향하는 순간 연운비는 자신이 그를 숙부라 불렀다는 것을 기억할 수 있었다.


"허억!"

상체를 일으키려던 연운비는 뇌호혈에서 느껴지는 지독한 고통에 몸을 수그렸다.

'살아 있는 건가?'

통증이 있다는 것은 죽지 않았다는 것. 고통보다는 살아 있다는 안도감이 들었다. 연운비는 손을 들어 뇌호혈 부근을 만져 보았다. 손에는 진득한 피가 묻어 나왔다.

툭… 툭…….

눈에서는 한 방울의 눈물이 떨어져 내렸다.

어째서 눈물이 흐르는 것인지는 알 수 없었지만, 가슴 한구석이 아련했다.

그 아련함을 잊지 않기 위해 연운비는 뇌호혈에서 지끈거리는 통증을 무시한 채 기억을 떠올렸다.

어느 정도의 시간이 흘렀을까?

마침내 연운비는 꿈속에서 있었던 일의 대부분을 기억해 낼 수 있었다.

몇 번을 꾸어왔던 악몽임에도 그것이 현실이라는 생각을 가져 본 적은 없었다.

그저 꿈이거니 그렇게 생각했다.

하나 그것은 실제로 있었던 일이고, 당시 죽었던 흑의인들은 자신이 숙부라고 부르던 사람들이었다. 그리고…

'아버지……'

연운비는 사내의 넓은 등을 떠올리며 눈시울을 붉혔다.

"크윽……."

다시금 뇌호혈에서 통증이 밀려왔다.

'그곳은 어디였을까?

기억나는 것이라고는 울창한 숲과 높은 벼랑뿐이었다.

세 명의 숙부가 자신을 살리기 위해 목숨을 내던졌고, 아버지까지 목숨을 잃었다.

'내가 살아남은 것이 순리인지 아닌지는 모르겠지만, 중요한 것은 내가 살아남았다는 사실이다.'

연운비는 마음을 강하게 먹었다.

다섯 개의 홈이 파여져 있는 칼을 가진 자… 그자를 찾는다면 신세에 얽힌 내력을 알 수 있다. 흔하지 않은 병기이니 그리 어렵지 않게 찾을 수 있을 것이리라.

'그들은 어찌 되었을까?'

연운비는 일행 생각에 걱정스러운 마음을 감추지 못했다.

은신처가 있다고 하였으니 쉽사리 잡히지는 않을 터였으나, 그래도 만에 하나 모르는 일이었다.

연운비는 일행의 무공 수준에 대해 잘 알고 있었다. 그들 중 누구도 야이목풍이나 곤마를 상대할 수 없었다. 그나마 단중명이 강하다고는 하지만 그 역시 곤마의 상대는 되지 못했다.

'우선 내가 할 일은 몸을 추스르고 내공을 회복하는 것이다.'

연운비는 눈을 떴다.

종유석(鍾乳石)으로 이루어진 천장이 눈에 들어왔다. 온몸에 힘이라고는 하나도 없었지만, 연운비는 이를 악물고 자리에서 일어나 주위를 둘러보았다.

어째서 이곳에 흘러들어 오게 된 것인지는 알 수 없었지만, 자연적으로 형성된 수중동부(水中洞府)의 일종으로 보였다.

"차라리 잘되었다. 이런 곳이라면 적들도 쉽사리 발견하지 못할 것이니."

얼마나 시간이 지났는지는 알 수 없었지만, 폭우로 인해 불어난 물살에 휩쓸려 이곳에 들어오게 된 듯싶었다.

연운비는 품 안을 뒤져 보았다. 급류에 휩쓸리며 대부분의 소지품을 잃어버렸지만 다행이 천 의원에게서 받은 소환단(小環丹)이 들어 있는 목갑만은 그대로 남아 있었다.

"그러고 보니 검마저 잃어버렸구나. 무슨 낯으로 스승님을 뵌단 말인가."

연운비는 한탄을 터뜨렸다.

다른 것은 몰라도 운산 도인의 유일한 유품이라고 할 수 있는 검을 잃어버렸다는 것은 실로 안타까운 일이었다. 철검 한 자루라고는 하지만 그에게는 소환단보다 더 소중한 것이었다.

"연운비야, 연운비야, 언제부터 네가 이리 이기적이 되었더냐? 스승님이 남긴 유품이라고는 하나 결국 철 조각에 불과한 것, 지금 중요한 것은 동료들의 안전이 아니더냐."

연운비는 스스로를 자책했다.

검이 아무리 중요하다 한들 동료들만큼 중요한 것은 아니었다. 아무리 유품이라고는 하지만 일개 물건에 불과했고, 동료들의 목숨은 그런 물건 따위와 비교할 수 있는 것이 아니었다.

석벽에 붙어 있는 이끼로 배를 채운 연운비는 상처를 부위를 물로 씻어낸 뒤 곧바로 좌정한 후, 자신을 기다리고 있을지도 모를 동료들을 떠올리며 운기조식에 들어갔다.

시간은 누군가를 기다려 주지 않는다.


얼마인지도 모를 시간 동안 운기조식을 취한 연운비는 자신도 모르는 사이에 잠이 들었다.

운기조식을 취하면 전신의 기가 충만해지고 피로가 사라지지만, 그것은 어디까지나 일반적인 경우이지 이렇게 소모된 내공을 회복하기 위해서는 더욱 힘이 들었다.

"흐윽……."

잠에서 깨어난 연운비는 온몸에서 열이 솟구치는 것을 느낄 수 있었다.

상처에서 오는 신열(身熱)이었다.

스친 것은 문제가 되지 않았지만, 아이목풍에게 당한 허벅지와 옆구리의 부상은 심각했다. 더구나 물속에서 오랜 시간 동안 있어 상처 부위의 살이 완전히 짓뭉개져 도려내는 것 이외에는 방법이 없었다.

금창약이라도 발랐다면 덜했겠지만, 품 안에 있던 물건들은 급류 속에서 대부분 잃어버렸다.

'이것은 내가 머뭇거린 대가이다. 혼자 살고자 했기에 이런 벌을 받는 것이다.'

연운비는 고통을 느끼는 것이 당연하다고 생각했다.

막이랑이 자신으로 인해 목숨을 잃었고, 조금이라도 늦었다면 유사하조차 위험해졌을지도 몰랐다.

연운비는 이를 악물었다.

이런 고통 따위에 굴복하지는 않겠다는 의지였다.

우우웅…….

연운비는 태청신공을 운기했다. 구성에 이른 태청신공이 연운비의 몸을 감쌌다. 그러나 그 아무리 절세의 신공이라 하여도 상처로 인해 일어나는 신열까지 막아줄 수는 없었다.

'그들이 나를 기다리고 있다.'

연운비는 고통 속에서도 운기하는 것을 멈추지 않았다.

'지금 내가 살아 있는 것은 누구 때문인가?'

마음속의 빚. 그것을 갚기 위해서 이제는 자신이 목숨을 걸어야 할 차례였다.

시간은 빠르게 흘러갔다.

어느덧 연운비가 수중동부에 들어오게 된 지도 칠 주야(七晝夜)라는 시간이 흐른 것이다.

텅 빈 단전을 회복하는 것은 쉽지 않았다. 초조했지만, 그렇다고 서두르지는 않았다. 지금은 평정심을 유지해야 할 시기이지 초조해한다고 해서 달라지는 것은 없었다.

연운비는 피골이 상접할 정도로 말라 있었다.

상처에서는 피고름이 흘러내렸다. 이끼와 물로만 배를 채우니 당연한 현상이었다. 기이한 것은 그럴수록 연운비의 눈빛은 더욱 맑아지고 있다는 사실이었다.

대주천을 끝낸 연운비는 잠시 운기조식을 중단했다. 그런 연운비의 앞에는 작은 목합이 놓여져 있었다.

도움이 될 것이라는 천 의원의 말.

그 말처럼 지금 연운비에게 있어 소환단은 무엇보다 필요한 물건이었다.

지금껏 소환단을 복용하지 않은 것은 그것의 임자가 자신이 아니라고 생각했기 때문이다. 기보는 그에 걸맞은 주인에게 돌아가야 하는법. 내심 연운비는 그것을 둘째 사제인 무악에게 주려고 마음먹고 있었다.

'무엇을 주저하는가?'

비록 기습에 의해 상처를 입었다고는 하지만 야이목풍의 무공은 연운비에 의해 처지는 수준이 아니었다. 거기에 곤마가 합세한다면 승산이 거의 없는 것이 현실이었다. 단 일 푼의 힘이라도 더 필요한 시기였다.

연운비는 소환단을 꺼내 입으로 가져갔다. 단약은 매끄러운 액체가 되어 식도를 타고 넘어갔다.

약 기운과 어우러진 태청신공이 전신을 감쌌다.

구성에 이른 태청신공은 이전과는 달리 뇌호혈(腦戶穴)을 중심으로 대주천을 하며 진기를 유도했다.

어쩌면 연운비가 어렸을 때의 일을 기억할 수 있었던 것은 뇌호혈에 충격을 입어서가 아니라 태청신공이 구성에 이르러서였을 수도 있었다. 그만큼 구성에 이른 태청신공은 현묘했다.

"후으읍……."

두 시진에 걸친 운기조식을 마치고 연운비는 자리에서 일어났다.

온몸이 날아갈 듯이 상쾌했다. 소환단의 약력을 웬만한 영약에 비할 바가 아니었다. 비약적으로 내공이 늘어난 것은 아니었지만 전에 비해 분명 차이는 있었다.

연운비는 검을 들었다. 그것은 마음속의 검이었다.

굳이 검이 없다 하더라도 수련에 상관이 없을 정도로 연운비의 수준은 높아져 있었다.

상청무상검도(上淸無上劍道)!

수많은 초식들이 펼쳐졌다.

한때나마 극의라 생각했던 경지, 이제는 그것이 불가능한 것이 아니라는 것을 알았고, 그 경지에 도전하고 있었다.

깨달음은 어느 한순간에 찾아온다.

연운비 역시 그런 깨달음을 몇 번이나 겪어보았고 벽을 넘고자 한다고 하여 의지만으로는 넘을 수 없다는 사실 또한 알고 있었다. 그럼에도 연운비는 끝없이 검을 휘둘렀다.

뚝… 뚜뚜둑…….

몸을 전혀 움직이지 않고 있음에도 굵은 땀이 바닥에 끊임없이 떨어졌다.

'힘이 드는가?'

연운비는 스스로에게 질문을 던졌다.

'고통스러운가?'

그렇지 않았다. 진정한 고통은 육체의 고통이 아니라 마음에서 오는 고통이었다.

연운비는 자신에게 무엇이 부족한지 알고 있었다.

그것은 천성이었다.

검선(劍仙)의 길을 가고자 했지만 강호인의 길을 가고자 한 것은 아니었다. 얽히고설킨 인연에 강호에 나와 검을 잡았고, 두 명의 사제를 위해 검을 들었다.

'내가 가야 할 길은 검선의 길이다. 그러나 지금 내가 있는 곳은 강호이다.'

연운비는 어째서 조풍령이 그토록 아쉬운 표정으로 자신을 바라보았는지 이제야 알 수 있었다.

화아아악!

막혀 있던 벽이 모래성처럼 무너져 내렸다.

만월파!

부드러우면서도 장중한 기세의 검이 기염을 토했다.

양날의 검은 이제 그토록 갈망했던 만월(滿月)이 되어 천지를 밝히고 있었다.

천지검의 묘리를 익히며 생각으로만 꿈꿔왔던 그것은 창마 조풍령이 보여주었던 신창합일(身槍合一)에 근접하는 경지였다.

"아아아……!"

연운비는 사방으로 뻗어나가는 무수한 검의 기운을 보며 탄성을 터뜨렸다.

그것은 또 하나의 신화가 이루어지는 순간이었다. 백여 년 전 천하를 진동시켰던 곤륜의 신화는 그렇게 연운비의 손에 의해 다시 펼쳐지고 있었다.


푸드드득!

산새들이 날갯짓을 하며 하늘로 날아올랐다.

우기가 끝나고 계절은 서서히 가을로 접어들고 있었다. 더위는 한풀 꺾였지만 그렇다고 해서 아직 완전히 물러간 것은 아니었다.

점창의 기운은 여전히 푸르렀다.

서벅서벅.

바람에 의해 떨어진 나뭇잎들을 밟으며 한 사내가 점창산을 올라가고 있었다. 그는 바로 다름 아닌 연운비였다.

수중동부를 나선 연운비는 생각보다 많은 거리를 떠내려왔다는 것을 알 수 있었다.

지리를 전혀 모르는 탓에 가장 가까운 현에 들렀다.

조양(朝陽)이라는 곳으로 점창까지는 경공을 펼쳐도 족히 하루가 걸리는 거리였다. 그곳에서 어렵사리 철검 한 자루를 구한 연운비는 길을 재촉했다.

"이쯤이었을 터인데……."

연운비는 조금의 주저함도 없이 대뇌봉으로 올라갔다.

권왕 위지악이 지나가는 말로 이런 이야기를 한 적이 있었다. 광마나 창마가 아니라면 삼마가 함공을 한다 하여도 백 초 안에 물리칠 자신이 있다고.

누군가를 의심하는 성격은 아니었지만 연운비는 그 말을 완전히 믿을 수만은 없었다. 그러기에 칠마가 가지는 악명은 너무 컸다. 실제로 곤마를 상대하면서 더욱 실감했다.

그러나 이제는 알 수 있었다.

위지악은 삼마 수준의 고수 열이 모여도 패하지 않을 무인이었다.

어째서 위지악을 오왕 중 가장 강하다고 평가하는지 그 이유를 알 것 같았다.

휘이이잉—

바람이 불었다.

미지근하면서도 시원한 바람이었다. 바람은 연운비의 머리를 휘날리게 만들었다.

연운비는 오감을 극대화시켰다. 그 어디에서도 인기척은 느껴지지 않았다.

'어찌 된 영문인가?'

응당 유령문과 마곡의 무인들이 주위에 진을 치고 있을 것이라 생각했다.

물론 그들 모두를 상대하여 이길 자신이 있어 이런 행동을 하는 것은 아니었다.

단지 시간이 없다는 것을 알고 있었기에, 그랬기에 다소 무모하다는 것을 알면서도 기척을 전혀 숨기지 않고 대뇌봉으로 올라가고 있는 것이었다.

연운비는 희미하게 들었던 기억을 떠올리며 은신처가 있다는 동굴로 향했다. 정확한 위치까지 들었다지만 길이 워낙 복잡해 찾는 데에 어려움이 있었다.

"이곳인가?"

동굴의 문 앞에 선 연운비는 정신을 집중했다.

이런 바위 벽 하나가 가로막고 있다고 해서 누군가의 기운이나 흔적을 놓칠 연운비가 아니었다. 한데 문 너머에서는 아무런 기척이 느껴지지 않았다. 무엇보다 그 점이 연운비의 마음을 급하게 만들고 있었다.

우우웅!

연운비는 검을 들었다.

태청신공과 어우러진 검의 기운이 바위로 만들어진 문을 향해 뻗어 나갔다.

콰르르르르─

문은 조각이 되어 부수어져 나갔다. 작은 파편 하나조차 연운비의 몸에 근접하지 못했다.

천리무애(千里無碍)!

이미 그것은 검막(劍幕)의 경지를 능가하고 있었다.

연운비는 동굴 안으로 성큼 발걸음을 내딛었다. 동굴 안에는 아무도 없었다.

"대체……"

적어도 최근 얼마 동안은 이 안에 아무도 살지 않았다는 것을 증명이라도 하듯 먼지가 쌓여 있었다. 그나마 싸움의 흔적이 없다는 것이 연운비의 마음에 어느 정도 위안이 되었다.

동굴을 나선 연운비는 대뇌봉 전체를 뒤지고 다녔다. 여기저기에서 시체가 발견되었다.

"설마 은신처로 돌아가지도 못했다는 것인가?"

시체는 상당히 많았다.

그중에서는 연운비가 죽인 사람도 있었고, 격전 중에 죽은 사람도 있었다. 다행인 것은 아무리 찾아보아도 유시하를 비롯하여 당시 끝까지 살아남았던 이들의 시체가 보이지 않는다는 것이었다.

퍽! 퍼퍽!

연운비는 그들 모두를 묻어주었다.

도저히 형체를 찾기 어려워 묻을 수 없는 시체는 모아 화장을 해주었다.

'이상하다. 이들은 마곡의 무인들이 아닌가?'

그렇게 시체들을 묻어주던 연운비는 문득 의아한 감이 들었다.

지금껏 보아왔던 마곡의 무인들은 의를 가벼이 여기는 자들이 아니었다. 무슨 일이 있지 않고서야 이렇게 동료의 시체를 그대로 두고 갈 리 없었다.

시체를 묻어주지 못한 이유가 있었다.

천독문도의 시체도 그대로인 것을 생각하면 일행 역시 사정은 마찬가지라는 것을 의미했다.

한참을 고민해도 그 이유에 대해서 짐작이 가지 않았다.

결국 연운비는 생각하는 것을 포기하고 걸음을 옮겼다. 이제 이 넓은 대뇌봉을 통틀어 가보지 않은 곳은 한곳뿐이었다.


터벅터벅……

연운비는 떨리는 표정을 감추지 못하며 걸음을 옮겼다.

무엇인가가 발목을 붙잡고 있기라도 하듯 지금까지와는 다르게 유난히도 느린 걸음이었다.

그것은 자책이었다. 자신만 아니었다면 죽지 않았을 사람이 그곳이 있었다.

사방을 진동시키는 썩은 악취.

십여 구의 시체 속에서 연운비는 한 사람을 보았다. 얼굴이 보이지 않음에도 그 시체가 누구인지는 느낌으로도 알 수 있었다.

"막 소협……."

연운비는 눈물을 흘리지 않기 위해 이를 악물었다.

언제나 당당했고 화산의 무인임을 자랑스러워했던 사내.

구룡 중 일인이자 후기지수 중 제일이라는 평가를 받으며 천수신검(千手神劍)이라고 불렸던 화산의 검수 막이랑은 그렇게 점창산에 잠들어 있었다.

연운비는 막이랑의 얼굴을 보기 위해 천천히 엎어져 있는 시체를 돌렸다.

구더기가 손에 닿았지만 아무런 느낌도 없었다. 얼굴이 짓뭉개질 대로 짓뭉개져 있었지만 그것은 막이랑이 확실했다.

주르륵…….

결국 맺혀 있던 물기가 이슬이 되어 떨어졌다.


"연 형, 이것은 비밀인데 저 사실 좋아하는 사람이 있습니다. 그동안 쑥스러워서 말은 하지 못했지만 이번에 돌아가게 되면 당당하게 고백할 겁니다. 그녀의 이름은 선청하라고 합니다. 고백을 받아줄지는 모르겠지만 그래도 시도는 해보렵니다. 언젠가 연 형이 화산에 오면 반드시 그녀를 소개시켜 주겠습니다."

"막 소협… 그녀가 기다리고 있습니다. 일어나서 그녀를 보러 가셔야지요."

연운비는 막이랑을 흔들어 깨웠다. 그러나 막이랑은 일어나지 않았다.

"연 형, 그거 아십니까? 무인이 되면서 저는 다짐했습니다. 어차피 부평초 같은 삶, 적어도 죽을 때는 무인답게 죽자고. 연 형은 어떻습니까? 아참, 연 형은 도인이 된다고 하셨지요. 하하, 반드시 검선(劍仙)이 되어 우화등선을 하십시오."

그의 바람은 이루어지지 않았다.

난도질된 그의 시체와 얼굴에 가해진 흔적들이 그것을 증명하고 있었다.

연운비는 혈루를 흘리며 말했다.

"막 형… 무인으로서 그리고 친우로서 약속합니다. 당신의 빚은… 제가 받아드리겠습니다."

산을 내려온 이래로 이렇게 분노한 적이 있을까? 평소 온화하기만 했던 연운비의 기세가 하늘을 찔렀다. 유령문은… 너무도 커다란 적을 만들었다.

＊          ＊          ＊

"어서 오게."

바다를 다스리는 자, 이제 중원의 심장부라 할 수 있는 장강까지 수중에 두고 있는 천군(天君) 태무룡이 흑선(黑船) 위에서 올라오는 백의사내를 맞이했다.

태무룡의 좌우에는 만해도 삼봉공 중 일인인 동해조수 위일악과 추명파자 석태량이 시립해 있었다.

"오랜만입니다."

"그렇군. 삼 년 만이던가?"

"예."

태무룡의 전신에서는 말로는 형언할 수 없는 기운이 흘러나오고 있었다.

그것은 무인이 내뿜는 기세와는 전혀 다른 성질의 것이었다. 기이한 기운은 주위에 있는 모든 사람들을 압박하고 있었다. 심지어 위일악과 석태량조차 그 기운에 어깨를 펴지 못할 정도였다.

하나, 백의사내는 그런 태무룡의 기운을 아무렇지도 않게 받아내고 있었다.

최절정에 이른 위일악과 석태량조차 받아내지 못한 기운을 무공조차 익히지 않은 것으로 보이는 백의사내가 받아내고 있다는 것은 실로 기이한 일이라 할 수 있었다.

문성(文星) 북궁야.

제갈세가의 신기제갈(神技諸葛)과 사혈련의 마뇌(魔腦) 우목후를 상대로 자신의 지략을 맘껏 펼쳐 보이고 있는 자.

백의사내는 바로 마곡을 떠받치고 있는 두 개의 기둥 중 하나인 문성 북궁야였다.

"곡주께서는 평안하신가?"

"물론입니다."

삼십대 초반 정도로 북궁야의 용모는 무척이나 평범했다.

흔히 저잣거리에서 볼 수 있는 문사풍의 얼굴에 체구 또한 그다지 크지 않았다. 한 가지 특이한 점이라면 백안(白眼)이라는 사실이었다. 그렇다고 북궁야가 소경인 것은 아니었다.

"일단 안으로 들어가세나."

태무룡이 몸을 돌렸다. 북궁야는 말없이 그런 태무룡의 뒤를 따라 선실 안으로 걸음을 옮겼다.

수로맹에 절망을 안겨다 준 흑선(黑船)의 규모는 일반 전선에 비할 바가 아니었다. 수로맹의 제일전선이라 할 수 있는 풍멸조차 그 절반에도 미치지 못했다.

"들게나."

태무룡은 차를 권했고, 북궁야는 주저없이 차를 마셨다.

"강소성을 함락시켰다는 이야기를 들었네."

"사소한 일에 불과합니다."

"하북은 어찌할 생각인가?"

"글쎄요……."

북궁야가 의미심장한 미소를 지었다.

산동이 무너진 지 고작 십여 일, 강소성은 마곡의 일부 병력과 유령 문의 살수들의 기습 아래 맥없이 무너졌다.

기세를 몰아 하북까지 진군한다면 강북무림의 절반이 마곡의 수중에 떨어지는 것이었으나, 마곡은 그렇게 할 수 없었다.

북경(北京), 천자(天子)가 머물고 있는 곳.

만약 그 정도 규모의 병력이 아무런 제지 없이 하북으로 들어갈 수 있었다면 애초부터 산동을 염두에 두지 않고 하북을 무너뜨렸을 것이리라.

백여 년 팔황의 난이 일어났을 당시에도 하북은 무너뜨린 것이 아니라 스스로 무너진 것에 불과했다.

지키려 했다면 지킬 수 있었음에도 당시 하북팽가와 황보세가가 택한 것은 지원군의 파병이었다.

팽가와 황보세가의 모든 주력 병력이 정도무림 최후의 보루라 할 수 있는 소림을 구하기 위해 출정했고, 당시 떠난 팽가와 황보세가의 지원군 중 구 할에 가까운 인원이 그곳에서 전사했다. 그것이 팔황의 난 당시 소림이 무너지지 않을 수 있었던 이유였다.

"절강에 대한 공격을 시작하셨다 들었습니다."

"일부의 병력일 뿐일세."

수로맹이 총단으로 후퇴한 뒤 문을 걸어 잠그고 방어에 치중하자, 만해도는 어쩔 수 없이 한발 물러서 일부의 병력으로 포위망을 유지한 채 절강 북부에 대한 공격을 개시했다.

천혜의 요새.

수로맹의 두 전선과 장강삼귀(長江三鬼)의 무투귀혼대가 지키는 수로맹 총단은 그야말로 난공불락(難攻不落)의 성이었다.

굳이 함락시키자면 그러지 못할 것도 없었지만 그렇게 하기에는 입을 피해가 너무 컸다. 어차피 시간이 지나면 고립되어 스스로 무너질 자들이었다.

그리고 장강을 떠돌며 떨어져 있는 전선들을 공격하는 수로맹의 제

이전선인 흑암(黑岩)의 존재도 상당한 부담을 가져왔다.

"절강에 대한 공격을 잠시 미루고 처리해 주셔야 할 일이 생겼습니다."

웬만해서는 표정의 변화가 없던 태무룡의 얼굴이 극히 찰나간이었지만 굳었다 풀어졌다.

"무슨 일인가?"

"사혈련의 종적을 발견했습니다."

"그래?"

태무룡이 뜻밖이라는 표정으로 말했다.

사혈련(死血鍊).

한때 절강, 강서, 복건에 걸쳐 막강한 세력을 자랑하던 사혈맹의 전신, 암천회의 난이 일어났을 당시 사혈맹은 그들과의 격돌로 인해 패망의 길에 들어섰다.

그 명맥조차 알 수 없게 되어버린 곳이었지만, 사파무림인들은 아직까지도 그들이 존재한다는 것을 믿고 있었다.

**핏빛 혈기가 나부끼면 그곳에는 죽음만이 존재한다.**

지난 삼십 년 동안 혈살기가 강호에 등장한 것은 단 한 번뿐이었다. 그러나 그것만으로도 그들의 존재는 아직까지 공포로 남아 있었다.

"유령문은?"

"그들은 다른 일을 처리해야 합니다."

북궁야가 고개를 저었다.

유령문의 문도 수는 극히 적었다. 전투에 참여할 수 있는 인원이라고 해봐야 고작 수백 남짓에 불과했다. 그 정도 인원이라면 정면 승부로는 구파 중 한 곳을 상대하기에도 벅찬 전력이었다.

하나 유령문의 무서운 점은 어디까지나 암습이었다.

팔황의 난이 일어났을 당시 무수한 정사 양도의 고수들이 유령문의 살수들에 의해 목숨을 잃었다. 마곡을 제외한다면 그 어떤 문파도 그들만큼의 피해를 입히지 못했다.

"무벌은 언제까지 움직이지 않는 것인가?"

"한풍(寒風) 끝날 때까지는 움직이지 않을 것입니다."

"알았네. 그렇게 하도록 하지."

장강에서는 그렇게 또 다른 바람이 불어오고 있었다.

第33章

전장에서 사령제는 재회하고

제33장

팔황겁난(八荒劫亂)!

산동과 강소성이 마곡에 의해 무너지고, 장강의 물길이 만해도의 수중에 들어갔다.

파죽지세로 밀고 내려오는 마곡의 무인들에 의해 황산(黃山) 남궁세가(南宮世家)는 분루를 삼키며 모든 가솔들을 본가가 있는 합비(合肥)로 후퇴시켰다.

소림을 주축으로 한 지원군이 때맞춰 도착하지 않았다면 본가조차 위험해질 수도 있는 상황이었다.

"놈들을 막아라!"

"청성(靑城)의 지원은 없는가?"

수십, 수백의 인원이 뒤엉켜 싸우고 있는 서장과 사천의 경계 파당(巴塘)에서는 치열한 전투가 전개되고 있었다.

안휘 남부에 마곡의 수중에 떨어지는 것과 동시에 포달랍궁(布達拉宮)에서는 기다렸다는 듯이 전력을 모아 사천에 대한 공세에 들어갔다. 지원군을 차단하겠다는 의도였다.

"반 시진 안에 도착한다는 연락이 왔습니다."

"반 시진은 늦다!"

당문 염화대의 대주 홍화독(紅花毒) 당목기는 벌판을 가득 메운 서장 연합의 무인들을 보며 이를 악물었다.

교전이 시작된 곳을 기점으로 벌써 이백여 리를 넘게 물러난 상황이었다.

포달랍궁만 쳐들어왔다면 이렇게까지 밀릴 이유는 없겠지만, 쳐들어온 것은 포달랍궁이 아니라 서장 연합군이었다.

패색이 완연했다.

그나마 선발대로 도착한 염화대가 고군분투하지 않았다면 이 정도까지 버티지도 못했을 것이리라.

"포달랍궁이 아직 전면에 나서지도 않았는데 이 정도라니……."

지금 평원을 메우고 있는 적들은 서장의 수많은 중 문파들이었지 포달랍궁의 무인들은 아니었다.

청성과 아미의 주력이 도착하지 않았다고는 하지만, 상대 역시 그것은 마찬가지라는 것을 가정할 때 전황은 크게 달라지지 않는다는 것을 의미했다.

"별동대는 어찌 되었나?"

"적들의 방비가 탄탄해 회군하는 중이랍니다."

"그런……."

당목기의 안색이 어둡게 변했다.

신법에 능한 서른 명을 추려 당문이 자랑하는 삼대화기 중 하나인 분화신통(噴火神筒)으로 적의 배후를 공격하러 간 별동대가 실패했다는 보고는 마지막 남은 희망마저 무너지는 소리였다.

'어쩔 수 없는가?'

당문 무인들은 전투에 임함에 있어 결코 물러서는 법이 없었다. 이 보전진을 위한 일보후퇴라는 말도 치욕으로 생각하는 것이 바로 당문의 무인들이었다. 그러나 지금은 다른 방법이 없었다. 지금까지 몇 배에 달하는 적들을 막아낸 것만도 기적에 가까운 일이었다.

"후퇴할 준비를 하라!"

당목기는 울분을 삼키며 명령을 내렸다.

그 순간이었다.

"쳐라! 놈들에게 당문이 어째서 사천의 패자로 군림했는지를 보여주어라!"

당목기가 후퇴 명령을 내리려는 순간 수십이 넘는 인영들이 우측 능선에서 쇄도했다.

파파파팍!

강한 기세, 그리고 신속한 신법. 그 수는 얼마 되지 않지만 모두가 일류를 넘어서는 무인들이었다.

"유 대주!"

적일지도 모른다는 생각에 가슴이 철렁했던 당목기는 선두에 서 있는 사내를 보고 안도의 한숨을 내쉬었다.

"지원군이 도착했다! 모두 힘을 내라!"

당목기가 내공을 끌어올려 크게 외쳤다.

본가에서 부상을 치유하고 있어야 할 유이명이 어째서 이곳에 있는

지는 알 수 없었지만 지금으로서는 마지막 남은 구명 줄을 잡은 심정이었다.

당문의 자존심, 자의무복을 입은 수십의 전위대 무인들이 유이명을 따라 전장을 휩쓸었다.

촤르르륵—

전위대 무인은 세 명이 일개 조를 이루어 적도들을 몰아쳤다. 당문 제일의 무력부대라는 명성에 걸맞게 서장 연합군은 추풍낙엽으로 쓰러져 갔다. 개개인의 무위도 강했지만 그보다는 조직적인 합공을 통해 확실히 적의 숨통을 끊어놓고 있었다.

"누가 감히 내 앞을 막는가!"

유이명의 전신에서는 진득한 살기가 흘러나오고 있었다.

그의 검은 적의 요혈만을 베고 지나갔으며, 그의 손에는 한 줌의 인정이라고는 찾아볼 수 없었다.

우우웅—!

유이명의 검에서 한 치가 넘는 검기가 솟구쳤다.

생사를 넘나드는 혈전에서 깨달음을 얻은 유이명의 태청검법은 이제 구성을 바라보고 있었다.

'한 놈도 살려두지 않겠다! 모조리 죽일 것이다!'

당문에 돌아와 유이명은 부상을 입은 몸임에도 한시도 수련을 게을리 하지 않았다. 그것은 다시는 사형의 등 뒤에 서지 않겠다는 그의 각오였으며, 짐이 되지 않겠다는 맹세였다. 그러나 그 맹세는 이제 지킬수 없게 되었다.

전위대가 가세하자 기울기 시작한 전세가 평행선에 올랐다. 어째서 전위대를 당문 오대 중 최고라 평가하는지 그 이유를 알 수 있는 모습이었다.

"청성이다!"

"청성에서 지원군이 도착했다!"

그와 동시에 사천연맹 후방에서 큰 함성이 일었다. 마침내 청성에서 보낸 지원군이 도착한 것이다.

"물러난다!"

"모두 후퇴하라!"

후방 먼 곳에서 몰려오기 시작하는 다수의 지원군을 보며 서장무인들이 후퇴하기 시작했다.

"유 대주, 우리도 물러섭시다."

당목기는 적들의 후미를 추격하고 있는 유이명을 불렀다.

수세에서 벗어난 것은 분명했지만 그렇다고 해서 우세를 점하고 있는 것은 아니었다. 구태여 적을 쫓기보다는 지금은 지원군과 합류하는 것이 나은 시점이었다.

"크악……."

그러나 유이명은 들은 척도 하지 않으며 무차별로 도망치는 적을 주살하고 있었다. 심지어 후미가 아니라 일정 대열을 갖추고 후퇴하는 이들을 엄호하는 적들에게까지 살수를 뻗쳤다.

"유 대주!"

당목기가 다시 한 차례 큰 소리로 외쳤다.

"대주님!"

"너무 깊이 들어왔습니다!"

전위대원들이 불안한 목소리로 외쳤다.

후퇴는 하고 있다지만 아직까지 분명 전력이 우세한 것은 서장 연합군이었다. 그럴 가능성은 적었지만 지금이라도 그들이 돌아선다면 전위대 무인들은 적들에게 둘러싸이게 될 것이리라.

"전위대는 추격을 멈춘다!"

그제야 유이명이 피에 전 검을 회수하며 추격 중지 명령을 내렸다.

혼자였다면 지옥 끝까지라도 적들을 추격했을 것이지만, 지금은 수하들의 안전도 고려해야 했다.

'사형……'

유이명은 서서히 멀어져 가는 서장 연합군을 보며 눈을 지그시 감았다.

그렇게 치열했던 하루가 흘러가고 있었다.


둥! 두두둥!

북소리와 함께 서장무인들의 진군이 시작되었다.

그 모습을 바라보고 있는 사천연맹(四川聯盟)의 무인들의 표정에 긴장이 어렸다.

당문과 청성, 아미가 주축이 되어 결성한 사천연맹은 급조한 연맹이었지만 구성만큼은 탄탄하였다. 삼십여 년 전 암천회의 난이 있을 당시 결성한 적이 있던 것이 그 원인이었다.

"원시천존, 어떠한가?"

"좋지 않습니다."

청성의 장로 현상 진인의 말에 당목기가 말을 받았다. 당목기는 암혼대를 맡고 있는 흑표(黑豹) 당철운을 제외한다면 당문에서 암기와 화기에 가장 능한 무인이기도 하였다.

"적들의 수가 너무 많습니다. 더구나 포달랍궁에서 얼마큼의 전력을 보냈는지도 모르는 상황입니다."

"크음……."

"우선은 운남행에 참가했던 병력들을 기다려야 하겠지요. 그래도 안 된다면 본가나 본산을 지키고 있는 분들이라도……."

"원시천존……."

현상 진인이 조용히 눈을 감았다. 당문 본가나 청성, 아미 본산을 지키고 있는 사람들이라면 장문인을 비롯하여 장로들을 말하는 것이었다. 그들이 내려오는 것이야 문제가 되지 않겠지만 그러고서도 패한다면 사천연맹의 미래는 지극히 불투명했다.

"다른 곳에서의 지원군은 없습니까?"

"힘드네. 섬서는 빙궁과 대막혈랑대의 침입을 막아내기에도 벅찬 것이 현실이라네. 천독문이 우리를 돕기 위해서 파병할 리가 있겠는가?"

현상 진인이 힘들다는 표정으로 고개를 저었다.

"대체 무벌은 무엇을 하는지 모르겠군요. 듣자 하니 숨죽이고 있던 사혈련조차 만해도와 전투를 벌이고 있다고 들었건만……."

"무벌주에게 무슨 일이 생긴 것 같네. 그렇지 않고서야 상황이 이 지경인데 가만히 있을 리야 있겠는가?"

팔황이 침입했다지만 기실 중원무림은 그리 어렵지 않게 그들을 격퇴할 수 있을 것이라 생각했다.

팔황의 난이 일어났을 당시와 지금의 상황은 많이 다르다. 구파에 비해 그 저력이 떨어지지 않는 오대세가가 있었고, 십팔도궁을 위시하여 무벌 등 흑도문파들의 성세도 그에 못지않았다.

그러나 장강수로연맹의 몰락과 무벌의 침묵은 그 모든 전세를 일시에 뒤집었다.

수로의 장악으로 인해 중원무림은 기동력을 발휘할 수 없었고, 서장무림의 대대적인 공격에 사천무림조차 풍전등화의 위기에 처했다.

"지금 우리가 할 수 있는 일은 최선을 다하는 것이라네."

현상 진인은 시선을 돌려 전장을 바라보았다. 그곳에서는 벌써 치열한 전투가 시작되고 있었다.


챙! 채채챙!

전투는 치열했다. 일단 밀리기 시작하면 전세가 걷잡을 수 없이 무너진다는 것을 알고 있는 사천연맹에서는 사력을 다해 전선을 지켜내고 있었다.

이당(理塘)의 전선이 무너지면 강정(康定) 전까지는 이렇다 할 방어선을 구축할 곳이 없었다. 강정에서 성도까지 불과 십여 일 거리라는 것을 생각할 때 그것은 실로 위험천만한 일이었다.

사천연맹에서 선두에 내보낸 것은 당문의 전위대였다.

다른 이유도 있었지만 무엇보다 전위대를 앞세운 것은 사기를 올리기 위해서였다. 무인들의 싸움에서 승패는 단 한순간에 판가름난다. 바로 그 한순간의 기회를 잡게 해주는 것이 사기였다.

"커억……."

"물러서지 마라!"

그러나 전위대 무인들 역시도 사람인 이상 인해전술로 밀고 나오는 서장 연합군의 공격 앞에 하나둘 쓰러져 가기 시작했다.

"무엇을 두려워하는가!"

그 순간 후방에서 전체적인 지휘를 하고 있던 유이명이 사자후를 터뜨리며 뛰쳐나왔다. 피해가 가중되자 더 이상 지켜보고만 있을 수 없던 것이다.

콰쾅!

검기가 스치고 지나가는 것에는 아무것도 남아 있지 않았다. 짙푸른 검기는 그렇게 폭풍이 되어 주위를 몰아쳤다.

"놈들을 쳐라!"

"대주께서 우리의 앞에 계신다!"

그 뒤를 이어 제대로 서 있지 못할 정도로 지쳐 있던 수십의 전위대원들이 유이명의 뒤를 따라 적들을 주살했다.

이것이 유이명이 가세한 전위대의 힘이요, 진정한 전위대의 모습이었다.

"오라! 내가 바로 당문의 전위대주다!"

유이명의 전신은 피에 절어 있었다. 그 어떤 적도 유이명의 발걸음을 멈추게 하지 못했다.

수백의 병력이 부딪치는 전장에서 개인에 의해 전선이 붕괴되고 있었다. 수십의 전위대원들이 유이명의 뒤를 따르고 있다고는 하지만 그것은 기적과도 일이었다. 시뻘건 살광을 흘리며 무차별로 적을 베는 유이명의 모습은 흡사 전신과도 같았다.

"시주가 광검이라 불리는 전위대주인가?"

그런 유이명의 앞을 누군가 막아섰다. 선장을 들고 있어 중으로 보였으나, 기이하게도 백발의 머리카락을 휘날리고 있었다.

"그렇소."

"본승은 포달랍궁의 대라마이네."

"친첸대라마……."

유이명은 백발노승이 누구인지 알고 있었다. 포달랍궁 세 명의 대라마 중 머리카락을 기르고 있는 이는 그밖에 없었다. 더불어 궁주인 파라한 활불과 파안 대라마를 제외한다면 포달랍궁에서 가장 강한 고수이기도 했다.

친첸대라마가 등장한 것과 동시에 전장에 변화가 일었다. 일단의 라마승들이 본격적으로 전투에 참여하기 시작한 것이다. 라마승들의 무공은 대단해 청성과 아미의 본산제자들조차 고전을 면치 못하고 있었다.

'내 상대가 아니다.'

유이명의 안색이 변했다.

포달랍궁의 세 명의 대라마는 유이명으로서도 감당하기 힘든 무인들이었다. 적어도 각 문파의 최고수들이 아니라면 대라마를 상대할 수 없었다.

'사형… 어쩌면 곧 만날 수 있을 지도 모르겠습니다.'

유이명은 검을 움켜쥔 손에 힘을 더했다.

물러난다면 목숨만은 부지할 수 있겠지만 그럴 경우 수하들은 모두 이곳에서 뼈를 묻게 될 것이리라.

단 얼마만이라도 이곳에 친첸대라마를 묶어두는 것이 그나마 피해를 최소화하는 방법이었다.

"오시오."

"허허, 어찌 내 신분에 어린 아해를 상대할까."

친첸대라마는 너털웃음을 흘리며 한 발자국 뒤로 물러섰다.

그러자 금장가사(金裝袈裟)을 입은 중년승 한 명이 성큼 걸어나왔다. 바로 사대각존 중 한 명인 금선각존(金線覺尊)이었다. 대라마의 바로 아래 서열이라 할 수 있는 사대각존 중 철라각존(鐵羅覺尊)과 함께 가장 강하다고 알려져 있는 자였다.

"오늘 살아서 돌아가지 못할 것이네."

금선각존은 쌍장을 휘두르며 쇄도했다. 그의 일장에는 막대한 진력이 실려 있었다.

퍼퍼펑!

전세는 비등비등했다. 금선각존이 강하다고는 하지만 유이명 역시 강한 무인이었다.

문제는 친첸대라마였다. 그가 장난하듯이 가볍게 휘두르는 선장에 다가가던 전위대원들이 피떡이 되어 날아가고 있었다. 그나마 본격적으로 전장에 합세하지 않는다는 것이 다행이라면 다행이다.

'강하다.'

유이명은 내심 친첸대라마의 가공할 무위에 탄식을 금치 못하고 있었다.

암왕 당문표만큼은 아니라 하더라도 당문에서 그 다음가는 고수라 할 수 있는 섬수환독 당문추나 가주인 독절 당운학보다는 오히려 강해 보였다.

"시주의 상대는 본승일세."

금선각존의 눈썹이 찌푸려졌다. 분명 유이명의 무공이 나이에 비해 턱없이 강한 것은 사실이었지만, 그렇다고 해도 금선각존 역시 아직 전력을 다하고 있는 것은 아니었다.

쩌쩡!

대지를 진동시키는 굉음과 함께 포달랍궁의 절기 중 하나인 다라패엽수(多羅貝葉手)가 펼쳐졌다. 포달랍궁에서 다섯 손가락 안에 드는 절기답게 다라패엽수의 위력은 극강했다.

"큭……."

정면으로 장력에 마주친 유이명의 신형이 두어 발자국 뒤로 밀려났다.

'지금은 이 싸움에 정신을 집중해야 한다.'

유이명은 수하들이 죽어가고 있다지만 도움을 줄 수 없는 것이 너무나 안타까웠다.

그 순간이었다.

"수하들은 걱정할 필요 없다. 너는 너의 싸움에 최선을 다하도록 하여라."

너무나도 익숙한 목소리.

유이명은 당장에라도 고개를 돌려 목소리의 주인을 확인하고 싶은 마음을 애써 억눌렀다.

"구성이라니… 훌륭하구나. 등선하신 스승님께서도 네 모습을 보면 기뻐하실 것이다."

"사형……."

유이명은 주체할 수 없이 흘러내리는 눈물을 닦을 생각도 하지 못한 채 신형을 날려 친첸대라마에게 다가가는 연운비의 뒷모습을 바라보았다.

'살아 계셨군요… 믿었습니다. 천지에 누가 있어 감히 사형에게 해를 끼칠 수 있단 말입니까?

모두가 죽었을 것이라 생각했다.

부상당한 몸을 이끌고 기어코 전투에 참여한 것도 그런 이유 때문이 아니었던가?

그러나 가슴 한구석에는 사형이 죽지 않았을 것이라는 믿음이 있었다. 아무리 적진이고 부상당한 몸이었다고는 하지만 사형이 죽을 리 없다고 생각했다.

이제 그 믿음이 실현된 것이다.

"그는 친첸대라마이며, 포달랍궁에서 몇 손가락 안에 드는 고수입니다! 조심하십시오!"

유이명이 큰 소리로 외쳤다.

아무리 사형인 연운비의 무공이 발전했다고는 하지만, 친첸대라마는 혼자서는 상대할 수 없는 고수였다.

'곧 가겠습니다.'

유이명은 전신의 내력을 극도로 끌어올리며 금선각존을 몰아쳤다. 조금 전까지만 해도 팽팽하던 전세가 급속도로 유이명에게 기울기 시작했다.

사람은 때로는 자신도 모르는 힘을 발휘하는 법이다.


"허허… 어린 시주가 대단하군."

친첸대라마는 자신을 막아선 연운비를 보고 감탄을 금치 못했다.

애초 이번 싸움에 나서지 않기로 했던 친첸대라마가 전장으로 나온 것은 유이명을 보고 나서였다. 그러나 가까이 선 본 유이명의 무공은 생각보다 떨어지는 것이었다. 그 정도라면 사대각존과 비슷한 수준에 불과했다.

그러나 연운비는 아니었다.

팔십 평생을 살아온 친첸대라마는 굳이 연운비의 기도를 보지 않아도 본능으로 연운비의 무공을 느낄 수 있었다.

"대라마께 묻고 싶은 것이 있습니다."

이전과는 다른 기도를 뿜어내는 연운비의 모습은 마치 권왕 위지악의 그것을 보는 듯했다.

"허허, 무엇인가?"

"다른 곳과는 달리 서장은 살기가 그리 척박하지 않다고 들었습니다. 한데 어인 연유로 중원을 침공하신 겁니까?"

연운비가 진중한 표정으로 물었다.

"허허, 활불의 뜻을 어찌 우리가 짐작할 수 있겠나?"

"저는 곤륜에서 자랐습니다."

잠시 간의 침묵 후 연운비가 말을 이었다.

"곤륜의 척박함은 서장, 아니, 세외를 통틀어 그 어느 곳보다도 좋지 않습니다. 그런 곤륜산에 둥지를 틀고 살아가는 화전민들조차 남의 것을 빼앗을 생각을 하지 않습니다. 먹을 것이 부족해도 오히려 보리 한 줌조차 나눠 먹고자 합니다. 그 화전민들이… 활불보다 낫다는 뜻이군요."

연운비는 검을 들었다.

그가 생각하기에 이들은 글조차 배운 적이 없는 화전민보다 못한 무리들이었다.

우우우웅!

검명이 터져 나왔다. 손잡이에 매화의 문양이 그려져 있는 그것은 유이명의 검이었다.

'막 형, 보십시오. 당신의 검이 이곳에 있습니다.'

연운비는 검을 휘둘렀다.

심검(心劍)의 경지를 넘어 신검합일을 바라보고 있는 연운비의 검은 천지를 가르고 있었다.

"훌륭하다!"

친첸대라마는 놀라움을 금치 못했다.

어느 정도 짐작은 했다지만 연운비의 무공은 그것을 뛰어넘는 것이었다. 더욱이 검에서 두 치 정도 치솟아 있는 검기는 포달랍궁을 통틀어도 찾아보기 힘든 내력이었다.

콰콰―!

몇 번의 부딪침과 함께 두 사람의 신형이 누가 먼저랄 것도 없이 주르륵 밀려났다.

'포달랍궁… 어째서 수백 년 동안 서장의 패자였는지를 알겠구나.'

연운비는 적이지만 친첸대라마의 무공에 감탄했다.

만약 몇 번의 깨달음이 없었다면 연운비로서는 십초지적도 되지 않았을 무위였다.

선장을 휘두르며 백발을 나부끼는 친첸대라마의 모습은 흡사 득도한 고승의 그것과도 같았다.

'무엇이 이들을 이렇게 만들었나?'

어째서 이런 이들이 무뢰배처럼 남의 것을 탐하고 뺏으려 한단 말인가?

연운비는 씁쓸한 마음을 금치 못하며 한편에서 치열할 혈투를 벌이고 있는 사제 유이명을 바라보았다.

유이명의 무공은 헤어질 당시와는 또 다른 수준에 이르러 있었다. 사대각존이라면 포달랍궁에 열 손가락 안에 드는 강자이다. 그런 사대각존 중 한 명이 유이명에게 연신 밀리고 있었다.

'녀석……'

고된 수련이 아니라면 결코 이룰 수 없는 경지. 신념이 있다고 해서

가능한 일이 아니었다.

우우우웅…

연운비는 이 싸움을 끝내기 위해 태청신공을 극성으로 끌어올렸다.

상황으로 보아 사제인 유이명이 질 것 같지는 않았지만 그래도 만에 하나 모르는 일이었다.

"끝을 보려 함인가!"

친첸대라마 역시 그런 연운비의 기색을 읽고 선장에 모든 기운을 모았다.

콰르르릉!

기파가 뻗어 나왔다. 이제 또 다른 한 걸음을 내딛고 있는 상청무상 검도는 천지와 조화를 이루고 있었다.

"갈!"

기세에 밀리지 않기 위해 친첸대라마가 일갈을 내질렀다.

쩡!

검기와 선장에서 뻗어 나온 빛이 부딪쳤다.

포달랍궁은 서장무림의 태산북두라 할 수 있다. 그런 곳에서 대라마 라는 위치는 서장무림을 통틀어도 그를 이길 자가 몇 되지 않는다는 것을 의미했다.

"쿨럭……."

그러나 폭음성과 함께 부딪친 충돌에서 밀려난 것은 친첸대라마였 다. 그의 가사는 입에서 흘러내린 피로 물들어 있었다.

"어찌 이런……!"

친첸대라마는 놀라움을 금치 못했다.

무학상의 무리야 어찌 인연이 닿아 벽을 넘을 수 있다고는 하지만 내공은 아니었다. 그것은 벌모세수나 영약을 이용한다고 해도 마찬가지여서 일정 한계가 분명 존재했다.

쩌쩡!

연운비는 재차 검을 휘둘렀다.

두 개로 나뉘어진 검기가 친첸대라마를 향해 뻗어갔다.

그렇게 뻗어가던 두 가닥의 검기는 수십, 수백 갈래로 변해 친첸대라마를 몰아쳤다.

만월파(滿月波)!

그것은 이제 또 다른 경지를 이룬 연운비의 검이었다.

이미 종전의 충돌로 인해 적지 않은 내상을 입은 친첸대라마였지만 기혈이 들끓는 것을 무시하고 내공을 극성으로 끌어올렸다. 그렇지 않는다면 이길 수 없다는 판단을 내린 것이다.

와직!

두 번의 강한 충돌과 함께 이어지는 여파. 만월의 빛이 주위를 감싸고 있었다.

"이, 이것이……."

친첸대라마는 두 동강으로 갈라진 선장과 함께 땅에 떨어진 오른팔을 보며 떨림을 멈추지 못했다.

"이, 이 초식의 이름은……."

"만월파라 합니다."

"만월(滿月)이라……."

친첸대라마는 몸이 서서히 무너져 내렸다. 중첩된 내상과 과도한 출혈로 혼절한 것이다.

"울컥……."

연운비 역시도 무사한 것만은 아니었다.

마지막 순간 친첸대라마가 내뿜은 공력에 내부가 진탕되었다.

깨달음이 있었다고는 하지만 그것을 완전히 자신의 것으로 소화한 상태가 아니었다. 능력이 미치지 못해서가 아니라 시간이 부족했던 것이 그 원인이었다.

"대라마님!"

근처에 있던 라마승 십여 명이 친첸대라마를 보호하기 위해 급히 움직였다.

"모두 대라마님을 보호하라!"

라마승들은 쓰러져 있는 친첸대라마를 부축하며 물러났다. 그들 중 몇 명은 선장을 비롯하여 과두도를 휘두르며 연운비를 향해 짓쳐들었다.

가장 먼저 쇄도한 라마승 두 명의 가슴팍이 길게 베어졌다. 친첸대라마와의 싸움에서 적지 않은 내상을 입었다고는 하지만 연운비의 무공은 그들이 감당할 수 있는 수준이 아니었다.

"크억!"

"이런 무위가……!"

이것이 바로 무학상 단계의 차이였다. 한두 수의 차이가 아니라 몇 단계가 차이나게 되면 특정 진법을 익힌 무인들이 아니고서야 합공을 한다 해도 한계가 있었다.

물론 그 수가 백(百)을 넘어간다면 다르겠지만, 지금 같은 상황에서는 문제가 되지 않았다.

그러나 그사이 친첸대라마는 라마승들의 호위를 받으며 본대가 있는 곳으로 사라진 연후였다.

더 이상 달려드는 적이 없자 연운비는 시선을 돌려 사제인 유이명이 있는 곳을 바라보았다. 그곳에서는 금선각존이 싸늘한 주검이 되어 땅바닥을 뒹굴고 있었다.

두둥! 둥! 둥!

전장에 울려 퍼지는 북소리와 함께 포달랍궁을 위시한 서장무인들이 후퇴하기 시작했다. 금선각존의 패사보다는 대라마 중 한 명인 친첸대라마가 심각한 부상을 입었다는 것이 그 원인이었다.

저벅.

서장무인들이 후퇴하자, 금선각존을 상대하며 적지 않은 부상을 입은 듯 유이명이 비틀거리는 걸음걸이로 다가왔다.

"기다리고 있었습니다."

"녀석……."

서서히 저물어가는 잿빛 노을 속에서 두 사형제는 그렇게 조용히 서로를 바라보았다.

사천연맹의 진영은 사기가 최고조로 치솟아 있었다. 연맹을 결성한 이후 첫 대승이었다.

그것도 세 명의 대라마 중 한 명이 돌이킬 수 없을 정도의 큰 부상을 입었고 사대각존 중 한 명이 죽었다. 물론 격전 중에 아미의 장로 한 명을 비롯하여 무수한 중소문파의 원로들이 죽었다고는 하지만, 어찌되었거나 내용 면에 있어서는 대승이었다.

"어떻게 되신 겁니까?"

간단한 보고를 올린 후 막사로 돌아온 유이명은 궁금한 표정으로 입을 열었다.

"점창산에서 일행과 헤어지게 되었다. 사천에 들어서니 서장과 전쟁 중이라 하여 이쪽으로 발걸음을 향하였다.

"그러셨군요."

"혹시 나와 함께 갔던 일행 소식은 듣지 못하였느냐?"

"그게 무슨 소리십니까?"

유이명이 의아한 표정으로 바라보았다.

"아니다. 그저 혹시나 하여……."

혹시라도 살아 있을지 모른다고 생각하였지만 유이명의 표정을 보니 차마 더 물을 수 없었다.

'이 빚을 어찌 갚는단 말인가?'

연운비의 얼굴에 깊은 수심이 어렸다.

시체를 찾을 수 없었기에 무덤조차 만들어주지 못했다. 무엇보다 그 점이 연운비의 마음을 아프게 하고 있었다.

"그들은 아미파에 몸을 의탁하며 부상을 치유하고 있습니다."

"아미에 몸을 의탁하다니? 그럼 그들이 살아 있다는 이야기냐?"

연운비는 놀라 자리에서 벌떡 일어섰다. 그리고는 사실이냐는 표정으로 유이명을 바라보았다.

당시의 인원으로는 은신처에 숨어 있다면야 모를까, 포위망을 뚫기에는 도저히 불가능한 전력이었다.

"그렇습니다. 사형의 소식도 그분들이 전해준 것입니다. 모르고 계셨군요? 당시 때마침 낭인왕께서 그곳에 도착하셨습니다."

"아……."

그제야 연운비는 유이명의 말이 믿을 수 있었다.

오왕이라는 이름이 주는 무게감. 누구보다 그 사실에 대해 잘 알고 있기에 가능한 일이었다. 당시 적도들의 수가 많다고는 하지만 오왕이라는 이름 앞에서는 그조차도 무의미했다.

"다행이다, 정말 다행이야……."

연운비는 눈을 감았다. 그리고 그들과 함께했던 시간들을 떠올렸다. 그다지 긴 시간이라고는 할 수 없었지만 서로의 마음을 아는 데는 충분한 시간이었다.

"거동을 할 수 없다 하였는데 부상이 심한 것이냐?"

"아닙니다. 그렇게 큰 부상은 없는 걸로 알고 있습니다. 단지 워낙에 지쳐있었기에… 천독문 소문주만 자파로 돌아갔다고 알고 있습니다."

"그렇구나. 하면 점창산에 있던 무리들은 낭인왕께서……."

"아닙니다. 충돌은 있었지만 일행의 안전 때문에 큰 교전은 없었다 합니다."

"그럼 그곳에 있던 무리들이 어디로 갔는지도 알고 있느냐?"

"그것까지는 모르겠습니다. 헌데 그것은 왜……."

"빚이 있다."

연운비는 고개를 돌려 서쪽 하늘 녘을 바라보았다.

무인으로서 죽기를 원했던 화산의 검수. 그의 바람은 이루어지지 않았고 이제 유령문은 그 빚을 갚아야 했다.


이당(理塘)의 전선은 고착 상태로 십 주야가 흘러갔다.

지지부진한 소강 상태에 양측 무인들의 피로도 점차 쌓여가기 시작했다.

대승 이후 사천연맹에서는 전력을 쏟아 사천 밖으로 적들을 몰아내고자 했으나 물밀듯이 밀려오는 물량 공세에 결국 전선을 유지하는 것만으로 만족해야 했다.

친첸대라마의 부상 이후 서장 연합군의 지휘를 맡게 된 사대각존의 수좌 철라각존(鐵羅覺尊)은 고심하지 않을 수 없었다. 적어도 청성이나 아미의 최고수가 나오지 않고서야 친첸대라마가 패할 리 없다고 생각했다.

실제로 그런 가정 하에서 전략을 구상했고, 전술을 운용했다.

그런 친첸대라마가 누군지도 모르는 상대에게 한 팔이 잘리고 기식이 엄엄한 부상을 당했다. 이렇게 되면 파안대라마가 이끄는 후발대가 오기 전까지는 어떠한 행동도 하지 못한다는 것을 뜻했다.

"각존! 마땅한 방법이 없는 것이오이까?"

"흐음……."

"대라마께서 저리 큰 부상을 당하셨소. 파안대라마께서 오실 때까지 아무런 전공을 거두지 못한다면 큰 문책이 있을지도 모르는 일이오."

눈썹이 희끄무레한 서역인 한 명이 자리에 일어나며 강한 어조로 말했다.

서장에는 포달랍궁만 존재하는 것이 아니었다. 중원과 마찬가지로 무수한 문파들이 영역을 구축하고 있었고, 그중에서 포달랍궁의 세력이 강한 것뿐이었다.

지금 발언한 이는 대라벌의 벌주로서, 서장무림에서 열 손가락 안에 드는 강자로 철라각존조차 함부로 대할 수 없는 고수였다. 친첸대라마라 하더라도 한발 양보해 주는 것이 바로 대라벌의 벌주 살극파였다.

"성불… 벌주께서는 무슨 방도라도 있으신지요."

"무슨 방법이 필요있소. 밀어버립시다. 고작 반수조차 되지 않는 놈들이오."

"성불… 하면 대라마님을 패퇴시킨 그자를 벌주께서 상대하실 수 있겠습니까?"

"그, 그것은……."

살극파는 조금 처지는 목소리로 입을 다물었다.

분명 살극파의 무공이 친첸대라마에 비해 처지는 것은 아니었지만, 그렇다고 하여도 우위에 있는 것도 아니었다.

더욱이 최근 며칠 사이에 있었던 전투에서 서장 연합은 친첸대라마를 패퇴시킨 정체불명의 상대에게 변변한 저항조차 하지 못하고 엄청난 피해를 입었다.

"그자는 본 림에서 상대해 보도록 하겠소."

회의장 구석에 있던 백포중년인이 자리에서 일어났다. 서장에서 포달랍궁 다음으로 강한 세력이라 할 수 있는 남목림(南木林)의 림주였다.

"가능하시겠습니까?"

"그자가 어느 정도인지는 모르겠지만, 혹시라도 암왕이 죽지 않을 것을 대비해서 나름대로 준비를 하고 있었소. 그 정도면 되지 않겠소이까?"

"오!"

"그런……!"

여기저기서 탄성이 흘러나왔다. 오왕 중 일인이라는 암왕을 상대할 준비를 하고 있었다면 설령 친첸대라마를 패배시킨 상대라 할지라도 충분한 승산이 있다는 생각이었다.

"적들의 본거지를 급습하기로 한 작전은 어찌 되었습니까?"

살극파가 조심스럽게 말을 꺼냈다.

"지금쯤 무혼대와 본 사의 정예들이 아미를 급습하고 있을 것입니다."

"컬컬, 그 사실이 전해지면 놈들이 기겁을 하겠소이다."

"성불… 그럼 내일 정오를 기점으로 다시 한 번 총공세를 펼치도록 하겠습니다. 다른 의견이 있으신지요?"

철라각존은 회의장을 한 번 둘러보았다.

더 이상 다른 의견은 나오지 않았다. 철라각존이 회의를 마무리하자, 회의장 내에 있던 수뇌부들은 모두 각파로 돌아갔다. 그렇게 파당에서의 싸움은 점점 더 치열해지고 있었다.

第34章

이것이 곤륜의 검이다

제34장

"매복이다!"

본대와 떨어져 십팔도궁의 잔당을 추격하고 있던 흑혈단주 우야타루가 무엇인가 이상한 낌새를 눈치채고 급히 외쳤다.

콰르르르르!

그러나 이미 쇄혼우모침(碎魂牛毛針)를 비롯하여 무수한 암기와 낙석들은 흑혈단 무인들 위로 떨어져 내리고 있었다. 십팔도궁에서 개발한 쇄혼우모침은 당문의 폭우이화침(暴雨梨花針)에 비해 위력 면에 있어서 차이는 있었지만 지금 같은 상황이라면 그에 못지않은 피해를 입힐 수 있었다.

"크억!"

가장 앞에 있던 대여섯 명의 흑혈단 무인들이 죽거나 큰 부상을 입었다.

"산개하라!"

우야타루는 혼란을 수습하며 사방에서 물밀듯이 쇄도해 오는 적들을 상대하기 위해 급히 진형을 유지했다.

삼단 중 흑혈단(黑血團)이 최고라는 평가를 받는 것은 다른 이유에서가 아니었다.

일사불란한 움직임을 보며 공격 명령을 내리고 있는 혁련후는 탄성을 금치 못했다.

"적이지만 훌륭하다. 그러나 오늘 이곳에서 살아 돌아갈 수는 없을 것이다."

혁련후는 들고 있던 삼각기를 휘둘렀다.

매복하고 있던 형산파 무인들이 모습을 드러내며 능선을 타고 내려왔다.

그동안 적지 않은 피해를 입으면서도 전력을 보여주지 않은 것은 오직 이 한 순간을 위해서였다.

"후방에 적이 출현했습니다."

진형의 중앙에 있던 미르타하는 시선을 돌려 후미를 바라보았다. 그곳에서는 정체를 알 수 없는 백여 명에 가까운 인원이 쇄도하고 있었다. 생각지도 않았던 복병이었다.

"오미종보? 그렇다면 형산파?"

미르타하의 눈살이 와락 찌푸려졌다.

내심 함정에 빠졌어도 크게 긴장은 하지 않고 있었다. 어찌 되었거나 상대는 칠팔십여 명에 불과한 전력이었고, 흑혈단 무인 오십이라면 승산은 충분했다. 그러나 이 정도 규모라면 상황이 달랐다.

"크하하! 십팔도궁! 과연 이 개 성의 패자가 될 만하구나!"

미르타하는 이번 싸움에서는 패했다는 것을 깨끗하게 인정했다.

이제야 십팔도궁이 그다지 많지 않은 병력으로도 끊임없는 기습을 감행하였는지 그 이유를 알 수 있었다.

"그러나 너희도 무사히 돌아가지는 못할 것이다."

미르타하의 눈에 섬뜩한 한광이 스치고 지나갔다. 죽을 때 죽더라도 그 대가를 치르게 하겠다는 뜻이었다.

"독을 사용한다!"

상린혈독(喪隣血毒)을 비롯하여 백골단장독(白骨斷腸毒) 등, 흑혈단 무인들은 지니고 있던 모든 독을 살포했다.

"크억……."

"끄아악……."

피부를 태워 버리는 상린혈독과 한 호흡만 들이켜도 폐부를 녹여 버린다는 백골단장독의 위력은 끔찍할 정도였다.

웬만해서는 비명을 지르지 않는 단도객들의 입에서 고통에 겨운 신음성이 터져 나왔다. 상처에 독이 닿는 순간 바로 즉사할 정도의 극독이었다.

그러나 그런 피해를 입으면서도 단도객들은 물러서지 않았다. 시간이 지날수록 지형의 이점과 조직적으로 공격해 오는 단도객들의 합공 아래 하나둘 목숨을 잃어가고 있었다.

흑혈단주 우야타루 역시도 흑산도(黑山刀) 독산을 비롯한 세 명의 단도객들에게 둘러싸여 고전을 면치 못하고 있었다.

"후퇴하셔야 합니다."

탑칠라하가 적들을 주살하기에 여념이 없는 미르타하의 근처로 다가와 말했다.

준비된 상태라면 몰라도 지금 같은 경우라면 필패(必敗)의 싸움이었다. 총단을 떠나오면서 대부분의 독들은 모처에 숨겨두었고, 지니고 있는 독을 얼마 되지 않았다.

흑혈단 무인들이 강한 것은 사실이지만 그 강함은 독공이 뒷받침해 주었을 때의 이야기였다.

"적들의 수가 너무 많습니다."

"크큭… 수하들이 이곳에 있거늘 어디로 후퇴한단 말이오?"

미르타하가 자조적인 미소를 지으며 반문했다.

한때의 호기로 인해 돌이킬 수 없는 피해를 입게 되었으니 죽어서라도 이들을 볼 면목이 없었다.

"이곳은 제가 책임지도록 하겠습니다. 지금은 오기를 부릴 때가 아닙니다. 이런 곳에서 헛되어 목숨을 잃으신다면 차후 본 문은 누가 이끌어가겠습니까?"

일문의 장로, 탑칠라하가 기세를 드러내며 말했다.

소문주인 미르타하와는 의견의 충돌로 잦은 다툼을 가졌지만 그것은 어디까지나 묘독문을 위해서였지 다른 사심(私心)이 있던 것은 아니었다.

"소문주님!"

"어서 몸을 피하십시오."

흑혈단 무인들은 피를 흘리며 싸늘한 주검이 되어가면서도 미르타하만의 안전만을 생각했다.

"저들을 보십시오. 저들의 죽음을 헛되이 만들 생각이십니까? 소문주께서는 저들에게 빚을 갚아야 합니다. 그 빚을 갚는 것이 어떤 행동인지를 잊지 마십시오."

탑칠라하는 말을 마친 후 곧장 포위망이 가장 약하다고 생각하는 곳으로 몸을 날렸다.

반혈독장(斑血毒掌).

일수에서 뻗어 나온 장력이 진각과 함께 포위망의 한 곳을 후려쳤다. 형산파 무인 두 명이 피떡이 되어 날아갔다. 사지를 부르르 떨던 그들은 안색이 푸르죽죽하게 변하며 그대로 절명했다. 부심장(腐沁掌)과 함께 묘독문 삼대절학 중 한 가지로 꼽힐 만큼 반혈독장의 위력은 뛰어났다.

"누가 내 앞을 막는가!"

탑칠라하는 주위의 이목을 끌기 위해 사자후를 터뜨리며 공격에 박차를 가했다.

"크하하하!"

미르타하가 비통한 표정으로 대소를 터뜨렸다. 이 자리에서 죽고자 했지만 그것조차 마음대로 할 수 없었다. 무인으로서 이보다 자존심이 상하는 일은 있을 수 있을까?

"십팔도궁, 오늘 이 순간을 절대로 잊지 않을 것이다!"

섬뜩하리만큼 원독에 찬 눈빛으로 한편에 있는 혁련후를 바라본 미르타하가 이를 악물고 신형을 날렸다.

"이제야 마음 놓고 싸워보겠구나!"

희미해져 가는 미르타하의 뒷모습을 바라본 탑칠라하의 얼굴에 미소가 그려졌다.

탑칠라하 역시도 무인, 태상호법 호미야루가 스스로 남기를 원하지 않았다면 죽으면 죽었지 결코 총단을 떠나지 않았을 것이다.

"오라!"

죽음을 각오한 탑칠라하의 무위는 진정 가공했다. 후미를 책임졌던 형산파 무인들이 추풍낙엽으로 쓰러져 나갔다.

팔황 중 일익. 이것이 묘독문의 호법이 지닌 힘이요, 팔황이 지닌 능력이었다.

'아쉽구나……'

혁련후는 멀어져 가는 미르타하의 뒷모습을 바라보며 탄식을 금치 못했다.

'언제 이 같은 기회가 또 올 것인가.'

손안에 들려 있는 전서가 이렇게 원망스럽기는 처음이었다.

얼마 전까지만 해도 연락이 끊겼던 본대에서 비합서를 통해 급전을 보내왔다. 사천에서의 상황이 급박하게 돌아가고 있으니 급히 회군하라는 전갈이었다.

사천이 적의 수중에 떨어진다면 중경에 이렇다 할 세력이 없는 상황에서 호남은 물론 광서, 광동까지 위협받을 수 있었다.

형산파는 당장 회군하기를 희망했다.

사천이 무너진다면 그 다음 대상이 귀주가 될 수도 있겠지만, 그보다는 호남일 가능성이 컸다. 호남에 터를 두고 있는 형산파로서는 당연하다고 할 수 있는 행동이었다.

피해를 각오하면서 미르타하를 잡고자 했다면 그러지 못할 것도 없었지만, 미르타하를 놓아준 데에는 그럴 만한 이유가 있었다. 만약 이곳에서 미르타하가 죽는다면 악에 받친 묘독문도들이 무슨 짓을 할지 알 수 없었다.

'그래도 상관없다. 호법 하나에 흑혈단 무인 오십이라면 차후 본궁은 등 뒤를 두려워하지 않아도 된다.'

혁련후는 생각을 마치며 장내로 시선을 돌렸다.

"그나저나 대단하군. 이것이 팔황인가……."

혁련후는 감탄을 금치 못하며 독장을 발출하며 사방을 휘젓고 있는 탑칠라하를 바라보았다.

"자웅을 결하지 못하는 것이 안타깝군."

그런 탑칠라하에게 각기 다른 열 개의 병기를 손에 들고 있는 형산파 무인들이 다가가고 있었다.

십방풍우진(十方風雨陣).

형산이 만들어낸 최고의 절진.

비록 창마 조풍령에게 무너졌다고는 하지만 그것은 상대가 조풍령이기에 가능했던 일이었다.

"모조리 죽여라! 한 놈도 살려 보내서는 아니 된다!"

형산파 장로 취영보 소미득이 제자들을 독려하며 얼마 남지 않은 묘독문도들을 몰아쳤다.

형산파(衡山派) 역시도 도가의 문파. 웬만해서는 속가제자에게 장로의 지위를 주지 않았다. 당금 형산파의 장문인 현선자와 같은 배분이라고는 하지만 소미득이 장로로 임명되었다는 것은 그만큼 소미득의 무공이 뛰어나다는 것을 의미했다.

서걱!

소미득의 검기가 요동을 칠 때마다 흑혈단 무인 하나가 쓰러졌다. 그들이 감당하기에 소미득의 무공은 너무 강했다.

"독 대주는 물러서게."

소미득은 운영미보(雲影迷步)를 펼쳐 얼마 남지 않은 묘독문도를 헤치고 우야타루 앞에 섰다.

흑산도 독산은 내심 불만스러웠지만 주저없이 신형을 돌렸다. 아직 적은 많았고 구태여 우야타루를 상대하는 것보다는 수하들을 도와 한 명이라도 묘독문도들을 더 죽이는 것이 아군의 피해를 최소화시키는 일이었다.

"구면이군. 그렇지 않은가?"

"말이 필요하나?"

우야타루는 단창을 들며 피에 전 미소를 지었다. 살기가 진득하니 배어 있는 미소였다.

쇄쇄쇄쏴!

다섯 마디로 이루어진 두 개의 단창이 기이한 파공음을 흘리며 쇄도했다. 소미득도 그 공격을 경시하지 못하고 내력을 끌어올려 검기를 일으켰다.

쩌쩡!

몇 차례의 부딪침. 밀어 오르는 울혈을 삼키며 우야타루는 죽음을 예감했다.

'형산. 이리도 강할 줄이야……'

평상시 상태였다면 모르되, 단도객들을 상대하면서 너무 많은 내공을 소진했다. 현기 어린 검로의 속박 속에서 우야타루는 점차 몸이 말을 듣지 않는 것을 느낄 수 있었다.

어떻게든 빈틈을 만들어내기 위해 단창을 휘둘러보았지만 소미득의 검세를 뚫기에는 역부족이었다.

오대검파에 들면서도 구파에는 속하지 못했던 형산의 검. 이것이 인고의 세월을 견뎌내며 발전해 온 위력이었다.

퍽!

푸른 검기가 기해혈(氣海穴)을 꿰뚫는 것과 동시에 우야타루는 천천히 신형을 무너뜨렸다.

'소문주……'

우야타루는 산산이 흩어지는 진기를 느끼며 미르타하의 존재를 떠올렸다.

'끝까지 모시지 못함을 용서를……'

우야타루의 동체가 서서히 무너져 내렸다.

"적의 수뇌가 쓰러졌다!"

저편에서도 탑칠라하가 죽었다는 소리가 들려왔다.

십방풍우진 속에서 분전하던 탑칠라하가 세 명의 형산파 무인과 함께 산화한 것이다. 탑칠라하를 끝으로 더 이상 장내에 움직이는 묘독 문도는 존재하지 않았다.


*       *       *


아미산(峨嵋山).

사천 중남부에 위차산 산으로 구파 중 하나이자 불교의 성지 중 하나인 아미파가 위치해 있는 명산. 지금 그 아미산 자락에 일단의 무리들이 속속들이 모여들고 있었다.

"모두 모였는가?"

"아직 대뢰각 소속 무승들이 도착하지 못했습니다."

"다른 이들은?"

회의승포를 입은 라마승이 정좌한 채 물었다.

"활불… 마곡에서는 반 시진 이내에 도착할 것이라 전갈이 왔습니다. 선발대가 그 전갈을 가져 왔습니다."

사대각존 중 일인인 독안각존(獨眼覺尊)이 공손히 대답했다.

포달랍궁에서 사대각존에게 공대를 받는 인물이라면 활불을 제외하고는 세 명의 대라마가 유일했다. 회의승포를 입은 노승의 신분은 마하륵대라마였다.

"알았네."

마하륵대라마가 묵묵히 고개를 끄덕였다.

"백수추풍(白水秋風)이라! 어째서 아미팔경이라 하는지 이제야 그 이유를 알겠구나!"

마하륵대라마는 주변 풍경을 보고 감탄을 금치 못했다.

사천제일의 명산이라 하더니 그 말이 거짓이 아닌가 보다. 서장에 위치한 그 어떤 산도 이보다 수려하면서 아름답지 못했다.

"적어도 열흘 이내에 아미팔경을 모두 보실 수 있을 것입니다."

"그랬으면 좋겠네."

마하륵대라마가 부드러운 미소를 지으며 대답했다.

세상에는 세 명의 대라마 중 그의 무공이 가장 처진다고 알려져 있었지만 실제 그의 무위는 파안대라마보다도 오히려 우위에 있었다. 그렇지 않았다면 천하삼검에 필적한다는 아미의 금정 사태가 본산에 머무르고 있는 상황에서 이런 무모한 계획을 세울 리 없었다.

"마곡에서는 누가 온다던가?"

"대하 상인과 오대마군 중 두 분이 오신다 하였습니다."

"으음… 낭인왕을 상대로는 힘들 터인데?"

대하 상인이 마곡에서 칩거하고 있는 네 명의 고수 중 한 명이라지만 낭인왕에 비하면 그 수가 조금 처지는 것이 사실이었다. 점창산에서 일행을 구한 악구패는 아직 아미산에 머무르고 있었고, 누군가 악구패를 상대해야 했다.

"저 역시 구양 노사께서 함께 오시는 줄 알았는데 대하 상인만 오신다 합니다."

"흠… 상인께서 무공에 발전이 있었나 보군."

마하륵대라마의 표정이 굳었다 풀어졌다.

이전에 본 대하 상인의 무공이라면 자신과 비슷한 수준에 불과했다. 악구패의 무공이 오왕 중 가장 약하다는 것은 어디까지나 세간의 평이었고, 실제로 그들끼리 부딪쳐 본 적은 없었다.

팔황에 속한 문파에서는 오히려 창왕이나 암왕보다는 악구패의 무위를 더 높게 쳐주었다.

마하륵대라마가 악구패를 상대로 동수 이상의 결과를 만들어낼 수 없다는 가정을 하였을 때, 깨달음이 있어도 그 정도가 상당히 크다는 것을 의미했다.

"허허, 백 년이라는 시간이 지났건만 그들을 능가하는 것이 쉽지 않구나."

마하륵대라마는 쓴웃음을 흘리며 고개를 주억거렸다.

아무리 대하 상인이 칩거하고 있는 고수들 중에서 수위의 자리에 있다고는 하지만 마곡의 곡주를 비롯하여 무상이나 구양 노사보다는 떨어지는 편이었다.

그런 대하 상인이 악구패와 비슷한 경지에 올라섰다면 다른 이들 역시 크게 다르지 않을 것이리라.

"저기 오는 것 같습니다."

독안각존이 멀리서부터 다가오는 무리들을 보며 말했다.

"늦진 않았나 모르겠소이다."

"성불… 어서 오시구려."

"그간 잘 지내셨습니까?"

백 명 정도 되는 인영들 속에서 흰 수염을 기른 노인이 앞으로 걸어나오며 마하륵대라마를 보고 반가운 표정을 지었다. 그 노인이 바로 대하 상인이었다.

마곡에 속한 무인들이 하나같이 투기를 내뿜는 것과는 다르게 대하 상인에게서는 허허로운 기도만이 느껴졌다.

"상인께서도 편안하시었습니까?"

"허허, 저야 늘 그렇지요. 그보다 귀 사의 무승들은 아직 다 도착하지 않았나 보오이다?"

"곧 도착할 것입니다."

"대라마께서 금정 사태를 상대하시겠습니까?"

"성불… 그래야겠지요."

"하면 제가 낭인왕을 상대하도록 하겠습니다. 허허, 기대가 됩니다. 오왕이라……."

대하 상인은 희미한 미소를 머금은 채 너털웃음을 흘렸다.

"자네가 무혼대주인가?"

"그렇습니다."

대하 상인의 뒤에 시립해 있던 갈중혁이 한 걸음 앞으로 나서며 대답했다. 그의 왼쪽 상반신은 붕대로 친친 감겨 있었다. 점창산에서 낭인왕 악구패를 상대하며 입은 부상이었다.

오왕 중 일인답게 악구패의 무위는 가공했다. 무려 서른 명의 무혼대 무인들을 상대하면서도 압도적인 우위가 무엇인지를 보여주었다.

삼마가 어찌하여 낭인왕을 보는 순간 뒤도 돌아보지 않고 도망친 것인지 뒤늦게서야 그 이유를 알 수 있었다. 만약 뒤늦게 합류한 야이목풍이 아니었다면 갈중혁은 이 자리에 있지도 못했을 것이리라.

"야이 장로께서는 어디에 계신가?"

"곧 도착하실 것입니다."

"그래, 낭인왕의 무위는 어떻던가?"

"강했습니다. 내공을 익히지 않았음에도 그렇게 강할 수 있다는 것이 신기하더군요."

갈중혁이 한차례 몸을 떨었다.

외공의 정점에 오른 무인. 그것이 바로 오왕 중 일인인 낭인왕 악구패였다. 절반의 수하를 잃고도 후퇴한 것은 그만큼 악구패가 강했기 때문이었다.

사박사박.

한 식경 정도가 지났을까?

아미산 자락에 이백여 명에 달하는 라마승들이 변복을 한 채 속속들이 모습을 드러내기 시작했다. 그렇게 아미산은 음울한 기운을 띠고 있었다.

\*　　　　　\*　　　　　\*

휘이잉…….

본격적으로 가을에 접어든 사천 서부의 날씨는 쌀쌀한 감이 없지 않아 있었다. 그러나 파당 인근을 경계로 하여 팽팽한 대치 상태를 지속하고 있는 양측 무인들에게는 열기만이 느껴졌다.

뿌우우웅!

긴 호각 소리와 함께 북소리가 울려 퍼졌다.

서장 연합군은 지금까지와는 달리 전 병력을 일시에 몰아붙이는 총 공격을 감행했다.

"허어……."

청성의 장로 현상 진인이 벌판을 가득 메운 서장 연합군을 보며 탄식을 토했다.

그 수가 너무 많아 도무지 짐작조차 하지 못할 정도였다. 어림잡아도 족히 천여 명이 넘는 대군이었다. 더욱 큰 문제는 더 병력이 전부가 아니라는 사실이었다.

"차라리 후퇴하며 요소요소에서 저들을 공격하는 것이 낫지 않겠습니까?"

염화대의 대주 홍화독(紅花毒) 당목기가 말했다.

인해전술로 나오는 저들의 공세를 구태여 응해줄 필요가 있냐는 태도였다.

사천 북동부 지역만큼은 아니라 하여도 서부에도 험지가 몇 군데 존재했다.

그곳이라면 적은 병력으로도 효과적으로 공격할 수 있었고, 더욱이 독가 암기에 능한 당문의 무인이라면 그 효과가 더욱 컸다.

"아미타불… 어렵습니다. 비록 군부의 눈치를 봐야 해 관도를 이용할 수 없다고 하지만 저들이 반드시 우리가 원하는 곳으로 이동한다는 보장은 없습니다."

아미의 매수 신니가 고개를 저으며 말했다.

그들의 목표가 성도가 확실하다면야 모르겠지만 청성이나 아미가 그 대상이 된다면 본산이 고립되는 위기에 처할 수도 있었다. 그것만 큼은 무슨 일이 있어도 피해야 했다.

"아미타불, 당문에서는 추가 병력이 언제쯤 도착한다고 합니까?"

"저들의 지원군이 도착하는 시간과 비슷할 것입니다."

당목기가 무거운 표정으로 대답했다.

혹시라도 모를 빙궁과 대막혈랑대의 침공을 우려해 북부에 전력을 대기시켜 놓고 있던 탓에 당문의 정예들은 아직 도착하지 못한 상황이었다. 오대 중 본가에 있던 전위대와 염화대만이 전투에 참여하고 있었다.

"그들만 도착한다면 어떻게……."

단순히 당문의 정예만 온다면 모르겠지만, 사천에 자리잡고 있는 수많은 중소문파 역시 이번 싸움에 출정하기 위해 당가의 정예와 함께 이동 중이었다. 그들 모두가 도착한다면 해볼 만한 싸움이 되겠지만 문제는 시간이었다.

만약 저들의 지원군이 먼저 도착한다면 어쩔 수 없이 이당까지 물러서는 방법밖에는 없었다. 그렇게 되면 지금까지 전선을 유지한 것이 의미없는 짓이 되어버린다.

"원시천존… 우선은 조금 더 버텨보도록 하지요. 사기는 아직 저희가 높지 않습니까?"

"알겠습니다. 그럼 저희도 공격 명령을 내리도록 하겠습니다."

당목기가 침중한 표정으로 고개를 끄덕이며 전열한 채 대기하고 있는 당문 무인들 쪽으로 걸어갔다.

"쳐라!"

"놈들을 모조리 죽여라!"

치열한 전투가 벌어졌다. 서장 연합에서 선봉에 선 것은 대라벌 무인들이었다.

대라벌 무인들은 개개인의 무위는 그다지 강하지 않았지만 집단 전투에 있어서는 서장제일로 십팔도궁의 단도객들만큼이나 조직적인 움직임을 자랑했다.

거기에 맞서 사천연맹에서는 청성의 검수들을 내보냈다. 대부분이 속가제자라고는 하지만 구파의 일익답게 청성의 검수들은 뛰어난 무위를 보였다. 더욱이 그 수가 많지는 않지만 본산제자들은 대라벌 무인 서넛을 상대하면서도 우위를 점하고 있었다.

"크악!"

초반 전세는 지형상의 이점과 청성의 검수들을 앞세운 사천연맹의 것이었다.

거기에 최근 벌어진 몇 차례의 전투에서 우위를 점하며 사기가 오를 대로 오른 사천연맹 소속 무인들의 매서운 공격에 서장 연합군은 추풍낙엽(秋風落葉)으로 쓰러져 갔다.

"지금이다!"

"염화탄을 사용해라!"

당문 염화대의 가공스러운 화기와 화탄은 서장 연합군을 더욱 주춤하게 만들었다.

그러나 그것도 잠시뿐, 피해를 입으면서도 끊임없이 병력을 몰아붙이는 파상적인 공세에 그 수가 부족한 사천연맹의 고수들이 차츰 밀려나기 시작했다.

평소 같다면 이쯤에서 물러났을 서장 연합군의 수뇌진들도 오히려 희생을 감수하면서도 더욱 몰아붙이고 있었다.

"놈들의 수가 너무 많습니다!"

청성의 일대제자인 청풍 도인이 힘들다는 표정으로 염화대 부대주 당기악에게 외쳤다.

"지시가 내려올 때까지 조금만 더 버텨봅시다."

"휴… 알겠습니다."

청풍 도인은 속가제자들이 죽어나가는 것을 보며 안타까움을 금치 못했다.


전장이 급박스럽게 돌아가자 사천연맹에서는 당문 전위대와 아미파의 복호승에게 출전하라는 명령을 내렸다.

아미파는 구파 중 하나로서 아미산에 퍼져 있는 수많은 사찰들을 통틀어 가리키는 말이다. 구파 중 유일하게 여승들로만 이루어진 문파였지만 복호사에서만큼은 선대의 유지를 받들어 남녀를 불문하고 제자로 받아들였는데 그들이 바로 복호승들이었다.

아미의 여승들은 이런 집단 전투에서 큰 힘을 발휘하지 못했다. 검진을 익히고는 있다지만 주로 수비에 이용하는 검진이었고 지금처럼 난전 속에서는 그마저 펼치기도 힘들었다.

"긴장되느냐?"

"아닙니다."

유이명의 말에 전위대원들이 일제히 입을 모아 대답했다.

그들 중에서는 얼마 전 유이명과 함께 운남행에서 돌아온 자들도 몇 존재했다.

"흐흐. 대주, 긴장이 될 게 뭐 있습니까? 그제 있었던 전투에서 놈들이 우리만 보면 꽁지가 빠져라 도망가는 것을 보지 못하셨습니까? 속이 다 시원하더군요."

이번에 새로 부대주로 승급한 당철목이 가슴을 치며 대답했다.

전위대는 운남행에서 적지 않은 피해를 입었고, 그로 인해 대대적인 개편이 있었다. 두 명의 부대주가 새로 임명이 되었고, 삼십여 명의 인원을 추려 모처에서 훈련 중이었다.

기실 당철목은 삼 년 전 우발적인 사고로 인해 부대주에서 강등된 무인이었다. 무위로만 치자면 유이명을 제외하고 세 손가락 안에 드는 것이 바로 당철목이었다.

"맞습니다."

"오늘도 놈들에게 본때를 보여주겠습니다."

운남행을 떠난 아홉 개 조를 제외한 전위대 소속 나머지 무인들이 이 자리에 서 있었다. 본가에 남아 있는 두 개 조를 제외한다면 실질적으로 모든 인원이라 해도 과언이 아니었다.

그들의 사기는 하늘을 찌를 듯했다.

유이명이 부상을 무릅쓰고 그들을 이끌고 있다는 점도 하나의 이유였지만, 한 자루 매화검을 손에 쥔 채 도복을 휘날리며 유이명의 곁에 서 있는 사내의 존재 때문이기도 하였다.

마곡의 봉공과 포달랍궁의 대라마가 그에게 패퇴하였다는 사실을 모르는 이는 이 자리에 없었다.

곤륜의 신검(神劍)이라고까지 불리는 무인. 사내는 바로 다름 아닌 연운비였다.

"가자."

유이명이 전장으로 몸을 움직였다.

쩡!

한차례 진동을 일으키는 진각과 함께 날아든 백색의 검기가 선두에 있던 서장무인들의 전열을 무너뜨렸다.

"어헝!"

이어지는 사자후!

깊숙이 진입한 적들을 제압하며 도복은 피로 물들어 있었지만 그의 기세는 거침이 없었다. 심검(心劍)의 경지를 넘어 또 다른 경지를 향해 나아가고 있는 무인, 백색의 검기의 주인은 바로 연운비였다.

"놈이다!"

"놈이 나타났다!"

연운비를 본 서장무인들이 기겁을 하며 물러났다.

벌써 연운비에게 당한 서장 연합군 수뇌들의 숫자만 하여도 물경 십여 명을 헤아렸다. 그중에서는 큰 부상을 입은 친첸대라마도 있었고, 서장 십대고수에는 속하지 못하지만 그에 근접하는 대라벌의 호법 역시 포함되었다.

벌판에 자욱이 늘어선 서장 연합군 무인들이 마치 파도처럼 주르륵 뒤로 밀려났다.

단 일인에 의해서 일어난 일이었다.

그것은 마치 오래전 애뇌산에서 창마 조풍령이 보여주었던 모습과도 같았다.

쩌쩡!

검파가 몰아쳤다. 그것은 곤륜의 웅장함이었고, 연운비의 의지이기도 했다.

콰르르릉!

마치 작약(炸藥)이라도 터진 것처럼 검파가 스치고 지나간 곳은 벌집처럼 땅이 파여 있었다. 스치기만 해도 중상이었고, 다가서려 하는 사람조차 없었다.

"뭣들 하느냐! 이것은 우리의 싸움이다. 이곳이 사천이라는 것을 잊지 말아라!"

그 뒤를 이어 쾌검을 휘두르며 유이명이 서장 연합군의 진영을 무너뜨렸다. 찰나간이지만 연운비의 신위를 보고 멍하니 서 있던 전위대 무인들이 일제히 유이명을 따라 돌격했다.

후폭풍이 일었다.

당문에서 가장 강한 무력 집단답게 전투에서 전위대가 보여주는 능력은 가공스러운 것이었다.

'나는 정당한가?'

연운비는 끊임없이 밀려오는 적들을 주살하며 마음 한구석에 깊은 죄책감을 느꼈다.

마음을 굳게 먹었다고는 하지만 아직 이런 일이 익숙하지 않은 연운비였다.

사람의 성품은 그리 쉽게 변하지 못한다.

실제로 검기를 휘두르고 있는 연운비의 손에 죽어간 적들의 숫자는 얼마 되지 않았다. 단지 대부분 부상을 입었을 뿐이고, 부상을 입은 자들이 사천연맹 소속 무인들의 속에 죽임을 당하는 것뿐이었다.

산을 내려와 사람을 죽이게 되고, 소중했던 사람들을 잃었다. 차라리 산을 내려오지 않고 그들을 만나지 않았더라면… 그랬다면 어땠을까 하는 생각도 없지 않아 있었다.

"기다리고 있었다."

그 순간 연운비의 앞에 일단의 무리들이 기이한 병장기를 든 채 서서히 다가왔다.

그들은 바로 남목림(南木林)의 림주 여그룩과 그가 공들여 키운 정예 무인들이었다.

"다른 자들은 신경 쓸 것 없다. 저놈만 주살한다."

여그룩이 손목에 감긴 사슬과 연결된 기이한 낫을 휘두르며 포위망을 구축했다.

"사형, 조심하십시오. 심상치 않습니다."

유이명이 이상한 낌새를 눈치채고 급히 움직이려 하였으나 어느새 그가 이끄는 전위대 무인들은 일단의 라마승에게 포위된 형국이었다.

"활불… 시주께서는 본승이 상대해 드리겠소."

전체 지휘를 대라벌 벌주 살극파에게 넘긴 철라각존이 반 보 앞으로 나섰다.

"사형, 곧 가겠습니다."

유이명은 검을 들었다.

걸치고 있는 가사로 보아 상대가 사대각존 중 한 명이라는 것을 의심할 여지가 없는 사실이었다. 그러나 유이명은 패배를 염두에 두지 않았다.

'언제까지나 짐이 되지는 않을 것이다.'

그것은 유이명의 신념이었고, 사천에 진정한 신성(晨星)이 떠오르는 순간이기도 하였다.

쒜앵!

남목림의 무인들은 특이한 병기를 사용하였는데 주로 쇠사슬 끝에 형극(荊棘) 모양의 추가 달려 있거나 림주인 여그룩의 것처럼 기형 낫이 달려 있었다. 철편(鐵鞭)을 사용하는 이도 간혹 있었으나 그것은 중원무인들도 간혹 사용하는 무기였다.

"흐흐, 놈! 그동안 본 림의 제자들을 죽인 대가를 받겠다."

여그룩은 무시무시한 살광을 흘리며 연운비를 노려보았다.

서장에서 포달랍궁 다음가는 세력이라 할 수 있는 남목림답게 이번 사천 정벌에 상당한 문하 제자들을 내보내었다. 그런 만큼 연운비에게 당한 남목림 무인의 수는 포달랍궁 다음으로 많았다.

"남목림이라 하였습니까?"

"그렇다."

"하면 림주께서는 림의 제자들 손에 죽어간 사람들에 대해서는 어떻게 생각하십니까?"

"알 바 없다. 나에게 중요한 것은 본 림의 제자이다."

"궤변이군요. 목숨은 누구에게나 소중한 것입니다."

"그렇게 다른 사람의 목숨을 챙기는 놈이 이런 전쟁터에는 무엇 때문에 나왔느냐?"

"소중한 사람들을 지키기 위해서입니다."

연운비는 주저없이 대답했다. 고민하면서도 전투에서 앞장서고 있는 이유는 바로 그 때문이었다.

"말은 잘하는구나. 어디 그 말만큼이나 실력도 있는지 보겠다."

실제로 부딪쳐 본 적은 없지만 여그룩은 연운비의 본신무공이 자신보다 높다는 것을 알고 있었다. 친첸대라마는 포달랍궁에서 몇 손가락에 안에 드는 고수였고, 서장 십대고수 중 일인이기도 하였다.

"죽여라!"

여그룩이 뒤로 빠지는 것과 동시에 열두 명의 무인이 긴 쇠사슬을 휘두르며 연운비를 포위했다.

'진법인가?'

포위망을 구성하고 있는 열두 명 개개인에게서 느껴지는 기도는 그다지 강하지 않았다. 굳이 비교한다면 전위대 무인들과 비슷한 수준이라 할 수 있었다. 이전이라면 몰라도 지금 그 정도의 인원으로는 연운비에게 큰 위협이 될 수 없었다.

그러나 진법이라면 이야기가 달라졌다. 합공의 이점을 극대화시키기 위한 것이 바로 진법이었다.

쐐액!

두 개의 쇠사슬과 함께 철추가 날아들었다.

근거리 무기에 비해 원거리 무기가 가지는 파괴력은 가히 압도적이라 해도 과언이 아니었다. 다만 그 정확성이 조금 떨어진다는 단점이 있었지만, 지금처럼 합공을 가함에 있어서는 그 효용이 극대화할 수 있는 것이 원거리 무기였다.

검기로 철추를 쳐낼 수도 있었지만 연운비는 굳이 그렇게 하지 않았다. 철추에 어떤 모용이 숨겨 있을지도 모르는 일이었고, 호시탐탐 사방에서는 쇠사슬을 휘두르며 위협하고 있는 적들도 부담이 되었다.

두 개로 시작된 쇠사슬은 그 수가 점차 불어났다. 나중에는 도저히 피할 수 없어 어쩔 수 없이 철추를 쳐내게 되었는데, 놀라운 것은 쳐낸 철추가 반탄력으로 인해 오히려 더욱 빠른 속도로 재차 쇄도한다는 사실이었다.

까이이잉—!

문제는 그 다음에 일어났다. 철추야 그래도 피하기가 수월했지만 낫은 쳐내기도 힘들뿐더러 피하기는 더욱 어려웠다. 연운비는 포위망 속에서 몸을 움직이며 검기를 뿌렸다.

서걱!

낫 중 하나가 연운비의 옷자락을 스치고 지나갔다.

연운비는 생각을 바꾸었다. 쳐낼 수 없다면 쇠사슬을 끊어버리면 그만이었다.

철렁!

그러나 놀랍게도 쇠사슬은 검기에도 잘리지 않으며 오히려 연운비의 검을 휘감았다.

"자철?"

연운비는 오래전 스승인 운산 도인에게서 이런 기병기에 대해 들어본 적이 있었다.

자철과 현철을 적당한 비율로 섞어서 제련하면 지금처럼 검기에도 끊어지지 않을 정도의 단단함과 탄력을 가지고 있는 병기를 얻을 수 있었다.

물론 그러기 위해서는 쇠사슬에 어느 정도 기를 불어넣을 수 있는 수준의 고수여야 한다는 전제가 있기는 하지만 그 정도는 절정에 이른 자들이라면 누구나 가능했다.

"지금이다!"

검을 묶었다고 생각하자 열두 명의 남목림 무인들이 일제히 공격을 가해왔다. 철추와 낫은 절묘하게도 조금도 부딪치지 않은 채 연운비를 향해 날아들었다.

위기였다. 검은 상대의 쇠사슬에 잡혀 있었고 사방에서는 흉험한 기세를 내뿜으며 철추와 낫이 날아왔다.

그 순간이었다.

우우웅!

웅혼한 소리와 함께 연운비의 검에서는 검명이 터져 나왔다.

매화검과 어우러진 백색의 검기가 묶고 있는 쇠사슬을 조각으로 부수며 날아든 모든 병기를 쳐내기 시작했다.

천리무애(千里無碍)!

상청무상검도의 한 초식이자 검막을 능가하는 수비의 초식이 펼쳐진 것이다.

"이, 이럴 수가?!"

누구보다 놀란 것은 남목림주 여그룩이었다.

그 역시도 사력을 다한다면 쇠사슬을 끊지 못하는 것은 아니었지만, 그것은 어디까지나 쇠사슬에 병기가 묶이지 않았을 때의 이야기이지 지금 같은 경우는 아니었다.

단설참(斷雪斬)!

수비에서 곧바로 공세로의 전환. 신랄한 검의 기운이 열두 명의 남목림 무인들을 몰아쳤다.

검세의 자유로운 변환.

그것은 이미 어느 정도 초식의 틀을 벗어난 연운비의 검이기도 하였다.

"크억!"

남목림 무인 하나의 어깨에서 피가 솟구쳤다.

팔이 잘리는 심각한 중상이었다. 그러나 그런 부상 속에서도 그들은
공격을 멈추지 않았다.

스팟!

두 번째 충돌과 함께 다시 두어 명의 남목림 무인들이 각각 허벅지
와 옆구리에 검상을 입었다.

구성에 이른 태청신공과 또 다른 경지를 향해 나아가는 연운비의 검
세에는 거칠 것이 없었다.

"커억……."

파상적인 공세에 버티다 못한 남목림 무인 하나가 가슴팍을 길게 베
이며 그 자리에서 무너졌다.

"진을 변환시킨다. 대라멸겁진(大羅滅劫陣)을 펼쳐라!"

상황이 불리하게 돌아가자 죽은 자를 대신하여 남목림주인 여그룩
이 직접 공격에 가담했다. 여그룩이 직접 지휘하는 진법의 위력은 이
전과 비교할 바가 아니었다.

'이것이 남목림의 진법인가?'

연운비는 적이지만 이런 진을 운용할 수 있다는 점에 감탄하지 않을
수 없었다.

순간적으로 인원이 보충될 수 있다는 것은 그 수련도 수련이지만 진
법 자체가 극히 뛰어나지 않고서야 불가능한 일이었다.

당장 곤륜만 하더라도 한매검진(寒梅劍陣)을 비롯하여 적지 않은 진
법이 있었지만 이렇듯 쉬이 인원을 교체할 수 있는 검진은 몇 되지 않
았다.

스팟!

낫 중 하나가 어깨 어림을 스치고 지나갔다. 피는 흘러내리지 않았

지만 옷은 붉게 물들었다.

'훌륭하다!'

상처는 입었지만 연운비의 마음은 들떠 있었다.

구파 중 무려 다섯 곳이 검을 주무기로 사용하는 곳이니만큼 칠성검진을 비롯하여 오행검진, 매화검진 등 중원에는 이름 높은 검진이 적지 않았다.

그러나 이처럼 기병기를 사용하는 합격진은 흔치 않았다.

새로운 것에 대한 도전의 열망, 어느덧 연운비는 점차 무인이 되어 가고 있었다.

쩡!

연운비는 전신의 공격을 극한까지 끌어올렸다.

진법의 특징 중 하나가 대부분 차륜전 형식을 띠고 있다는 것이다. 내력이 아무리 심후하더라도 수비에 치중하다 보면 패할 수밖에 없었다.

어느 정도 대비가 되어 있던 탓일까?

여그룩을 필두로 그의 수하들이 일제히 검기에 부딪쳐 왔다. 아무리 연운비의 내공이 심후하고 동배의 수준을 넘어섰다고는 하지만 한계가 존재했다.

기혈이 일순간 뒤틀렸다.

충격이 심한 것은 아니었지만, 그렇다고 무시할 수 있을 정도의 부상도 아니었다.

'스스로를 믿어라.'

연운비는 이길 수 있다는 의지를 가지고 검을 휘둘렀다.

눈에 보이지조차 않을 정도로 무수한 쇠사슬과 기병기들이 위협했지만 그 무엇도 앞을 가로막을 수 없었다.

쾨쾅!

엄청난 충돌음과 함께 두 명의 남목림 무인이 피분수를 뿌리며 날아갔다.

연운비 역시도 무사한 것만은 아니었다. 입가에서 흘러내리는 피와 비틀거리는 신형이 그것을 증명하고 있었다. 남목림주가 자신했을 정도로 대라멸겁진의 위력은 엄청났다.

"뭣들 하느냐! 놈이 부상을 입었다. 어서 공격하라!"

두 자리가 비었지만 여전히 진은 위력적이었다.

남목림 역시도 그 역사가 이백 년이 넘는 문파. 그런 문파에서 만들어낸 진이 그리 호락호락할 리 없었다.

대라진은 인원이 비면 그 위력이 극히 감소하지만, 대라멸겁진은 달랐다. 오직 적을 죽이기 위해서만 펼치는 진으로 아군이 한 명이 남을 때까지 계속되었다.

죽으면서도 끊임없이 달려드는 남목림 무인들은 화마 속으로 뛰어드는 부나방 같았고, 연운비는 그런 저돌적인 남목림 무인들의 공세에 점차 지쳐 가고 있었다. 차마 눈으로 보지 못할 치열한 싸움이었다.

'나는 그를 대신하여 이곳에 서 있는 것이다.'

온몸이 천근만근(千斤萬斤)처럼 무거웠지만 검은 휘두르는 연운비의 의지만은 드높았다.

자신이 무인임을 자랑스러워했던 화산의 검수, 그 사내의 혼과 검이 함께하고 있기에 가능한 일이었다.

"지독한 놈……."

여그룩이 치를 떨며 연운비를 노려보았다.

대라멸겁진은 운남에서의 일이 실패할 것을 대비해 암왕을 죽이기 위해 준비한 마지막 패였다. 겪어본 연운비의 무공은 대적하지 못할 정도로 강한 것은 아니었다. 그러나 막상 싸움이 벌어지자 결과는 전혀 판이했다.

"네놈만은 반드시 죽이고 말 것이다!"

여그룩은 이제 절반밖에 남지 않은 수하들을 독촉하며 공세를 퍼부었다.

열두 명의 수하는 여그룩이 대라멸겁진을 펼치기 위해 십 년이라는 공을 들여 키운 무사들이었다. 그런 수하들을 절반이나 잃었다는 것은 이번 기회가 아니라면 연운비를 죽일 수 없다는 것을 의미했다.

와직!

다시 한 명의 남목림 무인이 쓰러지는 것과 동시에 철추와 낫이 연운비의 허벅지와 경문혈 부근을 베고 지나갔다.

낫에 당한 상처는 그다지 심각하지 않았지만 철추에 맞은 자리는 살이 짓뭉개질 정도로 심각했다.

"어헝헝!"

그 순간 일갈의 사자후와 함께 누군가가 빠르게 다가왔다.

지극히 강한 기세. 또 다른 적일 거라고 긴장하고 있던 연운비는 등 뒤에서 들려온 목소리에 표정을 풀었다.

"늦어서 죄송합니다."

"지금도 충분하다."

연운비는 희미한 미소를 지으며 대답했다.

"약한 자들이 아니다. 조심하여라."

연운비의 신형이 반 보 옆으로 움직이며 검이 비스듬히 세워졌다.

"진법이라… 무악 사형이 없는 것이 아쉽군요."

찢어진 옷자락을 타고 상처에서 피가 흘러내렸다. 철라각존을 물리친 대가였다. 시간을 끌었다면 부상은 입지 않을 수도 있었겠지만 후회는 없었다.

무리를 하지 않았다면 지금처럼 사형인 연운비의 곁에 서 있을 수도 없었을 것이리라.

"그렇구나."

곤륜에서는 일대제자에 한해 태청검진(太淸劍陣)을 가르쳤다. 적게는 세 명에서, 많게는 스무 명까지 펼칠 수 있는 태청검진은 곤륜의 비기라 할 수 있는 검진으로, 오직 진법을 상대하기 위해 만들어진 것이었다.

그런 이유 때문에 대부분의 시간을 연무동에서 보내 웬만해서는 얼굴조차 볼 수 없는 무악이었지만, 태청검진을 배울 때만큼은 연무동에서 나와 함께 어울려 스승인 운산 도인에게서 가르침을 받곤 했다.

"저놈은 또 뭐냐. 모조리 죽여 버려라!"

조금 전 이득을 봤다고 생각한 탓일까?

기세가 오른 여그룩은 남은 다섯 명의 수하와 함께 살기 어린 공격을 감행했다.

"내가 먼저 가겠다."

조금의 위험이라도 더 감수하기 위해 연운비가 먼저 몸을 날렸다. 그러나 이미 짐작하고 있었다는 듯이 유이명 역시 곧장 신법을 펼쳤다.

파리리릿!

백색의 검기가 진세를 이루는 중심에 부딪쳐 갔다. 그 뒤를 이어 파도의 물결처럼 청색의 검기가 몰아쳤다. 그렇게 사형제는 서로 등을 맞대고 밀려드는 남목림 무인들을 향해 검을 휘둘렀다.

다른 사람을 해하기 위함이 아닌 소중한 사람을 지키고자 하는 마음. 진정한 곤륜의 검이 이곳에 있었다.


"후퇴하라! 모두 후퇴하라!"

철라각존을 대신하여 전체적인 지휘를 맡은 대라벌 벌주 살극파는 후퇴 명령을 내렸다.

충분한 승산이 있었음에도 전세는 지극히 좋지 않았다.

철라각존이 죽는 것과 동시에 남목림주가 큰 부상을 당하고 간신히 목숨만을 부지한 채 물러났다.

거기에 성난 이리처럼 전장을 누비는 전위대 무인들은 아군의 입장에서는 악귀와도 같았다.

"나곡(那曲)에서 모인다."

후퇴하는 것이 쉽지만은 않을 것이라는 사실은 누구보다 살극파가 잘 알고 있었다. 그 사실을 증명이라도 하듯 사천연맹 무인들이 후퇴하는 아군을 무차별로 학살하고 있었다.

"조금 더 신중해야 했거늘 너무 과신했다. 지원군을 기다리며 일거에 몰아쳐야 했거늘……."

공을 세우고자 했던 것이 화근이었다. 만약 파안대라마가 이끄는 지원군이 온 후에 싸웠다면 적의 지원군이 도착했다 한들 이런 결과가 나오지는 않았을 것이리라.

이로써 서장 연합군은 돌이킬 수 없는 피해를 입게 되었다.

이제는 지원군이 도착한다 한들 전세를 역전시키는 것이 쉽지만은 않을 터였다.

그들이 믿을 수 있는 유일한 것은 아미로 향한 별동대였다. 아미에서의 일이 성공만 한다면 본거지를 잃은 저들은 돌아갈 곳이 없게 되고, 전세는 언제든지 뒤집을 수 있었다.

第35章

아미산은 불타오르고

제35장

영운곡(嶺雲谷)!

아미파 본사에 오르기 위해서는 복호사와 도정사를 거쳐 금정봉까지 올라와야 한다. 산세가 험해 다른 길로 오르기엔 어려움이 많을 뿐만 아니라 험지가 몇 군데 있어 많은 병력이 이동하기엔 불가능에 가까웠다.

유일한 지름길이라면 금정사 뒤편에 위치한 영운곡으로 통하는 소롯길이었다.

하소인행(下少人行)이라!

그러나 실제로 그 길을 이용할 수 있는 사람은 극히 드물었다. 절벽에서는 암벽이 떨어져 내릴뿐더러 사시사철 안개가 끼어 있어 무공을 익힌 무인들이라 하여도 지나다니기가 쉽지 않다.

그런 영운곡을 일단의 무리들이 오르고 있었다. 그 수가 많지는 않왔지만 높은 경사를 평지처럼 걸어 올라가는 것이 예사 몸놀림이 아니었다.

"지금부터는 조심하라."

그들의 선두에 있는 이는 마곡의 무혼대주 갈중혁이었다. 낭인왕에게 입은 부상에서 완전히 완쾌한 것은 아니었지만 운신하는 데에 큰 불편은 없었기에 이번 일을 자처했다.

갈중혁은 짙은 안개 사이로 보이는 협곡을 바라보았다.

저곳만 통과하여 우회하며 곧바로 금정사이다.

물론 겨우 사십여 명에 불과한 인원으로 아미파에 타격을 줄 수 있는 것은 아니다. 그러나 금정사를 치는 것만으로도 이번 기습은 성공이라 할 수 있었다.

본사가 공격받는 것과 동시에 아미파는 어쩔 수 없이 전력을 이곳과 복호사로 분리시켜야 했다. 그렇지 않아도 인원이 부족한 아미파로서는 부담감이 가중될 것이다.

"크흐흘, 얼마나 남았나?"

"반 시진이면 도착할 것입니다."

등 뒤에서 들려온 음침한 목소리에 갈중혁이 고개를 돌리며 말했다. 그곳에는 도저히 사람으로는 보이지 않을 만큼 덩치가 큰 팔 척 거한이 우두둑거리며 고개를 비틀고 있었다.

그가 바로 마곡 오대마군(五大魔君) 중 일인인 거령마군(巨靈魔君)이었다. 오대마군의 무공은 삼봉공과 비슷한 수준으로, 그중에서도 수좌인 일월마군(日月魔君)은 무상(武相)을 제외한다면 적수가 없을 정도였다.

대하 상인이나 구양 노사(歐陽老師)조차 일월마군에게는 한 수 양보

하였을 정도니 그의 무공이 어느 정도인지 알 수 있다.

"둘째 형은 너무 급해서 탈이오. 어련히 갈 대주가 알아서 하지 않겠소?"

거령마군의 옆에는 섭선을 들고 있는 중년유생이 있었다. 섭혼마군(攝魂魔君)이 바로 그였다.

스스로를 마군(魔君)이라 칭하며 극마(極魔)의 경지를 이루고자 하는 마인들, 그들이 바로 오대마군이었다.

"크흐흘, 대형께서는 지금도 마음껏 산동과 강소를 누비고 계실 터인데 내가 어찌 답답하지 않겠더냐?"

"그래도 막내보단 우리가 낫지 않소?"

"크흐흘, 하긴 움직일 기미도 보이지 않는 보타암의 해로(海路)를 수적 떨거지들과 막고 있으니……."

거령마군이 콧김을 불어 쉬며 말했다.

"잠깐."

그 순간 섭혼마군이 한차례 섭선을 휘저었다.

부드러운 미풍이 불며 선두에서 움직이고 있던 무혼대 소속 무인 두 명의 몸이 그 자리에 멈춰 섰다.

"누군가 있군."

섭혼마군은 섭선으로 얼굴을 가리며 눈을 감았다.

"크흐흘, 냄새나는 비구니들이 낌새를 눈치챈 건가?"

거령마군이 몸을 풀며 섭혼마군의 입이 열리기를 기다렸다. 내공에 있어서 우위에 있는 것은 거령마군이었지만 다른 사람의 인기척을 느끼는 것은 섭혼마군에 비할 바가 아니었다. 그것은 생사경(生死境)의 경지를 바라보고 있다고 하는 무상이라 하더라도 마찬가지였다.

마심안(魔心眼). 그것은 섭혼마군이 태어날 때부터 지닌 능력이었다.

"이백 장 밖이오."

"크흐흘… 숫자는?"

"그것이… 파악이 불가능하오."

"무슨 소리냐?"

거령마군이 이해할 수 없다는 표정으로 물었다.

"누군가가 이목을 차단하고 있는 듯한데… 일종의 진 같기도 하고… 거리가 가까워지기 전까지는 알 수 없겠소."

"크흐흘… 제법이군. 넷째의 심안을 방해할 정도라니."

거령마군이 흥미가 동하는 표정으로 비릿한 미소를 머금었다.

마곡의 무인답게 거령마군 역시 호승심이 강했다. 그런 이유 때문에 구태여 나서지 않아도 될 이번 기습에 가담한 것이었다.

"갈 대주, 만만치 않을 듯싶네."

"그렇지 않아도 한 번 정도는 제대로 된 아미의 무공을 견식해 보고 싶었습니다."

"크흐흘, 이래서 내가 갈 대주를 좋아한다니까."

거령마군이 그런 갈중혁의 어깨를 몇 차례 두드렸다.

"크흐흘, 자, 그럼 시작해 볼까."

거령마군은 점점 더 짙어지는 운무(雲霧) 속으로 성큼 발을 들여놓았다.


화르르륵!

무구한 역사를 자랑하는 복호사가 불길에 휩싸였다. 멀리서 그 모습을 보고 있는 여승들의 눈에서는 눈물이 흐르고 있었다.

비록 지금은 금정사를 본사라 칭한다 하지만 복호사는 아미가 무파로서 일어나게 된 복호신승(伏虎神僧)의 유적이 있는 곳으로 조사동과 함께 가장 중요하게 생각되어 왔던 장소였다.

"아미타불, 내가 큰 죄를 짓는구나."

적도들의 파상적인 공세에 견디다 못해 후퇴를 명했다지만 매음 신니의 눈가 역시 붉게 충혈되어 있었다.

급작스러운 기습으로 인해 요충지 몇 곳을 내준 아미파는 계속되는 포달랍궁과 마곡의 정예들의 공세에 사찰 여섯 곳을 내어주며 끊임없이 후퇴하는 중이었다.

거기에 그 수가 많지는 않았지만 어둠 속에서 날아드는 유령문 살수들의 암격은 치가 떨릴 만큼 잔혹했다.

아미산은 산세는 무척이나 험준하였지만 그에 비해 요충지라 할 수 있는 곳이 그다지 많지 않았다. 그런 요충지들 중 몇 곳을 제외한 대다수가 마곡의 손에 떨어져 있는 상황이었고, 산 아래부터 먹잇감을 몰듯 포달랍궁의 라마승들이 물밀듯이 올라오고 있었다.

"장문인께서는 어디에 계신다더냐."

"본사 뒷길로 이어지는 영운곡에서 적도들을 상대하고 계십니다."

"복호승들만 있었더라도……."

매음 신니는 서서히 잿더미로 변하고 있는 복호사를 보며 안타까움을 금치 못했다.

만약 사천 서부로 출정한 복호승들만 있었더라면 이렇듯 쉽게 복호사를 내어주는 일은 없었을 것이다. 그러나 당시의 사정이 워낙 급박하다 보니 다른 선택의 여지가 없었다.

더욱이 영운곡에서 설치되어 있는 운무난석금쇄진(雲霧亂石金鎖陣)

이 마곡 별동대에 의해 무너지는 바람에 전력을 양분한 것은 뼈아픈 실책이었다.

"당문에서 연락은 없다더냐?"

"아무래도 지원군을 요청하기 위해 떠난 정운 사매가……."

속가제자이지만 그 자질이 너무나 뛰어나 본산에 머무르고 있는 매려화 이정영은 고개를 떨구며 말을 잇지 못했다. 진작 연락이 왔어야 함에도 아직까지 아무런 소식이 없다 함은 적도들에게 붙잡히거나 죽임을 당했다는 것을 의미했다.

"이제 믿을 것은 서쪽으로 향한 정혜뿐이구나……."

매음 신니는 고개를 돌려 서쪽 하늘을 바라보았다.

혹시라도 당문으로 향한 정운이 붙잡힐 수도 있다는 가정 하에 파당으로도 사람을 보냈다. 이제 믿을 것은 오직 이당으로 향한 정혜뿐이었다.

*       *       *

이당에서의 두 번째 대승 이후 사천연맹의 사기는 하늘을 찌르고 있었다.

거기에 당문의 원로이자 암왕 당문표를 제외한다면 당문에서 가장 강한 무인이라 할 수 있는 섬수환독(纖手幻毒) 당문추가 당문의 무인들과 중소문파의 지원군을 이끌고 도착하자 사기는 날이 갈수록 높아져만 갔다.

전선은 차츰 서쪽으로 이동해 이제는 서장과 사천의 경계라 할 수 있는 파당(巴塘)에까지 이르렀다.

"큰일이 났습니다!"

"무슨 소란이냐?"

숙소에서 사형인 연운비와 한담을 나누고 있던 유이명은 천막을 걷고 급작스럽게 들어온 수하를 보며 살짝 눈살을 찌푸렸다. 유이명에게 있어 차 한 잔을 마시며 사형과 이야기를 나누는 이 시간은 누구에게도 방해받고 싶지 않은 순간이었다.

"아미파가 적들에게 공격을 받고 있다 합니다."

"무엇이라!"

유이명이 자리에서 벌떡 일어났다.

"대체 그게 무슨 소리냐?"

"저도 잘은 모르겠습니다만 아미파에서 혈로를 뚫고 일대제자 중 한 명인 정영이 도착해서 구원군을 요청하고 그 자리에서 탈진해 쓰러졌다 합니다."

"그런 일이……."

유이명은 도저히 믿지 못하겠다는 표정으로 고개를 주억거렸다.

그도 그럴 것이 아미산이 위치한 곳은 사천 중남부 지방이었다. 도저히 적의 침입을 받을 수 있는 곳이 아니었다.

"적들의 정체를 정확하게 알 수는 없지만 포달랍궁과 마곡, 그리고 유령문 일부 살수들의 기습이라고 합니다."

"다른 분들은 어디에 계시느냐?"

"전부 회의실로 모이고 계십니다."

"알았다. 곧 그리 가도록 하겠다."

유이명이 고개를 끄덕이자 전언을 가지고 온 수하는 천막을 빠져나갔다.

"사형, 가봐야 할 것 같습니다."

"나도 함께 가도록 하자."

연운비도 자리에서 일어났다.

아미파라면 다름 아닌 일행들이 머물고 있는 곳이었다. 연운비로서도 결코 좌시하고 있을 수만은 없는 상황이었다.

"그러시겠습니까?"

유이명의 안색이 눈에 띄게 밝아졌다. 아무리 힘든 상황에 처하더라도 사형인 연운비가 옆에 있다면 이상하게도 마음에 안정이 되었다. 그것은 말로는 표현할 수 없는 깊은 신뢰와 믿음이었다.


"아미타불, 당장 지원군을 파견해야 합니다."

매수 신니가 평소답지 않은 어조로 의견을 내세웠다.

아무리 수양심이 깊다 할지라도 자파가 위기에 처해 있다는데 흥분하지 않을 수 있는 사람은 없었다.

"침착하시지요. 지원군을 보내지 않겠다는 것이 아닙니다."

청성의 장로인 현상 진인이 흥분한 매수 신니를 진정시켰다.

아미를 지키는 것도 중요하지만 서장 연합군을 사천에서 완전히 몰아내는 일 역시 중요했다. 아미를 돕기 위해 지원군을 파병했을 경우 전선이 무너질 수 있었고, 그것은 아미뿐만 아니라 사천 전체가 위험에 처하는 일이 될 터였다.

"원시천존, 이곳에서 아미까지 적게 잡아도 열흘 이상은 족히 걸립니다. 당문에서는 아무런 연락이 없었습니까?"

현상 진인은 고개를 돌려 당문의 전권을 책임지고 있는 섬수환독(纖手幻毒) 당문추를 바라보았다.

운남행 좌군에 속해 출정했던 당문추는 뜻밖의 일로 인해 회군을 하게 되었고, 그런 이유로 인해 이 자리에 있을 수 있었다.

"없었네."

당문추의 배분은 암왕 당문표와 같았다. 현상 진인의 사형이라 할 수 있는 현풍 진인과도 같은 배분으로 이 자리에 있는 누구보다 높았다.

"하면 당문에서는 이 일을 아직 모른다는 것이군요."

"그렇겠지."

당문추가 무거운 표정으로 고개를 끄덕였다.

아미파가 무너진다는 것은 단순히 문파 하나가 무너지는 것이 아니라 사천을 지탱하고 있는 세 개의 커다란 축 중 하나가 무너진다는 것을 뜻했다.

더욱이 그렇게 될 경우 파당을 경계로 팽팽히 대치하고 있는 사천연맹은 앞뒤로 적을 맞이하는 최악의 상황을 마주하게 될 수도 있었다.

"지원군을 얼마나 보내는 것이 좋겠습니까?"

현상 진인이 당문추에게 물었다.

당문추가 오기 전 이곳에서의 전권을 지휘하는 것은 현상 진인이었지만 당문추가 온 지금은 달랐다. 강호의 연륜이나 다른 그 무엇에 있어서도 당문추가 나서는 것이 옳았다.

"우선은 본 가와 청성에 도움을 요청해야 할 것일세. 지원군 수는 많지 않아도 가능한 한 아미에 빨리 도착할 수 있는 정예를 보내는 것이 좋겠지."

당문추는 정확히 이 싸움의 핵심을 집고 있었다.

당문과 청성에 이 소식이 전해져 지원군이 도착할 때까지만 버틴다면 아미는 지켜낼 수 있었다.

문제는 시간이었다.

일대제자를 보내 지원군을 요청할 정도라면 상황이 상당히 좋지 않다는 것을 의미했다. 적어도 당문과 청성에서 지원군이 올 동안이라도 아미를 도와줄 인원을 보내야 했다.

"하면 누가 좋겠습니까?"

"흐음……."

당문추는 주위를 둘러보았다.

마땅히 아미로 보낼 사람이 떠오르지가 않았다. 많은 인원을 보내자니 이곳이 걱정되었고, 그렇다고 너무 적은 인원을 보내자니 아미가 위험할 수도 있었다.

모두가 당문추의 눈치만을 보며 쉽사리 말을 꺼내지 못했다. 그것은 사지(死地)로 가게 될지도 모른다는 불안감이 그들의 마음을 엄습했기 때문이었다.

"제가 가도록 하겠습니다."

그 순간 누군가가 자리에서 일어났다. 장내에 있던 수뇌진들의 시선이 일제히 한 사람에게 향했다.

"사형?"

유이명이 놀란 눈빛으로 자리에서 일어난 연운비를 바라보았다.

아미로 향하는 길은 아미산에 오르기도 전에 그 주위를 둘러싸고 있는 적들에게 고립될 수 있는 사로(死路)가 될 가능성이 높았다.

"자네가?"

당문추 역시도 조금은 당황한 표정으로 말했다.

연운비의 무공이야 친첸대라마를 패퇴시킬 정도로 뛰어났지만, 아미의 일은 단순히 무공이 뛰어나다고 해서 해결할 수 있는 성질의 것이 아니었다. 더욱이 사천연맹이 두 번의 대승을 하게 된 데에는 연운비의 역할이 무엇보다 컸다는 점을 생각했을 때, 섣불리 연운비를 보낼수도 없는 상황이었다.

"저도 가겠습니다."

유이명이 조금의 머뭇거림도 없이 말했다.

천신만고(千辛萬苦) 끝에 만나게 된 사형이다. 이대로 다시 홀로 떠나보낼 수는 없었다.

"유 대주?"

"보내주십시오."

"일단 생각을 해봄세."

당문추는 쉽사리 결정을 내리지 못했다.

적어도 당문의 차후 입장을 생각한다면 유이명은 결코 잃어서는 아니 되는 무인이었다. 유이명이 당문을 찾아왔을 때 암왕 당문표가 기뻐하던 모습이 잊혀지지가 않았다. 그렇다고 해서 스스로 가겠다는 데 보내지 않을 수도 없는 노릇이었다.

"아미타불, 본 파에서 복호승 서른 명을 지원하도록 하겠습니다."

"청성에서도 스무 명의 검수들을 보내겠습니다."

당문추가 머뭇거리자 누가 먼저랄 것도 없이 매수 신니와 현상 진인이 입을 열었다.

"휴… 알겠네. 하면 유 대주가 전위대를 이끌고 아미를 도우러 출발하도록 하게."

"감사합니다."

다른 문파에서도 이렇게 나오자 당문추는 어쩔 수 없다는 표정으로 고개를 끄덕였다. 그렇게 아미산으로 향할 지원군이 정해졌다.


"나 때문에 괜히 네가……."

회의장을 나온 연운비를 착잡한 마음을 금치 못했다. 자신으로 인하여 사제까지 위험에 처하게 될지도 모른다고 생각하니 미안한 마음만 들 뿐이었다.

"그런 말씀은 하지 마십시오. 저희는 사형제가 아닙니까?"

"녀석……."

유이명은 무슨 소리냐는 듯 고개를 저었고, 연운비는 말없이 그런 유이명의 어깨를 조용히 감쌌다.

"부상은 좀 어떠십니까?"

"거의 다 나았다."

"너무 걱정하지 마십시오. 아미에는 금정 신니도 계실뿐더러, 오왕 중 한 분이신 낭인왕께서도 그곳에 머무르고 계신다 들었습니다. 별일은 없을 것입니다."

걱정스러운 표정을 감추지 못하고 있는 연운비를 향해 유이명이 조심스레 말했다.

"나도 그랬으면 좋겠다."

연운비는 저편 어딘가에 있는 아미산과 동료들을 떠올리며 조용히 눈을 감았다.


\*　　　　\*　　　　\*


새벽이 되자 아미산 금정봉(金頂峰)은 오늘도 어김없이 평소처럼 따스한 햇살이 비춰왔다. 그러나 평소와는 다르게 금정봉은 고요하기 이를 데 없었다.

"아미타불… 더 이상 버티는 것은 불가능할 것 같네."

아미파 당대 장문인인 매상 신니는 긴 한숨을 내쉬며 주위를 둘러보았다. 사매인 매음 신니를 비롯하여 문파 대다수의 장로들이 이곳에 모여 있었다.

"장문사저, 무슨 그리 나약한 말씀을 하십니까?"

매음 신니가 아직은 때가 아니라는 표정으로 말을 이었다.

"비록 적들의 세가 일시적으로 강하다고는 하지만 그것도 한때뿐입니다. 그리고 조금 있으면 곧 지원군이 당도할 것입니다. 그때까지만 버티면……."

"사매, 지원군은 그리 쉽게 도착하지 않을 걸세."

매상 신니는 무거운 표정으로 고개를 저었다.

적들의 엄중한 포위망 속에서 지원군을 요청하러 간 일대제자들이 무사히 도착하기를 바라는 것은 부질없는 희망 사항일 뿐이었다.

"그래도 버텨야 합니다."

"맞습니다, 장문사저. 본사를 이렇게 포기할 수는 없습니다."

"아미타불……."

매상 신니는 조용히 불호성을 읊었다.

"하면 도정사가 무너지면 후퇴하는 걸로 하겠습니다."

매상 신니는 강경한 장로들의 태도에 어쩔 수 없이 한발 물러섰다. 도정사라면 본사라고 할 수 있는 금정사가 위치한 곳에서 불과 반나절도 떨어져 있지 않은 곳이었다.

자칫하면 후퇴를 하지 못할 처지에 놓이게 될 수도 있었지만 지금으로서는 마땅한 방법이 없었다.

"들어가도 되겠는가?"

그 순간 방장실(方丈室)에 나지막한 목소리가 울려 퍼졌다.

일순간 목소리를 들은 장로들의 표정이 지금까지와는 다르게 환하게 밝아졌다.

"사숙님."

가장 먼저 자리에서 일어난 것은 매음 신니였다.

매음 신니가 방장실 문을 열자 그곳에는 낡은 가사를 입은 노사태한 명이 인자한 미소를 지으며 서 있었다.

"장문인은 안에 계신가?"

"그렇습니다. 어서 들어오시지요."

노사태는 다름 아닌 아미파에서 최고 배분이라 할 수 있는 금정 신니였다. 금정 신니가 방 안에 들어서자 모두가 일제히 자리에서 일어나 예를 취했다.

"장문인, 그간 격조했네."

"아닙니다. 사숙의 청정(淸淨)을 방해한 것 같아 죄송스러울 따름입니다."

"오다가 악 시주를 만나 이야기를 들었네."

"악 시주의 부상은 어떻습니까?"

"조만간 완쾌될 것 같으이."

낭인왕 악구패의 부상은 아미파의 입장에서는 하나의 커다란 충격이었다.

적도들이 쳐들어왔다는 소식을 처음 접했을 때만 하더라도 어느 정도 안심이 된 것은 낭인왕이 머무르고 있다는 사실 때문이었다.

그러나 스스로를 마곡의 무인이라 밝힌 대하 상인과의 비무에서 낭인왕은 적지 않은 부상을 입었다. 그것은 상대 역시도 마찬가지였지만 낭인왕이 강호에서 차지하는 비중을 본다면 그 경중(輕重)이 달랐다.

달리 이패, 삼검, 오왕이라 칭하는 것이 아니었다. 금정 신니조차 낭인왕 악구패를 상대로 필승을 자신하지 못했다.

"어찌하기로 결정이 났는가?"

"도정사가 무너지면 후퇴하는 것으로 하였습니다."

"그렇구먼."

금정 신니가 조용히 고개를 끄덕였다.

삼십여 년 동안 세속의 일에 관여하지 않은 금정 신니였지만, 그렇다고 해서 자파가 무너지는 것을 지켜보고만 있을 수 없었다. 그것이 지난 십 년 향화동에서 한 걸음도 나오지 않은 금정 신니가 이렇게 나온 이유이기도 하였다.

그렇게 아미산의 혈전은 점점 더 치열해져 가고 있었다.


"단 언니, 어떻게 하기로 결정이 났나요?"

유사하가 이제는 스스럼없이 말을 놓을 정도로 친해진 단옥령에게 물었다. 단옥령의 옆에는 부상에서 어느 정도 회복된 호리파가 서 있었다. 죽었다고 생각했던 단옥령은 낭인왕과 함께 일행을 구출하러 돌아왔고 그로 인해 일행은 무사히 포위망을 뚫고 사천으로 들어설 수 있었다.

"지원군이 올 때까지 조금 더 버텨보기로 결정을 내린 것 같아."

"지원군이라면……."

"그것까지는 모르겠어."

흑요화(黑妖花) 단옥령을 가리켜 강호에서는 냉심독화(冷心毒花)라고 부르기도 한다. 요기를 머금은 듯하면서도 사람을 빨아들이는 듯한 순백의 미소, 그 뒤에 감추어진 잔혹한 손속 때문이었다.

볼 때마다 느끼는 것이지만 여자인 유사하가 보기에도 단옥령은 너무나 아름다웠다. 가끔은 그녀 자신조차 가슴이 두근거릴 정도였다. 지금까지 지켜본 바로는 그 누구라도 그녀의 얼굴을 보게 되면 시선을 떼지 못했다.

'그 사람이라면 어땠을까?'

불현 듯 유사하의 머리 속에 한 사람이 떠올랐다.

언제나 편안한 미소만을 보여주었던 사내. 죽는 순간까지도 다른 사람을 염려하는 눈빛을 보내며 늘 자신보다는 다른 사람을 먼저 생각했던 신비스러운 곤륜의 무인.

그렇게 연운비 생각을 떠올리던 유사하는 마음 한구석이 아련하게 아파오는 것을 느낄 수 있었다.

"무슨 생각을 하는 거야?"

"아무것도 아니에요."

유사하는 단옥령을 걱정시키지 않기 위해 고개를 저으며 억지로나마 미소를 머금었다.

"대체 언제 후퇴한다는 것입니까?"

한편에 있던 호리파가 눈살을 찌푸리며 물었다. 큰 부상을 입었던 호리파의 상태는 아직까지도 그다지 좋지 않았다. 팔이 절반 이상이 잘려 나갔던 상태에서 제대로 치료를 하지 못했던 터인지라 예전처럼 움직일 수 없었다.

"도정사가 무너지면 한다는 것 같았다."

"미친 짓입니다. 도정사가 무너지면 우리가 선택할 수 있는 후퇴로는 극히 줄어듭니다."

호리파가 강력하게 항의했다.

이렇게 좋지 않은 상황에서 끝까지 본산을 지키고자 하는 아미파의 여승들이 이토록 한심해 보이기는 처음이었다. 지금 산 아래를 포위하고 있는 마곡과 포달랍궁의 무인들은 아미파로서는 상대할 수 없는 전력이었다.

"조 장문인, 뭐라고 말 좀 해보십시오."

호리파가 시선을 조철산에게 돌렸다.

"신세를 지고 있는 형편에 무슨 말을 할 수 있겠소."

"끙……."

믿었던 조철산마저 등을 돌리자 호리파도 체념한 듯 한숨을 내쉬며 입을 다물었다.

"저는 이만 사부님께 가보아야 할 것 같네요."

"저도 함께 가겠습니다."

단옥령이 자리에서 일어나자 호리파 역시도 몸을 일으켰다.

"조 장문인께서 동생을 돌봐주세요."

"그렇게 하겠소."

조철산이 묵묵히 고개를 끄덕였다.

*     *     *

"아미파. 구파 중 말석이라고 들었거늘… 생각 이상이로구나."

아미파를 함락시키기 위해 불철주야 파상적인 공세를 퍼붓고 있는 독안각존은 끈질긴 아미파 무인들의 저항에 내심 탄복하고 있었다.

넉넉히 열흘이면 함락할 수 있을 것이라 생각했던 아미산을 칠 주야가 지난 시점에서 고작 산중턱에 머물러 있었다. 새벽을 기점으로 복호사를 함락시켰다고는 하지만 빈 껍데기만 남은 복호사였다. 오히려 그곳에서의 전투로 더 많은 피해를 입은 것은 포달랍궁이었다.

"활불… 사백 년의 전통이 있는 곳. 어쩌면 이 정도의 피해도 적다 할 수 있지 않겠는가?"

"오셨습니까?"

독안각존이 나타난 인영을 향해 정중히 고개를 숙였다. 인영은 다름 아닌 마하륵대라마였다.

"금정 신니는 아직 나타나지 않았는가?"

"그렇습니다."

"흐음… 뜻밖이로군. 복호사라면 아미파를 이루는 다섯 기둥 중에 하나인데 아무리 빈 껍데기라 할지라도 이렇듯 쉽게 내어주다니……."

마하륵대라마는 고개를 주억거리며 생각에 잠겼다.

아미파에는 중원을 통틀어 가장 높은 배분이자 그 무위가 삼검에 비해 오히려 우위에 있을지도 모른다는 아미제일고수 금정 신니가 존재했다.

실제로 금정 신니가 삼십 년 전에 강호 출입을 끊어 그 무위를 확인할 수는 없었지만, 금정 신니가 활동을 접을 당시 그녀의 무위는 당시 강호를 제패하다시피 했던 암천회의 십장생(十長生)과 비슷한 정도였다.

당시 사파의 하늘이라 할 수 있었던 사혈명의 부맹주조차 십장생 중 일인과의 결투에서 패퇴하였으니 금정 신니의 무위는 더 이상 거론할 여지가 없었다.

"상인께서는 어디에 계신가?"

"낭인왕과의 혈투로 입은 내상을 치료하기 위해 전념하고 있는 것으로 알고 있습니다."

"낭인왕이라……."

스스로가 장담했을 정도로 대하 상인의 무공은 뛰어났다. 오왕 중 일인이라는 악구패를 상대로도 전혀 밀리지 않았으니 당시 그 자리에 있던 모든 이들이 놀라움을 금치 못했다.

그러나 그런 대하 상인도 결국에는 낭인왕에게 부상을 입으며 물러나야 했다. 그것은 낭인왕 역시 마찬가지여서 그 싸움 이후 모습을 드러내지 않고 있었다.

'마곡. 진정 넘을 수 없는 벽이란 말인가?'

그들 두 사람의 무위는 마하륵대라마로서도 감당할 수 없는 성질의 것이었다. 그런 무인들은 몇이나 보유하고 있는 있으니 마곡을 팔황 중 제일이라 칭하는 것이었다.

"흐흐, 늦었소이다."

"오시었습니까."

등 뒤에서 기척을 느낀 독안각존이 뒤를 돌아보았다. 그곳에서는 기이하게도 눈썹이나 수염은 희었는데 머리만큼은 흑발인 노인이 있었다. 유령문(幽靈門)의 태상장로 야이목풍이었다.

"복호사를 무너뜨렸다 들었네."

야이목풍은 한편에 있는 마하륵대라마에게 인사를 건넨 뒤 느긋한 표정으로 입을 열었다.

"활불… 피해가 너무 컸습니다."

"도정사를 무너뜨릴 때는 우리가 나서겠네. 경계는 걱정하지 않아도 될 것이야."

　지금까지의 전투를 좀 더 수월히 이끌 수 있었음에도 야이목풍은 전력의 절반 이상을 숨긴 채 기다렸다. 그것은 도정사라는 적들의 최후 방어선을 무력화시키기 위해서였다.

　도정사가 무너진다면 아미파는 후퇴를 하든지 멸문을 하든지 선택을 해야 했다.

　이제 그때가 점점 가까워지고 있었다.

第36章

해후는 이루어지기 마련이다

제36장

스스슥.

자욱한 어둠이 들어선 삼경(三更). 유령문의 살수들이 야음을 틈타 은밀히 이동하고 있었다.

"누구……."

경계를 서고 있던 아미파 여승 하나가 이상한 낌새를 눈치채고 급히 외치려는 순간, 그보다 먼저 자그만 단도 하나가 그녀의 목을 꿰뚫고 지나갔다.

살수들은 계속해서 움직였다. 그들이 향하는 곳에는 아미파 최후의 보루라고 할 수 있는 도정사가 존재하고 있었다.

화아아악!

여기저기서 불길이 치솟았다. 어둠 속이었기에 불길은 더욱 선명해 보였다.

"적이다!"

"적들이 침입했다!"

뒤늦게서야 적들이 침입한 것을 알게 된 아미파의 여승들이 놀라 달려나왔지만 이미 불길은 걷잡을 수 없을 정도로 번진 후였다.

두둥! 두두둥!

그와 동시에 진군을 알리는 북소리가 울려 퍼졌다. 라마승들이 빠른 속도로 산을 타고 올라왔다.

"이곳만큼은 무슨 일이 있어도 지켜야 한다!"

매음 신니는 제자들을 독려하며 밀려오는 포달랍궁의 정예들을 상대했다.

그러나 상당히 번진 불길을 잡으면서 수많은 적들을 상대하기에는 역부족이었다.

"적들이 너무 많습니다!"

매려화 이정영이 힘든 기색으로 외쳤다.

라마승들은 이백여 명밖에는 되지 않았지만 개개인의 무위가 높아 아미파 문도들이 대적하기에는 무리였다. 운남과 이당으로 너무 많은 정예를 내보낸 것이 실수였다.

더구나 시간이 흐르면서 마곡의 무인들도 하나둘 속속들이 합류하고 있었다.

"이 일을 어찌한단 말인가……"

매음 신니는 한탄을 금치 못했다.

유령문의 살수들을 간과한 것이 치명적이었다. 일대제자 몇 명이 당했을 때 조금 더 주의를 기울였더라면 일이 이 지경이 되지는 않았을 것이리라.

"대체 살수들이 얼마나 되었기에 적이 이리 가까이 올 동안 몰랐단 말이냐?"

파악한 유령문의 살수들은 고작해야 이삼십 명 내외. 하지만 그 정도 인원으로는 결코 경계망을 뚫을 수 없었다.

"육십 명은 족히 된다 합니다."

"그런……."

매음 신니는 침음성을 삼켰다.

그제야 매음 신니는 유령문이 이 한 번의 기습을 위해 전력을 드러내지 않고 있었다는 사실을 깨달을 수 있었다.

"아미의 제자들은 당황하지 말고 준비한 대로 난피풍검진(亂皮風劍陣)을 펼쳐라!"

매음 신니는 마음을 굳게 먹었다.

난피풍검진은 수비보다는 공격을 위한 검진이었다. 이런 상태에서 난피풍검진을 펼치라 함은 옥쇄(玉碎)를 하겠다는 뜻과 다를 바 없었다.

'이 죄업은 어찌할꼬…….'

매음 신니의 눈에서 한줄기 눈물이 흘러내렸다.

모두가 자식처럼 키운 제자들이었다. 그런 제자들에게 죽으라고 명령을 내리는데 마음이 편할 리 없었다. 그러나 다른 방도가 없었다. 적들에게 아무런 피해를 주지 못한 채 도정사를 내어준다면 본사에 머물러 있는 다른 이들마저 위험에 처하게 될 터였다.

'죽어서 십팔 층 지옥에 가는 한이 있더라도 나머지 제자들은 살려야 한다.'

매음 신니는 쌍장을 휘두르며 적들을 제압했다.

구대문파(九大門派). 수백 년이 흐르는 동안 그 어느 누구도 침범하지 못했던 불가침의 영역. 대문파라는 명성이 그냥 얻어지는 것만은 아니었다.

금정면장(金頂綿掌)을 펼치며 라마승들을 제압하는 매음 신니는 천수관음(千手觀音)의 현신과도 같았다.

펑! 퍼퍼펑!

매음 신니의 장력이 휘날리는 곳이면 어김없이 라마승들이 쓰러졌다. 이것이 구파 중 한 곳인 아미파의 장로가 지니는 능력이요, 전통이라는 힘이었다.

"아미의 제자들은 무엇을 두려워하느냐!"

매음 신니는 아미의 제자들이 밀리고 있는 곳이면 어김없이 나타나 쌍장을 뿌렸다.

"활불······."

그러자 멀리서 그 모습을 지켜보고 있던 독안각존이 신형을 날리며 다가왔다.

"본존이 상대해 드리겠소."

독안각존이 조금은 긴장한 표정으로 말했다.

매음 신니라면 매 자 돌림의 장로들 중 가장 강한 고수. 얼마 전 유령문의 살수들에게 당한 매운 신니와는 차원이 다른 무인이었다.

우우웅!

독안각존이 진력을 모아 일권을 휘둘렀다. 매음 신니도 감히 상대를 경시하지 못하고 절기인 금정면장을 사용하며 부딪쳐 갔다.

쾅!

한줄기 폭음성과 함께 누가 먼저랄 것도 없이 두 사람의 신형이 동시에 몇 발자국 움직였다.

'과연……!'

독안각존은 내심 탄성을 흘렸다. 짐작은 했다지만 매음 신니의 무공은 생각했던 것 이상이었다.

'상관없다. 시간을 끄는 것만으로도 이 싸움은 내가 이기는 것이니.'

독안각존은 스스로를 위로하며 재차 매음 신니의 쌍장에 맞서갔다.

지금은 단순히 매음 신니를 묶어두는 것만으로도 전세에 충분한 효과를 가져왔다. 그것을 증명이라도 하듯 여기저기서 아마피 제자들의 비명 소리가 솟구치고 있었다.


"검진을 유지해요!"

매음 신니의 상황이 좋지 않아 보이자 매려화 이정영이 동문 사매들을 지휘하며 적도들에게 맞서갔다.

그러나 적이 너무 많았다. 더욱이 마곡의 무인들이 합류하면서부터 전세는 극도로 기울고 있었다. 아직까지 난피풍검진의 오묘함으로 버티고 있다고는 하지만 그것이 언제까지 갈지는 장담할 수 없었다.

서격!

이정영이 휘두른 검이 라마승 한 명의 가슴팍을 베고 지나갔다.

속가제자 중에서는 유일하게 오봉(五鳳)에 속해 있는 그녀의 무위는 일대제자 중에서도 가히 발군이라 할 수 있었다.

휘리리리릭!

부드럽게 쳐올린 검의 기세가 현묘하기 이를 데 없다.

양측에서 달려들던 라마승 두 명이 검세에 막혀 주춤했다. 그 틈을 놓칠 그녀가 아니었다.

검기가 그들의 몸을 훑고 지나갔다. 미간에 난 상처는 반 치도 되지 않았지만 라마승들은 그 자리에서 절명했다. 검기가 머리 내부를 완전히 파괴시킨 것이다.

대정신공(大靜神功)을 바탕으로 한 복호대라검(伏虎大羅劍)의 한 초식이었다.

"흐흐… 여시주의 손속이 악랄하기 그지없구려."

그녀의 손에 피를 뿌리는 라마승들이 늘어가자 육대존자 중 일인인 마라존자(魔羅尊子)가 나섰다.

육대존자는 엄밀히 말하자면 외부에서 영입한 자들로서 포달랍궁의 라마승이 아니었다. 육대존자의 수좌인 가섭존자(迦葉尊者)를 제외한다면 사대각존에 비해 그 무위는 다소 처졌지만 무공만큼은 지극히 패도적이었다.

"지금이라도 항복한다면 본 존자께서 대라마께 부탁하여 특별히 살려주도록 하겠소."

마라존자는 음침한 웃음을 흘리며 이정영의 전신을 훑어보았다.

"부끄럽지도 않느냐!"

이정영이 수치감을 이기지 못하고 버럭 일갈을 내질렀다.

"흐흐… 본 궁에서는 계두를 받지만 않는다면 합궁(合宮)을 허락하고 있으니 여시주께서는 부끄러워하실 필요가 없소."

마라존자의 말은 사실이었다.

실제로 육대존자들은 가섭존자를 제외하고는 승인이라고도 부를 수 없는 자들이었다.

서장에서도 이들에 의해 몸을 더럽힌 부녀자들이 적지 않았다. 그럼에도 서장 문파들이 아무런 제재도 가하지 않는 것은 이들의 무공이 고강한 까닭도 있었지만 그보다는 포달랍궁의 정식 제자가 아닌지라 합궁이 허락되기 때문이었다.

"이 소저, 그자의 도발에 넘어가지 마세요."

그 순간 몇 명의 인영이 장내에 나타나 아미의 여승들을 도우며 검을 휘둘렀다. 그들은 근처에 위치한 사찰에 머물고 있던 유사하 일행이었다.

"유 소저!"

이정영은 반색하며 유사하를 바라보았다.

단 한 명의 힘이라도 아쉬운 상황에서 절정고수 서너 명의 합류는 실로 적지 않은 전력.

자연히 이정영의 안색이 밝아질 수밖에 없었다.

"오호… 이건 또 어인 중생들인가?"

마라존자는 야릇한 미소를 지으며 나타난 유사하와 단옥령을 바라보았다. 그중에서도 마라존자의 시선은 단옥령에게 한참 동안 머물러 있었다.

"본 존자가 진정으로 구제해 줘야 할 사람이 여기에 있었구면."

그간 수많은 여인네들을 접해본 마라존자였지만 단옥령만한 미인을 보지 못했다. 달리 삼화(三花)라 불리는 것이 아니었다.

"이자는 저희가 맡겠어요. 검진을 지휘하도록 하세요."

"고마워요."

이정영이 이를 악물며 신형을 돌렸다.

마라존자에게 느껴지는 기세는 한눈에 보기에도 심상치 않았다. 그런 자를 동문도 아니고 생판 남이나 다름없는 사람들에게 맡긴다는 사실이 마음에 걸렸지만 지금으로서는 그것이 최선의 선택이었다.

"쓰레기 같은 놈이군."

두 명의 라마승을 연달아 베어버린 조철산이 쾌검을 휘두르며 마라존자에게 짓쳐들었다.

크아아앙!

검이 굉음성을 내며 날아들었다.

일순간 마라존자의 몸이 움찔거렸다. 일인단맥으로 전해졌다고는 하지만 일문의 장문인답게 조철산의 무공은 약하지 않았다. 극쾌라고도 할 수 있는 그의 쾌검이 마라존자가 속절없이 물러났다.

"껄껄, 존자께서 고생하시는구려."

마라존자가 밀리는 듯한 기색을 보이자 광심존자(狂心尊者)와 명왕존자(明王尊者)가 앞으로 나섰다.

"그래, 시주께서는 어느 문파의 고인이신고?"

광심존자가 비웃는 듯한 표정으로 조철산에게 물었다.

"껄껄, 듣자 하니 멸문된 문파의 후인이라 하던데, 운 좋게 비급을 얻어 익혔나 보지? 그러지 말고 본 사에 들어오는 것은 어떤가? 본 존자가 친히 가르쳐 주겠네."

당시 아미산에서 살아남은 자들에 의해서 조철산의 신분을 알고 있던 광심존자는 조철산의 심기를 흐트러뜨리기 위해 울화를 돋우었다.

"감히……."

그렇지 않아도 사문에 관련된 일이라면 민감한 조철산이 그 말을 듣고 그대로 넘어갈 리 없었다.

조철산은 상대하던 마라존자에게 일검을 날린 뒤 광심존자에게 쇄도해 갔다. 그러나 강호의 경험이 풍부한 마라존자가 그렇게 호락하게 조철산을 놓아줄 리 만무했다.

"단 언니, 제가 조 장문인을 돕겠어요."

유사하가 급히 조철산을 돕기 위해 몸을 날렸다.

그녀의 무공이 육대존자에 비해서 떨어지는 것은 사실이었지만 조철산과 함께라면 충분한 승산이 있었다. 상황이 이렇게 되자 단옥령 역시도 삼살 호리파와 함께 명왕존자와 격돌했다.

난전이었다.

단 한순간의 방심이 생사로 직결된다는 것을 알고 있는 일행 모두의 얼굴에는 긴장감이 어렸다.

"껄껄, 이제 보니 보타암의 제자였군."

광심존자는 대번에 유사하의 무공이 어디서 연유한 것인지를 알아보았다.

"껄껄, 지금쯤이면 보타암은 잿더미가 되었을 것인데 여시주는 운이 좋구먼."

"무슨……."

사문인 보타암이 잿더미가 되었을지도 모른다는 소식에 일순간 유사하의 검세가 흐트러졌다.

"껄껄, 하긴 어차피 며칠 더 사는 것에 불과하니 그다지 운이 좋다고 말할 수만도 없는 것인가?"

"유 소저! 적들의 간계에 불과할 뿐이오! 저들이 절강의 일을 무슨 수로 안단 말이오?"

어느 정도 냉정함을 찾은 조철산이 다급히 외쳤다. 육대존자 중 두 명의 합공은 실로 위력적이었다. 한 사람이라도 부상을 당한다면 생사를 장담하지 못했다.

"껄껄, 본 존자께서 거짓을 말할 필요가 무에 있겠는가? 지금쯤이면 만해도와 유령문의 공격에 절강 일대의 문파들은 모조리 무너졌을 것일세."

광심존자는 계속해서 유사하의 심기를 흩뜨렸다.

조철산의 말처럼 광심존자 역시 보타암이 잿더미로 화했는지 그렇지 않은지에 대해서는 알지 못했다. 단순히 유사하의 심기를 흩뜨리기 위해서 주절거린 것뿐이고 유사하가 거기에 걸려든 것뿐이었다.

서격!

그 순간 기회를 엿보고 있던 마라존자의 계두도가 유사하의 옆구리를 스치고 지나갔다. 조철산이 다급히 신형을 날렸지만 이미 유사하의 옷은 피로 얼룩져 있었다.

"껄껄, 저쪽에 있는 여시주들보다야 못하지만 여시주는 특별히 본 존자께서 은혜를 베풀어주겠네."

광심존자가 음침한 웃음을 흘렸다.

찢어진 옷 사이로 언뜻 보이는 뽀얀 살결을 보자 음심이 발동한 것이다.

'좋지 않다.'

조철산의 안색이 침중히 굳어졌다.

생각했던 것 이상으로 육대존자의 무공은 강했다. 명왕존자를 상대하고 있는 단옥령과 호리파가 우위를 점하고는 있다지만 단기간에 끝날 싸움이 아니라는 것을 생각했을 때 유사하가 입은 부상은 실로 치명적이라 할 수 있었다.

더욱이 아미파 여승들을 이끌고 있는 이정영 역시 어느새 장내에 모습을 드러낸 마곡무인들에 의해 부상을 입은 상태였다. 상황은 점차 악화일로(惡化一路)를 향해 치닫고 있었다.

그 순간이었다.

"아미타불!"

한줄기 은은한 항마음 소리가 장내에 울려 퍼졌다.

"우웩……."

마곡무인들의 안색이 창백하게 변하며 그중 몇 명이 피를 토하고 쓰러졌다.

"항마음이다! 내공을 끌어올려 심맥을 보호해라!"

마곡의 수뇌 중 하나가 큰 소리로 외쳤다.

포달랍궁의 라마승들에게 아무런 피해가 없는 걸로 봐서는 불문의 항마음이 분명했다.

"누가 불문의 성지를 침범하려 하는가!"

다시 한 차례의 항마음이 울려 퍼지고 인자한 노사태 한 명이 허공답보(虛空踏步)의 신법을 펼치며 장내에 내려섰다. 그녀가 바로 아미제일고수 금정 신니였다.

쿠쿵—!

선장을 바닥에 찍자 한차례 진동이 주위를 휩쓸었다. 아무 생각 없이 금정 신니에게 쇄도하던 라마승 서너 명이 장심에서 뻗어 나온 금광에 절명한 후에야 주위에 있던 적도들이 일제히 그녀 곁에서 물러났다.

"여래활불!"

피해가 계속되자 라마승 무리 속에서도 한줄기 법음이 터져 나왔다.

법음은 항마음 소리와 팽팽히 맞서며 대치를 이루었다.

"어느 고인이시오?"

금정 신니는 범음 소리가 들려온 곳으로 시선을 향했다.

"오늘 본불이 안계를 넓히는구려."

회의승포를 입은 노승이 라마승 무리들 속에서 걸어나왔다. 노승은 바로 마하륵대라마였다.

"허허, 아미금정(峨嵋金頂)이라, 진정한 금정이 이곳에 있었구려."

"시주는……."

"본불은 미천하지만 포달랍궁에서 법승 자리에 있소이다."

"아미타불……."

금정 신니의 안색이 가볍게 변했다.

법승이라면 세 명의 대라마 중 한 명을 가리키는 말이었다. 내심 노승이 활불이라 칭하는 포달랍궁의 궁주일 것이라 짐작했던 금정 신니로서는 뜻밖의 아닐 수 없었다. 그만큼 회의승포를 입은 노승에게 느껴지는 기세는 웅혼했다.

서장일궁(西藏一宮)이라, 새외에서 포달랍궁의 무공을 으뜸으로 친다더니 그 말이 거짓이 아닌 듯싶었다.

'내 대에서 선조들께 죄를 짓게 되는구나.'

금정 신니 정도 되면 구태여 겨루어보지 않아도 상대의 무공을 짐작할 수 있다. 적어도 천 초 이상을 겨루어야 승부를 낼 수 있는 상대였다. 평상시라면 모를까 지금 같은 상황에서는 불가능한 일이었다.

"어떻게 하시겠소?"

"물러난다면 본사 제자들의 안전을 약속하시겠습니까?"

"허허, 과한 욕심을 부리시는구려."

마하륵대라마 역시 금정 신니의 무공 정도는 알아볼 수 있었다.

"향후 이십 년간 봉문한다면 이대로 물러나겠소. 물론 외부에 나가 있는 제자들을 모두 포함해서이오."

"아미타불······."

도저히 승낙할 수 없는 제안이었다. 지금 여기에 있는 제자들만이라면 몰라도 나가 있는 제자들까지 모두 본산으로 불러들인다면 사천이 저들에게 넘어갈 터였다.

문파가 쇠락하는 것은 두렵지 않으나 민초들이 받을 고통을 생각하면 그럴 수 없는 일이었다.

"허허, 승낙하지 않으시려 보오."

마하륵대라마는 조용히 반 보를 내딛었다.

일순간 막강한 기세가 금정 신니에게 밀려들었다. 단순히 기세만으로도 사람을 압사시킬 수 있는 의기상인(意氣傷人)의 경지였다.

쩌쩡!

금정 신니 역시도 기세로서 대항하며 십성을 바라보는 대정신공(大靜神功)을 운기했다.

그렇게 포달랍궁과 아미를 대표하는 두 무인의 격돌이 시작되었다.

*　　　　*　　　　*

백여 명에 달하는 인영들이 관도를 따라 빠르게 이동하고 있었다. 그들은 바로 강정(康定)과 아안(雅安)을 지나 아미파로 향하고 있는 연운비 일행이었다.

"조금 더 속력을 낼 수 없겠느냐?"

서서히 눈에 들어오기 시작하는 아미산 자락을 보며 연운비가 초조한 기색으로 물었다.

어디서부터 이런 불안감이 연유하는 것인지는 모르겠지만, 마치 막이랑이 목숨을 잃던 그때처럼 가슴이 답답하고 몸이 천근만근처럼 무거웠다.

"어려울 것 같습니다."

유이명이 힘들다는 표정으로 고개를 저었다.

지금의 이동 속도도 무리해서 내고 있는 것이었다. 이 이상 속력을 낸다면 막상 아미파에 도착하더라도 제대로 싸워보지도 못하고 지리멸렬할 수도 있었다.

더욱이 아미파가 아직까지 건재한지도 의심이 드는 상황이었다. 혹시라도 아미파가 무너졌다면 그곳에서 기다리고 있을 적의 기습도 대비해야 했다.

'만일 아미파가 무너졌다면……'

그럴 리는 없겠지만 아미파가 적들의 공세에 무너졌을 가능성도 생각해야 했다.

그것은 곧 적들 중에 낭인왕과 금정 신니를 상대할 만한 고수가 존재한다는 뜻이었고, 지금 이 병력으로 달려드는 것은 이란격석(以卵擊石)이라 할 수 있었다.

'사형에게는 미안한 말이지만 곧바로 후퇴해야 한다.'

동료들을 생각하는 연운비의 마음이 이해가 가지 않는 것은 아니었지만 유이명에게 있어 그들의 안전보다 우선시되는 것은 여기 있는 사람들과 사형의 안전이었다.

"이 정도 속도라면 아미파까지 얼마나 걸리겠느냐?"

"반나절 정도입니다."

"반나절이라······."

유이명의 대답을 들은 연운비가 생각에 잠겼다.

'어찌해야 하는가?'

이상하게도 마음이 안정이 되지 않았다. 무리라는 것을 알면서도 가야 한다는 생각을 떨칠 수가 없었다.

'나는 또 고민하고 있구나.'

어느 순간 연운비는 이전처럼 갈피를 잡지 못하고 있는 자신을 돌아보며 씁쓸한 미소를 감추지 못했다. 고쳐 보지 않으려 한 것은 아니었지만 그것이 마음먹은 대로 되지 않았다.

'무엇을 주저하는가?'

연운비는 검 손잡이를 움켜쥐었다. 이상하게도 마음이 편해지는 것이 느껴졌다.

"사형······?"

무엇인가 이상한 낌새를 눈치챈 유이명이 그런 연운비를 불안한 눈빛으로 쳐다보았다.

"아무래도 먼저 가보아야 할 듯싶다."

"사형!"

연운비 앞에서라면 웬만해서는 큰 목소리를 내지 않는 유이명이 목소리를 높였다.

"아미산은 적들에게 둘러싸여 있습니다. 사형 혼자 가신다면 섶을 지고 불구덩이로 뛰어드는 바와 다를 것이 없습니다."

"나를 믿어라. 네가 올 때까지 적들에게 당하는 일은 없을 것이다."

"그렇지만……."

"그들이 없었다면 나는 지금까지 살아 있지도 못했을 것이다."

"사형……."

"먼저 가보도록 하마."

연운비는 말을 마친 후 곧장 신형을 날렸다.

절세의 신법 운룡대팔식(雲龍大八式)이 펼쳐졌다. 초상비를 보는 듯한 그 움직임에 전위대 무인들을 비롯하여 아미, 청성의 검수들이 한동안 멍하니 그 모습을 지켜보았다.

'어느새 운룡대팔식까지 익히셨단 말인가?'

유이명 역시도 그런 연운비의 움직임을 보고 감탄을 금치 못했다. 불과 몇 년 전만 하더라도 연운비의 경공 수준은 일대제자 중에서도 가장 처지는 것이었다.

"뭣들 하느냐! 속도를 높인다!"

불현듯 연운비가 홀로 떠났다는 사실을 인지한 유이명이 일갈을 내질렀다.

'기다리십시오. 곧 가겠습니다.'

어느새 하나의 점으로밖에 보이지 않는 연운비의 뒷모습을 보며 유이명이 주먹을 움켜쥐었다.

*　　　　*　　　　*

쩌쩡!

천지를 뒤흔들 정도의 강맹한 장력이 산천초목을 뒤흔들었다.

"아미타불!"

항마음과 함께 펼쳐진 금정면장(金頂綿掌)의 위력은 실로 놀라웠다. 매음 신니가 펼친 금정면장 역시 훌륭했지만 금정 신니가 펼친 것에 비할 바는 아니었다.

"여래활불!"

그러나 오히려 수세에 몰려 있는 것은 금정 신니였다. 평수를 유지하고는 있다지만 공세를 취하고 있는 것은 마하륵대라마였고 금정 신니는 다분히 수세적인 입장이었다.

'아미타불… 길보다는 흉이 많겠구나.'

금정 신니는 대정신공이 십성이 이르지 못한 것이 이토록 안타깝기는 처음이었다. 지난 삼십 년간 무공에 일로매진(一路邁進)하지 않은 결과였다. 무공보다는 불법에 더 많은 관심을 두었고 그것이 지금의 이런 결과로 나타났다.

'이 일을 어찌할고……'

피를 흘리며 쓰러져 가는 제자들을 보는 금정 신니의 마음이 납덩이처럼 굳어져만 갔다.

마음이 조급하니 제대로 된 무공이 펼쳐지지 않았고, 점차 수세에 몰릴 수밖에 없다.

마하륵대라마는 시종일관 여유를 잃지 않으며 금정 신니를 몰아붙였다. 마하륵대라마의 입장에서 구태여 서두를 필요가 없었다. 전세는 아군에게 압도적이었고 사방에서 들려오는 비명 소리는 아미파 제자들의 것이었다.

'어쩔 수 없구나. 그 무공을 펼치는 방법밖에는……'

금정 신니는 한 가지 무공을 떠올렸다.

그것은 너무 패도적이라 오래전 절전되었다고 알려진 아미의 신공

절학이었다.

우우우웅!

전신의 내력을 극한으로 끌어올린 금정 신니의 전신에 불광이 어렸다. 그러자 마하륵대라마 역시 이상한 분위기를 느끼고 긴장한 채 금정 신니를 바라보았다.

불혼패엽공(佛魂貝葉功)!

불문의 항마후(降魔吼)와도 같은 웅혼한 소리를 토해내며 강기의 폭풍이 몰아쳤다.

"강기?"

화산의 조사 육조양이 펼쳤다는 이기어검(以氣馭劍)이 전설의 한자락이라면 검강은 모든 검사들의 꿈이었다.

당금 천하에서 검강을 펼칠 수 있는 무인이라면 천하삼검(天下三劍)이 유일했다. 깨달음뿐만 아니라 내공 역시 받쳐 주어야 펼칠 수 있는 것이 바로 검강이었다.

지금 금정 신니가 펼치고 있는 것은 권장법을 배운 무인이라면 누구나 꿈꾸는 수강이었다.

콰쾅!

뒤늦게서야 마하륵대라마가 포달랍궁의 절기라 할 수 있는 마라밀권(魔羅密拳)을 펼쳐 대항했지만 평범한 권력으로 강기를 대항하는 것은 무리였다.

거대한 벽을 마주하는 기분.

다섯 번의 주먹을 연달아 내질렀지만 결국 강기를 완전히 막아낼 수 없었다.

"울컥."

무려 십여 장이 넘게 밀려난 마하륵대라마의 입에서 피분수가 터져 나왔다.

어찌하여 모든 무인들이 강기를 익히려고 하는지 그 이유를 알 수 있는 모습이었다.

"어, 어떻게……."

마하륵대라마가 불신의 눈으로 금정 신니를 바라보았다.

분명 금정 신니의 무공은 자신에 비해 우위에 있지 않았다. 강기를 펼칠 정도라면 구태여 지금껏 시간을 끌 필요가 없었다. 그렇게 한참 동안 금정 신니를 바라보고 있던 마하륵대라마는 뒤늦게서야 의문점을 해소할 수 있었다. 금정 신니의 입가에서 실핏줄 같은 검붉은 선혈이 흘러내리고 있었던 것이다.

척!

마하륵대라마는 비틀거리며 자리에서 일어났다.

정확하게까지 파악은 불가능했지만 상대의 무공이 완전한 강기가 아닌 것은 확실했다. 그렇다면 아직 자신이 패한 것은 아니었다.

'아직 불완전한 것인가.'

금정 신니는 비틀거리며 일어나는 마하륵대라마를 보며 불호성을 읊었다.

극성에 이른 불혼패엽공이라면 실제 강기라 할 수 있겠지만 그렇지 않은 이상 강기를 흉내 내는 것에 불과했다. 위력은 그렇게까지 차이 나지 않았지만, 문제는 지금처럼 상대의 반격에 내부가 진탕될 정도로 충격을 입는다는 사실이었다.

진기를 끌어올려 보려던 금정 신니는 대부분의 내력이 소진된 것을 느끼고 참담한 마음을 금치 못했다. 마하륵대라마 역시 심각한 내상을 입은 것이 확실했지만 지금으로서는 끝을 낼 수 없었다.

"신니, 뒤는 본인이 맞겠소."

그 순간 어디선가 마의중년인이 모습을 드러냈다. 얼굴에 난 검상과 기이할 정도로 잘 발달된 근육을 제외한다면 이렇다 할 특징이 없는 평범한 인상의 중년인이었다.

마의중년인이 장내에 모습을 드러내는 순간 모든 시선이 일제히 그에게로 집중되었다.

"낭, 낭인왕……."

"낭인왕이 나타났다!"

낭인왕(浪人王) 악구패!

오왕(五王) 중 일인이자 낭인으로서는 유일하게 왕이라는 호칭을 받은 무인이었다.

"악 시주……."

"대하 상인은 어디 있는가?"

악구패는 시선을 돌려 마하륵대라마를 바라보았다.

'여래활불… 이렇게 빨리 부상을 치유했단 말인가?'

마하륵대라마는 몸이 떨려오는 것을 느꼈다.

평상시라면 몰라도 지금 같은 몸 상태에서라면 단 몇 초도 버텨낼 수 없었다.

전세는 아군이 압도적으로 유리하다고는 하지만 그것을 일시에 뒤집을 수 있는 무인이 바로 낭인왕 악구패였다. 그리고 그것이 바로 절대고수의 위력이기도 하였다.

"대하 상인이 어디 있는지 물었다."

이름도 알려지지 않은 마곡의 무인과 겨루어 평수를 이루었다는 것에 자존심이 상한 것일까?

악구패의 전신에서는 막강한 기도가 흘러나오고 있었다.

존재하는 것만으로도 상대에게 압박감을 줄 수 있는 무인, 그들이 바로 오왕이었다.

그 누구도 감히 악구패에게 다가서지 못했다. 십 장 반경으로 공터가 형성이 되었다.

'후퇴해야 하는가?'

마하륵대라마는 시선을 돌려 전장을 주시했다.

도정사는 폐허가 되다시피 했을 정도로 파손되어 있었다. 이 정도라면 더 이상 존재 가치가 없다고 해도 과언이 아니었다. 구태여 미련을 가질 이유가 없었다.

"그대가 낭인왕인가?"

음습한 기운과 함께 마치 처음부터 그 자리에 존재했던 것처럼 누군가가 야이목풍의 앞을 막아섰다.

"누구냐?"

야이목풍의 전신에서 느껴지는 음습한 기운에 악구패가 눈살을 찌푸렸다.

"네놈을 지옥으로 안내해 줄 저승사자이다."

야이목풍은 손목에서 연검을 풀며 기습을 가했다.

심즉살(心卽殺), 그 살기만으로도 숨이 멎게 할 수 있다는 혼원살인공(混元殺人功)을 극성으로 끌어올린 야이목풍의 움직임은 흡사 유령과도 같았다.

"한낱 살수 따위가……."

유령문의 기공을 알아본 악구패가 눈살을 찌푸리며 반 보를 움직여 일권을 내질렀다.

그와 동시에 쇄도하던 야이목풍의 신형이 무엇에라도 부딪친 듯 튕겨져 나갔다. 그러나 허공에서 한 바퀴 선회를 한 야이목풍의 신형이 재차 쇄도했고, 이번에는 악구패도 상대의 공격을 경시하지 못하고 진중히 마보를 취하며 자세를 잡았다.

파르르릇!

연검은 무수한 변화를 만들어내며 악구패의 시야를 어지럽혔다. 악구패는 눈을 감았다. 구태여 모든 변화를 눈으로 보려 할 필요가 없다는 뜻이다.

쩡!

내공을 익히지 않았음에도 절정의 경지에 올라 결국 외공으로 일가를 이룬 무인.

기세를 담은 그의 일권이 야이목풍에게 몰아쳤다. 그 어떤 변화도 악구패에게는 통하지 않았다. 전신을 압박하는 권의 잔영 속에서 야이목풍이 쫓기듯 뒤로 물러났다.

어째서 그가 낭인들의 존경을 한 몸에 받는지 이해할 수 있는 순간이었다.

"크흐흘, 본인이 돕겠소이다."

그런 야이목풍의 곁에 팔 척 거한이 내려섰다.

"너는 또 누구냐?"

"거령마군이라 하외다."

"마군이라… 그런 이름을 사용할 자격이 되나 보겠다."

악구패가 한 손을 내뻗었다.

언뜻 보기에는 평범해 보이는 한 수였지만, 막상 당하는 거령마군의 입장에서는 지독할 정도로 강맹한 공격이었다.

펑! 퍼퍼펑!

거령마군의 신형이 주르륵 밀려났다. 오대마군 중 일월마군을 제외하곤 가장 강하다고 할 수 있는 거령마군조차 악구패의 일권을 제대로 받아내지 못한 것이다.

"크흐흘, 과연 낭인왕! 내공을 제대로 익히지 않았다고 들었건만… 하지만 싸움은 이제부터 시작이오!"

거령마군이 이번에는 밀리지 않겠다는 듯 내력을 끌어올려 그의 성명절기 거령신권을 펼쳤다.

"둘째 형, 나도 돕겠소!"

어느새 장내에 나타난 섭혼마군도 싸움에 가담했다. 야이목풍 역시도 이에 질세라 연검을 휘두르며 악구패를 공격했다. 살수인 야이목풍이라면 몰라도 오대마군은 자존심이 있는 무인들, 그런 그들조차 악구패를 상대로는 합공이라는 극단적인 방법을 사용할 수밖에 없었다.

일장박투가 벌어졌다.

악구패의 무공은 흡사 광마 부평악의 무공을 보는 듯했다.

주먹을 휘두르면 그것이 권법이었고, 손을 내저으면 그것이 장법이었다. 더욱이 전신을 무기로 사용하여 상대하는 입장에서는 까다롭기 그지없었다.

"크윽……."

내공이 약한 섭혼마군이 충돌에서 오는 반탄력을 이기지 못하고 울컥 피를 토했다.

거령마군의 내공이야 마곡에서도 알아주는 것이었고, 야이목풍은 연검으로 기습을 취하는 입장이었으니 제일 부담을 많이 받는 것이 바로 섭혼마군이었다.

외공으로도 내공을 바탕으로 펼쳐 내는 무공을 누를 수 있다.

그것을 보여준 이가 바로 낭인왕 악구패였다. 물론 악구패가 전혀 내공을 익히지 않은 것은 아니었다. 기본적인 토납술 정도는 익히고 있는 것이 사실이었고, 그것으로 인해 어느 정도의 내공을 사용할 수도 있었지만 실제 악구패가 실전에서 보여주는 대다수의 무공은 외공을 바탕으로 한 것들이었다.

"크흐흘. 넷째야, 물러나 있어라."

거령마군이 앞으로 나섰다.

섭혼마군의 무공은 최절정의 경지에는 이르렀으나 아직 입신의 경지에까지 이른 것은 아니었다. 지금 같은 상황에서는 오히려 섭혼마군의 존재가 운신의 폭을 좁히고 있었다.

쿠웅!

악구패가 한차례 진각을 굴렀다. 진각 안에는 섭혼마군이 물러나든 그렇지 않든 너희들 따위는 내 상대가 되지 못한다는 자부심이 묻어 있었다.

쩌쩌쩡!

주위를 떨쳐 울리는 기파와 함께 거령마군의 뻗어낸 권력이 악구패를 몰아쳤다. 거령신권의 특성 중 하나가 뇌전의 기운을 포함하고 있다는 사실이었다. 육중한 산을 가져다 놓은 듯한 중압감이 거령마군에게서 느껴졌다.

마심안을 지닌 섭혼마군이 있었다고는 하지만 상고의 절진이라 할 수 있는 운무난석금쇄진(雲霧亂石金鎖陣)을 깨뜨린 것은 거령마군의 능력이 어떻다는 것을 여실히 보여주는 일이었다.

무표정하기만 하던 악구패의 얼굴에 이채가 스치고 지나갔다.

그러나 단지 그것뿐이었다.

여전히 전세는 악구패의 것이었고, 거령마군과 야이목풍은 공격을 막아내기에 급급했다.

'크흐흘, 과연 낭인왕. 그러나……'

거령마군의 눈에 한광이 스치고 지나갔다.

패색이 짙다고는 하지만 거령마군은 아직 모든 능력을 선보인 것이 아니었다.

만약 생사를 결하고자 마음먹었다면 이렇게까지 일방적으로 밀리지는 않았을 것이리라.

'대형만큼은 아니다. 곧 본 곡의 천하가 오겠구나.'

거령마군이 본 악구패의 무공은 일월마군이나 무상에 비한다면 분명 처지는 것이었다.

"허허, 내가 많이 늦은 모양이구려."

그 순간 장내에 흰 수염을 너풀거리며 누군가가 내려섰다. 허허로운 기도를 보이는 노인은 바로 대하 상인이었다. 거령마군이 구태여 전력을 기울이지 않은 이유가 이 때문이었다.

휘리리릭!

대하 상인이 한차례 손을 내젓자 부드러운 미풍이 격전장 중앙에 불었다.

그것은 찰나간의 틈을 만들어주었고, 거령마군은 지체없이 신형을 뒤로 날렸다.

"크흐흘, 상인을 뵙습니다."

거령마군이 물러나며 대하 상인에게 고개를 숙였다. 대하 상인은 전대 마곡의 곡주와 같은 배분으로 구양 노사와 함께 몇 안 되는 마곡의 원로 중 한 명이었다.

악구패는 물러나는 거령마군을 구태여 뒤쫓지 않았다. 거령마군의 무위가 높은 것은 사실이었지만 그렇다고 자신에 비할 바는 아니었다.

"왔는가?"

"허허, 이 노구가 오지 않으면 낭인왕을 상대할 사람이 있겠소?"

"그 말은 당신이 나를 감당할 수 있다는 것으로 들리는군."

악구패가 비릿한 미소를 지었다.

"시작해 볼까?"

"허허, 그럽시다."

대하 상인이 공력을 끌어올렸다.

종전과는 전혀 다른 패도적인 장력이 주위를 휘몰아쳤다. 마곡의 칠대절학 중 한 가지인 백양난첩장(白陽亂疊掌)이었다. 백양난첩장은 모두 칠 초식으로 이루어져 있는데 뒤로 갈수록 공력이 배가되어 결국 상대를 압사시키는 장력이었다. 악구패가 부상을 당한 것도 바로 이 백양난첩장에 의해서였다.

퍼펑!

악구패는 조금도 주저하지 않고 장력의 폭풍 속으로 몸을 날렸다.

장력이 전신에 적중했음에도 악구패의 신형은 요지부동(搖之不動)이었다.

외공으로 일가를 이룬 무인. 그의 전신은 이미 금강불괴(金剛不壞)나 다름이 없었다.

"과연!"

대하 상인은 크게 감탄성을 내질렀다.

내공이 있고 없고가 중요하지 않았다. 악구패는 이미 그런 수준을 뛰어넘어 있는 무인이었다. 그렇게 천하를 위진시키는 두 거목의 격돌이 본격적으로 시작되었다.


"아아악!"

한차례 비명 소리와 함께 아미파 여승 하나가 짚단처럼 쓰러지며 죽임을 당했다. 뇌수가 흘러나오는 끔찍한 모습이었다.

"크흐흘… 구파, 구파하더니 별것도 아니구나."

그곳에는 팔 척 거한 거령마군이 서 있었다. 악구패를 상대하며 자존심이 크게 상한 거령마군은 손속에 조금의 인정도 두지 않았다. 거령마군이 지나간 곳에는 시체만이 나뒹굴었다.

쿠과과과광!

피에 전 두 손으로 무차별 여승들을 학살하는 거령마군은 전설 속에나 나오는 우마왕(牛魔王)과도 흡사한 모습이었다.

'이 일을 어쩌할꼬.'

매음 신니는 죽어나가는 제자들을 보며 피눈물을 흘렸다.

거령마군과 섭혼마군은 아군을 무인지경으로 휩쓸며, 불과 일각 사이에 죽어간 제자들의 수가 수십을 넘어갔다.

"크흐흘!"

비록 악구패에 비할 바는 아니라 하지만 거령마군의 외공 역시 대단해 검기라면 모르겠지만 웬만한 무기로는 상처조차 낼 수 없었다. 검기를 사용할 수 있는 제자라 봐야 일대제자에 불과했고, 그들 역시 크게 지쳐 있는 상황인지라 그마저도 불가능했다. 결국 거령마군을 위협

할 수 있는 존재는 없다는 뜻이었다.

그러나 아미파에도 인재는 있었다.

매려화 이정영이 바로 그녀였다. 이정영의 무공은 육대존자와 비슷한 수준으로 사대각존보다도 강한 거령마군의 상대가 되기에는 많이 부족했지만 진법이 그녀의 뒤를 받쳐 주기에 거령마군을 상대로도 어느 정도 버틸 수 있었다.

슈웅!

세찬 검명과 함께 검기가 쇄도했다. 검기는 거령마군의 요혈을 노리며 빠르게 날아들었다.

탕! 타타탕!

충돌과 함께 마치 병장기가 부딪치는 소리가 울려 퍼졌다. 놀랍게도 이정영의 검기조차 아무런 피해를 주지 못한 것이다.

주르륵……

그러나 거령마군의 외공도 그녀의 검기를 완전히 감당하지는 못하였는지 한줄기 붉은 흔적이 거령마군의 어깨에 선명히 드러났다.

"감히!"

거령마군이 분노한 표정으로 일권을 내질렀다.

엄청난 권력의 압박 속에서 이정영의 신형이 부평초처럼 심하게 흔들렸다.

'어렵구나…….'

진의 힘이 받쳐 줌에도 여전히 거령마군은 이정영을 위시한 아미파 제자들을 압박하고 있었고, 진이 무너지는 것은 시간문제 같았다.

"흐흐, 여기에 있었구나."

격전장에서 떨어져 있던 야이목풍은 한편에서 싸우고 있는 유사하

일행을 보고 다가왔다. 자존심이 강한 마곡의 무인들이라면 나서지 않았겠지만 육대존자는 자신과 같은 부류라는 것을 알았기에 주저없이 나선 것이었다.

"어서 오시오."

그렇지 않아도 단옥령과 호리파의 합공에 수세에 몰려 있던 명왕존자가 크게 반색하며 얼씨구나 물러섰다.

"이런……."

삼살 호리파의 안색이 딱딱하게 굳어졌다. 야이목풍의 무공은 그들로서는 감당할 수 없는 것이었다. 실제로 살수라고는 하지만 야이목풍의 무공은 포달랍궁 세 명의 대라마에 비해 크게 처지지 않는 수준으로 육대존자와는 비교가 되지 않았다.

"오늘은 어디로 도망치나 보겠다."

야이목풍이 연검을 빼 들자 자욱한 살기가 흘러나왔다.

살기는 마치 유형의 기운처럼 호리파와 단옥령의 몸을 조여왔다. 낭인왕 정도라면 그 살기에 전혀 영향을 받지 않겠지만 이들은 달랐다. 적어도 입신의 경지에 올라야 혼원살인공의 영향에서 완전히 벗어날 수 있었다.

쐐애액!

야이목풍의 검은 지독할 정도로 빨랐다. 그들이 아는 발검술의 달인 염후아도 이렇게까지 빠르지는 않았다. 순식간에 서너 개의 선혈이 두 사람의 몸에 그어졌다.

"제가 돕겠어요!"

두 사람이 위기에 처하자 조철산과 함께 광심존자와 마라존자를 상대하던 유사하가 몸을 빼 다가왔다.

"여시주는 본 존자가 상대해 드리겠소."

그러자 명왕존자가 몸을 움직여 유사하의 앞을 가로막았다. 위험이 가시자 음심이 발동하였는지 광심존자는 음침한 눈빛으로 유사하의 전신을 훑어보았다.

단옥령과 비교하면 처지는 것이 사실이었지만 가냘파 보이기까지 하는 세류요(細柳腰)와 미려하기 그지없는 미각(美脚)은 흠잡을 곳이 없었다. 더구나 전족(纏足)을 하지 않았음에도 아이처럼 작아 보이는 발은 절로 마음을 설레이게 만들었다.

명왕존자는 장법을 펼치며 은근슬쩍 유사하의 몸을 더듬었다.

"허어, 여시주의 몸은 무엇으로 만들어졌기에 이리도 나긋나긋하오?"

명왕존자는 불제자로서는 차마 입에 담지 못할 음담패설을 내뱉으며 유사하의 심기를 흐트러뜨렸다.

"본 존좌께서 친히 즐거움을 선사해 줄 터이니 기다리고 있으시게."

그렇지 않아도 불리하던 상황에 평정심까지 잃자 상황은 더 더욱 악화되었다.

차아악!

갈고리처럼 손을 모아 휘두른 명왕존자의 금나수에 가슴팍의 옷이 찢겨져 나갔다. 그나마 천으로 가슴을 가리고는 있었지만 그 위로는 백옥 같은 살결이 그대로 드러났다.

명왕존자는 유사하를 유희거리 이상으로 생각하지 않았다. 그 정도로 명왕존자와 유사하 사이의 무공 격차는 컸다.

"치졸하다!"

그 모습을 본 조철산이 울분을 참지 못하고 일갈을 질러보았지만 두 존자의 거센 합공에 도무지 몸을 뺄 수 없었다. 아니, 몸을 빼는 것은 고사하고 얼마나 더 버틸 수 있을지 의문이 드는 상황이었다.

장내에 있는 그 누구를 막론하고 실로 풍전등화(風前燈火)의 상황이었다.

'아미타불, 어쩔 수 없구나.'

난피풍검진까지 펼치며 옥쇄를 각오한 매음 신니였지만 지금은 후퇴를 해야 할 시기였다. 본산에 있는 어린 제자들을 위해서라면 얼마든지 죽을 수 있는 매음 신니였지만 전력의 차이가 너무 심해 지금 같은 상황이라면 무의미한 상황이었다. 그렇게 매음 신니가 후퇴 명령을 내리려는 순간이었다.

"어허헝!"

한 차례 웅혼한 소리가 장내를 뒤흔들었다.

그것은 분노한 용의 울음소리이자 신화로 전해 내려오는 도가의 창룡후(蒼龍吼) 소리였다.

백 여장 밖에서부터 들려오던 창룡후 소리는 빠른 속도로 가까워지고 있었다.

육대존자를 비롯하여 적의 수뇌진들의 안색이 급변했다. 어느 정도 여유를 가지고 싸움에 임하던 그들이었지만 창룡후 소리를 들은 이후부터는 태도를 바꾸어 실수를 뿌리기 시작했다. 그러나 이미 창룡후 소리는 지척까지 다가온 후였다.

콰콰콰쾅!

검의 폭풍이 몰아쳤다. 폭풍에 가장 먼저 휩싸인 것인 아미파 여승들을 공격하고 있던 라마승들이었다.

"크아악!"

"도, 도망쳐라!"

검에는 용서가 없었다. 가로막는 모든 것을 베었고, 무기를 든 이들이라면 검의 폭풍에서 벗어날 수 없었다.

폭풍의 중심에는 한 사내가 있었다.

운명은 그에게 검의 길을 가게 하였고, 소중한 사람들을 지키기 위해 검을 든 사내였다.

"야—이—목—풍!"

연운비는 혼잡스러운 상황 속에서 야이목풍을 보았다. 수백의 사람들이 몰려 있음에도 너무나도 자연스럽게 야이목풍의 얼굴이 눈에 들어왔다.

'막 형, 잠시만 기다리십시오. 이제 곧… 곧… 빚을 갚겠습니다.'

연운비는 당장에라도 야이목풍에게 달려가고 싶은 마음을 억누르며 몸을 날렸다.

빚을 갚는 것도 중요했지만 위험에 처한 일행을 구하는 것이 우선이었다. 라마승 세 명이 앞을 가로막았지만 한 번의 휘두름에 모두 고혼(孤魂)이 되었다.

일수삼격(一手三擊). 검세는 지극히 단조로웠지만 빠르고 힘이 실려 있었다.

"으헉!"

명왕존자는 연운비의 신형이 자신에게 향하자 기겁을 하며 뒤로 물러났다.

고작 이립이 조금 넘어 보이는 자였지만, 반로환동(返老還童)을 한 전대의 노고수가 아닌지 의심이 들 정도로 강한 기도를 뿌리고 있었다.

저런 자에게 혼자 대적하는 것은 미친 짓이나 다름이 없었다.

쩌정!

백색의 검기가 몰아쳤다. 이전이었다면 물러나는 상대에게 굳이 살수를 펼칠 연운비가 아니었지만 갈가리 찢어진 유사하의 상의와 곳곳에 상처 입은 일행들의 모습이 너무나도 선명히 눈에 들어왔다.

"이익……."

더 이상 피할 곳이 없자 명왕존자도 어쩔 수 없이 신형을 멈추고 장력을 뿌렸다.

콰쾅!

엄청난 충돌음과 함께 명왕존자의 신형이 수 장 밖으로 튕겨져 나갔다. 날아가는 명왕존자의 입에서는 끊임없이 검붉은 피가 폭포수처럼 흘러내렸다.

"저, 저것이……."

명왕존자가 단 일 수를 버티지 못하고 부상을 입자, 나머지 존자들이 기겁을 하며 상대하던 조철산을 뒤로하고 몸을 날렸다.

그러나 이전이라면 모를까 그들의 합공 정도를 두려워할 연운비가 아니다.

파르르릇!

검이 춤을 추었다.

천잠변(天蠶變)!

초식은 하나였으되 이어짐은 끝이 없으니 그것은 조화를 이룬 상청무상검도의 또 다른 신화였다.

카캉!

마라존자의 계두도가 단번에 두 동강이 나며 부러졌다. 광심존자 역시도 허리춤에 부상을 입고 신형을 비틀거렸다.

평상시였다면 이 정도까지 형편없이 밀릴 그들이 아니었지만 조철산을 상대하며 어느 정도 내력 손실이 있었기에 일어난 일이었다.

"연 소협!"

유사하가 복받쳐 오르는 감정을 추스르지 못하고 눈물을 흘렸다.

"살아 계셨군요, 살아 계셨군요……."

당장에라도 죽지 않은 것이 이상할 정도의 심한 부상, 거센 급류, 절망적인 상황이었다. 그런 상황 속에서도 연운비는 살아남았고, 이렇게 자신들을 구하고자 달려온 것이었다.

연운비는 전신의 내력을 극한까지 끌어올렸다.

시간이 촉박했다.

속전속결로 끝내지 않는다면 아군이 얼마만큼이나 큰 피해를 입을지 예측할 수 없었다.

단설참(斷雪斬)!

신랄한 검의 기운이 몰아쳤다.

이전과는 다르게 검세는 신랄하면서도 도가정종의 현묘한 기운을 품고 있었다.

동강 난 계두도에 급히 진기를 불어넣으며 마라존자가 검기에 맞서 갔다.

콰직!

그나마 반쪽이라도 남아 있던 계두도가 파편이 되어 산산조각으로 부서졌다.

정면으로 부딪치는 것이 아니었다.

내력에 있어서도 초식의 운용에 있어서도 육대존자는 연운비의 상대가 아니었다.

충돌과 함께 어느 정도 줄어들었던 백색의 검기가 다시 솟구쳤다. 내력의 또 다른 운용, 중첩(重疊)의 경지.

서걱—

마라존자의 한 팔이 어깻죽지에서부터 잘려 나갔다.

실로 압도적인 무위였다.

그것도 마지막 순간 몸을 비틀었기에 그 정도였지 그렇지 않았다면 즉사했을 그런 공격이었다.

연운비는 상대의 목숨을 끊어놓지 못한 것이 아쉬웠지만 검을 거두며 몸을 날렸다.

"조 장문인, 뒤를 부탁합니다."

"걱정하지 마시오."

등 뒤에서 조철산의 목소리가 들려왔다.

사실상 마라존자는 전투 불능 상태나 마찬가지였으니 내상을 입은 명왕존자와 광심존자라면 이기지는 못한다 하더라도 시간은 충분히 끌 수 있으리라.

"흐흐, 놈. 살아 있었구나."

야이목풍은 막다른 구석에 처한 먹잇감을 가지고 놀 듯 단옥령과 호리파를 상대하고 있었다. 두 사람의 전신에는 셀 수 없을 정도의 무수한 상처가 새겨져 있었다.

그렇지 않아도 야이목풍에게 원한을 가지고 있던 연운비는 그 모습을 보고 주체할 수 없을 정도로 신형을 떨었다. 야이목풍은 도저히 무인이라 부를 수 없는 자였다. 시정잡배도 이보다는 나을 것이다.

"쉬고 계시지요."

"크흐흑, 연 소협……."

호리파가 온몸을 떨며 피눈물을 흘렸다.

무공이 약한 것이 이렇듯 원통하기는 처음이었다. 사내인 자신은 상관없었지만, 단옥령은 달랐다. 그 고왔던 피부가 거북이 등 껍질처럼 상처로 쩍 하니 갈라져 있었다. 금창약을 바른다고 해서 없어질 흉터가 아니었다.

"저는 신경 쓸 필요 없어요. 강호에 나온 순간 이미 여자이기를 포기한 몸. 흥분하지 마세요."

혹시라도 연운비가 평점심을 잃을까, 호리파의 부축을 받으며 물러나던 단옥령이 결연한 표정으로 말했다.

연운비는 차마 그들을 더 이상 보지 못하고 시선을 돌려 야이목풍을 바라보며 입을 열었다.

"이 검의 주인을 기억하시오?"

"목숨 하나는 끈질긴 놈이로구나."

야이목풍은 달라진 연운비의 모습에 내심 두려운 마음이 들기도 했지만 애써 태연한 척 말을 받았다.

"그 검의 주인이 누구인지 내가 알게 무엇이냐?"

"그렇다면 내가 기억이 나게 해주겠소."

연운비가 격양된 목소리로 말했다. 말투나 태도도 다른 사람을 대하는 것과는 천양지차였다.

그러나 동공 너머로 보이는 눈빛만큼은 깊게 가라앉아 있었다. 깨달음을 얻었다 하나 상대는 팔황의 한 곳인 유령문의 태상장로. 단 한순간도 방심할 수 없는 상대였다.

"이 검의 주인은 화산의 검수이자 누구보다 무인다운 무인이었소.

스스로가 무인이 되고자 했으며 무인으로 살아온 것을 자랑스러워하던 사람이었소."

말 한마디 한마디에는 기세가 담겨 있다.

그것은 화산의 검수 막이랑을 대신하여 토하는 절규였으며 빚을 지은 자의 외침이었다.

"무슨 개소리냐?"

"나는 그에게 목숨의 빚을 지었으며, 이제 그 빚을 갚고자 하오."

연운비는 검을 거꾸로 들었다.

그것은 화산의 검수들이 상대에게 비무를 신청할 때 취하는 그들만의 행동이었으며 오직 매화검수만이 사용할 수 있는 전통이기도 하였다.

"곤륜의 연운비, 화산의 검수 막이랑을 대신하여 유령문의 태상장로 야이목풍에게 비무를 청하오."

비무를 청하는 연운비의 모습은 당당하기 그지없다.

"그딴 것은 네놈 혼자나 하여라!"

그 순간 매섭게 짓쳐든 독아(毒牙)가 연운비의 옆구리에 깊숙한 상처를 만들었다.

정중히 포권을 취하는 연운비에게 야이목풍이 일검을 날린 것이었다.

"이 한 번의 공격으로 비무는 시작되었소."

단 반 보만 물러났더라도 아무런 피해 없이 받아칠 수 있는 공격임에도 연운비는 그렇게 하지 않았다.

쩌쩡!

검을 타고 기파가 뻗어 나왔다. 무형의 기파는 곧 유형이 되어 야이목풍을 몰아쳤다.

천리무애(千里無碍)!

무당의 검이 부드러움으로 강함을 다스린다면, 곤륜의 검은 웅장함으로써 강함을 압도한다.

텅!

정통으로 연운비의 검과 부딪친 야이목풍은 손목을 움켜쥐고 뒤로 물러났다. 자칫 잘못했으면 그대로 검을 놓아버릴 수도 있는 순간이었다.

'그때의 놈이 아니다!'

야이목풍의 안색이 급변했다.

단 일격. 그 일격을 감당하지 못하고 밀려났다. 그것도 손목이 욱신거릴 정도의 지독한 통증을 동반하고서.

애뇌산에서 곤마와 겨루던 당시만 하여도 연운비의 무공이 이 정도까지 강한 것은 아니었다. 기습을 가했다고는 하지만 사실 정면으로 부딪친다고 하여도 이길 자신이 있었다. 그러나 지금은 아니었다.

콰아아앙!

흙먼지가 피어오르고 땅거죽이 움푹 파 들어갔다. 일격 일격에 담긴 힘이 대지를 진동시키고 있었다.

'우선은 물러나야 한다.'

야이목풍은 도망칠 기회를 보았다.

살수의 기본은 암격, 구태여 정면으로 연운비를 상대하는 것을 무모한 짓이었다.

하나 그렇게 호락호락 상대를 놓아줄 연운비가 아니다.

태어나 처음으로 살의를 느끼게 만들었던 자.

죽음으로서 자신을 살린 막이랑을 위해서라도 이곳에서 놓아 보낼 생각은 없었다.

"이놈이?"

야이목풍의 눈에 살기가 맴돌았다.

조금이라도 물러나려는 기미가 보이면 가차없이 살수가 날아들었다. 신법 면에 있어서 앞서는 것은 분명 야이목풍이었지만, 그것이 쉬이 물러날 수 있을 정도로 큰 차이는 아니었다.

"오냐, 정히 원한다면 죽여주마!"

음산한 기운이 야이목풍에게서 흘러나왔다. 몸을 빼기가 여의치 않자 어쩔 수 없이 공격을 택한 것이다.

끼리리릭!

괴이한 소리를 내며 연검이 쇄도했다.

살수의 무공은 최후의 순간 적과의 동귀어진(同歸於盡)을 기본으로 한다.

아무런 피해 없이 상대를 죽일 수 있다면 그보다 좋을 순 없겠지만 실제 그런 일은 흔하지 않다.

사지 중 하나는 내어주겠다는 태도로 야이목풍이 공격 일변도로 압박해 들어왔다. 그 정도로 야이목풍이 연운비에게서 느끼는 압박감이 적지 않다는 뜻이었다.

슈슈슉!

대여섯 개의 잔영을 만들어내며 연검이 쇄도했다. 쾌(快)와 환(幻)이 절묘한 조화를 이룬 공격이었다.

그 공격에 맞서 연운비가 택한 것은 소청검법(小淸劍法)의 한 초식연환영풍(連環英風)이었다.

한 가닥 부드러운 미풍이 불자 잔영이 산산이 부서져 나갔다. 펼친 것은 한 초식에 불과했지만 잔영이 사라진 것은 일순간이었다. 무변(無變)의 묘였다.

이전이라면 모를까 연운비는 구태여 상청무상검도를 고집하지 않았다.

곤륜의 검법은 상청무상검도만이 있는 것이 아니다.

운룡십삼검(雲龍十三劍)을 비롯하여, 태청검법(太淸劍法) 결코 상청무상검도에 뒤지지 않는 절학들이 무수히 많다.

무공의 고하를 누가 결정하는가?

절세의 신공을 익힌다고 해서 누구나 다 최절정의 경지에 올라서는 것은 아니었다.

신검(神劍)이라는 칭호는 아무에게나 주어지는 것이 아니다. 오대검파나 검의 명가 남궁세가조차 몇백 년에 하나 그런 무인을 발출해 낼까 하는 정도였다.

신검이라는 자격을 얻은 무인. 그 무인이 보여주는 기세와 검파가 지금 이 순간 아미산을 뒤덮고 있었다.

"크흐흑, 대체 네놈은 누구냐?"

그 순간 옆에서 밀려오는 막강한 기운에 연운비는 황급히 몸을 틀었다.

쾌콰쾅!

품이 한 아름은 족히 될 것 같은 고목이 두 동강으로 쓰러졌다. 실로 어마어마한 파괴력이었다.

야이목풍의 안색이 눈에 띄게 밝아졌다. 그렇지 않아도 위기에 몰리던 참이 아니었던가?

"거령마군, 마침 잘 왔네."

"크흐흘. 야이 장로, 대체 이놈은 누구요?"

조금만 더 공격을 가했다면 이정영을 위시하여 그토록 끈질기게 달려들던 아미파 여승들을 일시에 저승으로 보내 버릴 수 있었지만 상황이 상황인지라 어쩔 수 없이 몸을 빼야 했다.

"이놈이 바로 적봉공을 죽인 놈일세."

"무슨… 그놈은 죽었다 하지 않았소?"

거령마군이 눈살을 찌푸리며 반문했다.

"운 좋게 살아남았나 보네."

"크흐흘. 애송아, 네가 적가 놈을 이겼다는 곤륜의 신검인가 하는 놈이냐?"

연운비는 구태여 대답을 하지 않았다.

그저 매화검을 들어 야이목풍에게 겨눌 뿐이었다. 가로막는다면 누구라도 베겠다는 뜻이 그 행동 안에는 포함되어 있었다.

"이놈이?"

거령마군의 안색이 변했다.

"겨우 적가 놈을 이겼다고 기고만장하는 것이냐? 오냐! 죽기를 원한다면 죽여주마!"

거령마군이 내력을 끌어올려 거령신권을 펼쳤다. 파지직 하는 소리와 함께 뇌전을 머금은 권력이 몰아쳤다. 기회라 생각한 야이목풍도 몸을 돌려 살수를 펼쳤다.

파릿! 파르르르!

검끝이 흔들리며 검신이 두 개로 갈라졌다. 태상장로라는 직함은 아무에게나 주어지는 것이 아니었다. 친첸대라마와는 또 다른 경지에서 일가를 이룩한 무인, 비록 실수의 무공이라고는 하지만 그것은 유령문의 절학이기도 하였다.

정면에서는 막대한 권력이, 좌우에서는 신랄한 변화를 보이며 연검이 쇄도했다.

위기였다. 누가 보더라도 그렇게 생각할 만한 상황이었고, 그만큼 거령마군과 아이목풍의 공격은 매서웠다. 상대가 악구패였기에 그들이 합공을 취하고도 이득을 보지 못한 것이지 웬만한 고수였다면 몇 초도 버티지 못했을 것이리라.

우우우웅!

그 순간 연운비의 검에서는 눈이 부실 정도로 선명한 백색의 검기가 뿜어져 나왔다. 수세에 몰려 있음에도 연운비가 택한 것은 수비를 전혀 염두에 두지 않은 공격이었다.

운무산개(雲霧散開)!

벽을 넘어 이루어낸 또 하나의 상청무상검도의 초식.

다수를 상대하는 데 가장 적절한 초식이 천리무애라면 공격하는 데에 적합한 초식이 바로 운무산개였다.

밀려들던 권력이 흔적조차 없이 사라지고 잔상을 만들어내던 연검이 힘없이 튕겨져 나갔다.

"크악……."

거령마군의 신형이 한차례 크게 휘청이며 반동을 이기지 못하고 주르륵 밀려 나갔다.

아이목풍이야 그저 뻗었던 검을 회수하면 그만이라지만 정면으로 부딪쳐 간 거령마군의 입장은 달랐다.

연운비 역시도 무사한 것만은 아니었다.

적어도 내공 면에 있어서만큼은 거령마군이 우세했고, 연운비의 입가에 묻은 선혈이 그것을 증명하고 있었다. 그러나 단순히 내공이 많다고 해서 승부의 고하가 가려진다면 구태여 피땀을 흘려가며 연무할 필요가 없었다.

내공이 처진다고 해서 운용까지 그런 것은 아니었다. 적은 내공으로도 얼마든지 효과적으로 상대를 제압할 수 있다는 것을 연운비는 이 한 번의 공격으로 보여주었다.

"내가 아는 마곡의 무인은 다른 사람의 비무 도중 함부로 끼어드는 사람이 아니었소. 그대는 진정 마곡의 무인이오?"

연운비는 일갈을 토하며 거령마군을 바라보았다.

적천악과의 싸움에서 느껴졌던 기운이 거령마군에게서도 흘러나오고 있었다. 그러나 그것은 비슷하면서도 전혀 다른 기운이었다. 적천악에게서 느껴지던 기운과는 다르게 거령마군에게서 느껴지는 기운은 무척이나 탁했다.

"이, 이놈이……."

거령마군의 안색이 흙빛으로 변했다.

일월마군과 적천악과의 사이는 나쁘지 않았지만 나머지 사대마군과는 상당히 좋지 않았다. 적천악이 마곡 무인들의 선망의 대상이라면 사대마군은 기피의 대상이었다. 그런 상황에서 연운비의 일갈은 자존심이 뭉개지는 소리였다.

"개소리는 지옥에나 가서 해라!"

거령마군이 눈빛이 살기로 일렁였다.

쿠웅!

반 보 뒤로 물러난 거령마군의 두 다리가 깊숙이 땅에 틀어박혔다. 그것은 거령신권의 한 초식인 개천마벽(蓋天魔劈)을 펼치기 위한 자세였다.

전신의 내력을 한 번에 쏟아 붓는 개천마벽의 초식은 거령신권의 가장 극맹한 초식이었으며 낭인왕 악구패를 상대로도 사용하지 않았던 초식이기도 하였다.

"뒈져라!"

거령마군은 자신의 강점이 무엇인지를 아는 무인이었다. 운용에서는 밀릴지 모르지만 내공 본연의 힘에서는 비교가 되지 않았다. 오죽했으면 일월마군조차 거령마군의 내공에 대해서는 찬탄을 금치 못하였을까!

콰과과과강!

상대를 압사시키기 위해 전력을 다한 권력은 실로 무시무시했다.

그것은 흡사 권강을 보는 듯한 착각을 불러일으킬 정도로 위력적이었다.

'내 자신을 믿는다. 지금 이 자리에 있는 나는 그 누구보다 강하다.'

연운비는 매화검을 움켜쥔 손에 힘을 더하였다.

피하려 한다면 얼마든지 그럴 수 있었지만 지금 이 자리에 있는 것은 그 혼자만이 아니었다.

쩌정!

연운비는 검을 휘둘렀다.

검로유유(劍路柔柔)!

검의 길은 끝이 없으니 그 기세는 부드러우면서도 굳세고, 굳세면서도 부드럽다.

부드러움 속에 존재하는 것은 마음이었고, 그것은 심검(心劍)의 경지를 완전히 이루어야만 펼칠 수 있는 상청무상검도의 한 초식이었다.

쿠르르릉!

그토록 엄청나 보였던 권력이 마치 애초부터 존재하지 않았던 양 혼적조차 없이 사라졌다.

"끄아아악!"

모든 것을 걸었기에 그 여파도 컸다.

그토록 장대해 보였던 거령마군의 체구가 볼품없이 줄어들어 있었다. 거령신공이 깨어지고 기해혈이 파괴되며 내기가 완전히 빠져나가 생긴 현상이었다.

백색의 검기는 거기에서 멈추지 않았다.

살수의 무공은 암습이 기본이라고 했던가? 그렇다면 그 암습조차 허용하지 않는 것이 바로 무인의 기도이다.

검파는 물결을 타고 뻗어나갔다.

천잠변(天蠶變)!

변화 속에 중도가 있으니, 그것은 흡사 이십사수매화검법의 한 초식인 매화만개와도 지극히 흡사했다.

파라라락!

검세는 물결의 일렁임과도 같았다. 피할 곳이 존재한다면 그곳은 오직 깊은 심연 속이리라!

'빌어먹을.'

야이목풍은 주변을 완전히 차단시켜 버리는 검세 속에서 한구석에 처박혀 있는 거령마군을 원망하며 이를 악물었다.

어찌 된 영문인지는 모르겠지만 상대는 이전과는 비교할 수 없을 정도로 강해졌고, 차분히 합공을 하며 차륜전으로 시간을 끌어야 했다. 그러면 충분한 승산이 있었음에도 불구하고 자존심이 상한 거령마군이 모든 것을 망쳐 버렸다.

쿠쾅!

거대한 파도를 무너뜨리는 중압감.

대해로 퍼졌던 물결이 하나로 뭉치며 백색의 검기가 일직선으로 뻗어나갔다.

끼이이잉!

야이목풍은 자신이 알고 있는 최고의 무공을 펼쳤다. 그러나 이미 검기는 지척까지 날아든 후였다.

와직!

가슴이 움푹 꺼지는 것과 동시에 야이목풍의 온몸이 붉게 물들었다. 심장이 터져 나가는 것과 동시에 전신의 실핏줄들이 모조리 가닥가닥 끊어진 것이다.

"이, 이럴 수는……."

야이목풍의 신형이 천천히 무너져 내렸다.

"천, 천하가 눈앞에 있는데……."

미련이 남았던 것일까? 아직 죽을 수 없다는 모습으로 사지를 꿈틀거리며 발버둥 치던 야이목풍의 움직임이 마침내 멈추었다.

'막 형…….'

연운비는 점창산 어딘가에 잠들어 있을 막이랑을 떠올렸다. 그토록 원하던 복수를 하였는데도 마음은 공허롭기 그지없었다.

"어허허허헝!"

연운비는 내력을 끌어올려 창룡후를 터뜨렸다.

그 순간이었다. 마치 환청처럼 어디에선가 막이랑의 목소리가 귓가에 희미하게 들려왔다.

'연 형, 무엇을 슬퍼하십니까? 무인답게 죽지 못했다고 해서 제가 무인이 아닌 것은 아닙니다.'

믿을 수 없게도 목소리는 점차 선명하게 들려오고 있었다.

'그곳에 서 있을 수 있었다는 사실만으로 저는 무인이었고, 제가 무인임을 자랑스럽게 생각합니다.'

'막 형……'

마음속의 빛이 사라졌다.

그 순간 연운비의 마음을 막고 있던 모든 벽도 사라졌다.

상청무상검도(上淸無上劍道)!

초식에서 벗어난 대자연의 웅장함이 연운비의 손끝에서 펼쳐졌다.

대지를 포용할 듯 장중하면서도 운하를 뒤흔들 듯 웅혼한 검세, 이미 연운비의 검은 그의 마음이었다. 기련산에서 그토록 갈망하던 경지이기도 하였다.

콰가가강―!

혹여나 부상을 입지 않았을까 하는 생각에 공을 세우려 쇄도하던 마곡과 포달랍궁의 무인들이 접근조차 하지 못하고 쓰러져 나갔다.

"누가 나를 막으려 함인가!"

존재하는 것만으로도 상대에게 압박감을 줄 수 있는 무인. 이 자리에 그런 무인은 낭인왕 악구패만 있는 것이 아니었다.

검기가 스쳐 지나간 곳에는 아무것도 존재하지 않았다.

"둘째 형!"

멀리서 있던 섭혼마군이 급히 달려와 폐인이 되다시피 한 거령마군을 부축하며 물러났다.

연운비는 구태여 그들을 쫓지 않았다.

단전이 파괴된 이상 거령마군은 더 이상 무공을 사용할 수 없을 것이리라.

"전위대원들은 적을 주살하라! 단 한 명도 아미산을 빠져나가지 못하게 한다!"

그와 동시에 산밑에서는 일단의 무리들이 기세를 토하며 올라오고 있었다.

그들의 선두에 있는 이는 곤륜의 검객이자 당문의 전위대주인 유이명이었고, 그를 따르는 이들은 당문과 청성, 아미의 정예들이었다.

'활불… 어찌 이런 일이!'

마하륵대마라가 탄식을 토했다.

뜻하지 않은 변수.

그 변수가 전세를 완전히 뒤바꿔 놓았다. 그만큼 마곡과 유령문의 수뇌라 할 수 있는 야이목풍과 거령마군의 패퇴는 전세에 악영향을 끼쳤다. 대하 상인이 있다지만 낭인왕이라 불리는 악구패를 상대로 동수를 이루고 있는 것만으로도 벅차 보였다.

"활불… 포달랍궁의 전 제자들은 후퇴한다."

마하륵대라마가 주저없이 신형을 돌렸다.

단 반 시진의 시간만 더 있었더라도 도정사를 완전히 무너뜨렸겠지만 그러지 못한 것이 너무나 아쉬웠다. 그러나 마하륵대라마는 물러서야 할 시점을 아는 무인이었다.

예상치도 못한 연운비의 등장으로 전력이 크게 손상된 상황에서 적의 지원병이 도착했다면 그야말로 필패의 싸움이었다. 그렇게 서서히 터 오기 시작하는 일광(日光) 속에서 아미산의 혈전은 마무리되어 가고 있었다.

第37章

장강의 물이 마르지 않는 한
이 빚은 갚을 것이다

제37장

장강삼협(長江三峽).

중경 봉절에서부터 호북성 의창까지의 수로.

촉, 위, 오나라가 이곳에서 국경을 마주하였다고도 하여 삼협이라는
설도 있으며 구당협(瞿塘峽), 무협(巫峽), 서릉협(西陵峽) 세 개의 협곡
으로 이루어져 있다.

만해도와의 전면전에서 크게 패퇴한 수로맹은 총단이 있는 무협(巫
峽)으로 후퇴하며 후일을 기약했다.

당시 죽은 장강 호걸들의 수가 무려 천여 명이 넘었고, 물속으로 가
라앉은 전선들만 기십 척이었다. 쾌속선까지 합친다면 그 피해를 이루
말할 수가 없을 정도였다.

연전연패(連戰連敗).

이보다 굴욕적일 수가 있을까?

주력 병력이 패퇴하자 파상적인 만해도의 공격에 십팔채에 속한 채들이 하나둘 무너지기 시작했다.

결국 상위 몇 개 채를 제외한 모든 채가 무너지고, 그 속에 속해 있는 수로맹의 무인들은 각지로 흩어져 숨어들었다.

"쏴라!"

"모조리 화살 밥을 만들어주어라!"

쏴쏴쏴쏴쏴!

안개 속에서 수백 발의 화살이 날아들었다.

곡선으로 날아든 화살은 그 높이가 일정치 않아 도무지 어디에서 화살이 날아오는 것인지 짐작하지 못하게 만들었다.

"적이다!"

"적의 습격이다!"

안개에서 이십 장 정도 떨어진 곳에서 진영을 구축하고 있던 만해도 전선들이 화살 비에 노출되었다.

퍼퍽! 퍼퍼퍽!

서서히 해가 터 오기 시작하는 시간, 기습을 예측하지 못한 만해도 무인들의 피해가 잇따랐다.

"빌어먹을 놈들. 끈질기기 그지없구나."

만해도 제삼전단 백경(白鯨)을 이끌고 있는 팔비나타(八臂那吒) 맹각이 인상을 찌푸리며 선실에서 걸어나왔다.

"오늘만큼은 가만두지 않겠다. 진군하라! 놈들이 뱃머리를 돌리기 전에 따라잡아야 한다!"

맹각이 화가 난 표정으로 큰 소리로 외쳤다.

이런 식으로 제대로 싸워보지도 못하고 잃은 수하가 수십이 넘어갔으니 그럴 만도 했다.

슈욱슈욱—!

거센 물살을 헤치며 쾌속정들이 선도에 서고, 학익진 진형으로 좌우에 소형 전선이, 중앙에 중형 전선이 밀집하며 만해도 전선들이 일제히 앞으로 나아갔다.

중형 전선만 무려 십여 척. 실로 어마어마한 규모였다.

소형 전선이 이십여 명 내외가 탈 수 있는 반면 중형 전선의 인원은 칠팔십에 육박했다.

팔황 중 그 인원이나 규모 면에 있어서는 마곡조차 만해도를 따라올 수 없었다.

"암초의 위험이 있습니다!"

"안개가 너무 짙습니다. 더 이상의 추격은 위험합니다!"

불과 백여 장이나 앞으로 나아갔을까?

조타수(操舵手)들이 힘들다는 표정으로 외쳤다.

안개로 인해 방향을 분간하기 어려울뿐더러 십 장 앞의 암초도 제대로 보이지 않는 상황에서 속도를 내며 배를 몰기란 불가능에 가까운 일이었다.

중형 전선의 문제점이 드러난 것이다.

소형 전선과는 달리 중형 전선은 방향을 틀기가 쉽지 않아 이런 암초 지대라면 제 속력을 내기 어려웠다.

"놈들과의 거리는?"

"칠십 장 정도 거리인 것 같습니다."

"저놈의 활은 대체 무엇으로 만들어졌단 말이냐?"

맹각이 기가 차다는 듯이 말했다.

슈슈슈슉—!

여전히 수십 발이 넘는 화살이 파공음을 뿌리며 날아오고 있었다. 아무리 내력이 깃들었다 하지만 칠십여 장의 거리를 날려 보낼 수 있는 활이 흔할 리 없었다.

강궁(强弓).

그것은 수로맹주 철무경이 동방과의 교역에서 얻어낸 것으로 중원의 대장 기술로는 아직 만들 수 없는 것이었다. 중원에도 강궁으로 불리는 활이 있기는 하지만 진기를 실어보았자 고작 삼사십 장이나 나갈까 하는 정도였다.

"피해는?"

"소형 전선 한 척이 완전히 파손되었습니다. 쾌속정도 반파된 것이 두 척입니다."

수하들 중 하나가 대답했다.

"우라질! 대체 교룡 이 개자식은 무얼 하고 있기에 아직까지 도착하지 않고 있는 것이냐!"

맹각이 이글거리는 눈빛으로 외쳤다.

잠강(潛江)에 위치한 호암채를 무너뜨리고 진작 도착하였어야 할 교룡 등위타가 이끄는 제사전단 적룡(赤龍)이 약속한 기일이 십여 일이 넘었음에도 아직까지 도착하지 않고 있었다. 그렇지 않았다면 이렇듯 당하고만 있지는 않았을 것이리라.

"호암채가 예상 밖으로 강력하게 대응해 와 시간이 지체된 듯합니다."

"그래서 대체 언제 도착한다는 것이냐?"

"달포 안에는 도착할 것이라 하였습니다."

"달포? 아주 지랄을 하는구나!"

맹각이 울분을 참지 못하고 욕설을 내뱉었다.

근처에 있던 수하들이 맹각의 눈치를 보며 슬금슬금 뒤로 물러났다. 혹시라도 맹각의 화풀이 상대가 되지 않을까 저어한 것이다.

"저 쥐새끼 같은 놈들에게 이렇게 당하고만 있어야 한단 말이냐? 빌어먹을!"

문을 걸어 잠근 채 수비에 치중하는 수로맹 총단은 그야말로 난공불락(難攻不落)의 요새였다.

어디서 구했는지 다섯 문의 화포에서 뿜어대는 화력은 중형 전선마저 침몰시킬 정도로 위력적이었다.

더구나 야음이나 짙은 안개가 깔린 틈을 타 쾌속선을 이용하고 치고 빠지는 장강삼귀(長江三鬼)의 무투귀혼대에게 치가 떨릴 정도로 많은 피해를 입었다.

"도주님을 무슨 낯으로 뵌단 말이냐?"

만해도 주력 병력이 사혈련을 치러 남하한 상황에서 수로맹 총단 공격을 명령받은 것은 제삼전단 백경을 이끄는 맹각이었다. 삼봉공 중 일인인 추명파자(追命把子) 석태량이 일부 전선들과 함께 남아 있다지만 그들은 어디까지나 방조자에 불과했다.

삼봉공은 이미 실제적인 권력에서 떨어져 나간 이들이다. 그들의 시대는 지나갔고, 만해도를 이끄는 것은 도주를 위시한 여섯 전투 선단의 단주들이었다.

"어차피 시간이 지난다면 스스로 무너질 자들입니다. 길목만 지킨다면 저들은 움직일 수 없습니다."

어깨를 스친 화살로 인해 부상을 입은 백경단의 참모(參謀) 도욱이 뒤늦게서야 선실에서 나오며 말했다.

뱃사람과는 어울리지 않는 문사풍의 풍모.

그러나 이립이 조금 넘은 나이에 참모가 될 정도로 도욱의 능력은 뛰어났다. 만해도 전단을 통틀어 이립의 나이에 참모의 자리에 올라선 것은 도욱이 유일했다.

어쩌면 만해도주가 제삼전단 백경에게 이곳을 맡기고 간 것은 도욱이 있기 때문인지도 몰랐다.

"이런 멍청한! 누가 그 사실을 모른단 말이냐? 도주께서 사혈련을 무너뜨리고 돌아오시면 그때는 늦다. 세울 전공이 없단 말이다! 염가 놈이 해사방을 무너뜨리며 세운 전공을 잊었느냐?"

"그렇다 해도 지금은 움직일 때가 아닙니다."

만해도에서는 각 전투 선단마다 참모가 존재하며 작전 지휘권을 가지고 있다.

흑선(黑船)을 이끌고 있는 총군사이자 삼봉공 중 일인인 동해조수 위일악만 아니라면 그들에게 실질적으로 명령을 내릴 수 있는 사람은 각 전투 선단의 단주들이 유일했다.

'쯧쯧, 언제고 저 성급한 성격이 화를 부를 것이다.'

도욱이 혀를 차며 맹각을 바라보았다.

맹각의 무위가 여섯 전투 선단의 단주들 중 뛰어난 것은 분명했지만 성격이 너무 폭급했다.

충성심이 뛰어나지 않았다면 만해도주 천군(天君) 태무룡이 그를 단주로 기용하지도 않았을 것이다.

"이만 선단을 물리시지요."

"빌어먹을. 알았다."

맹각이 마지못한 표정으로 대답했다.

"모두 이십 리 밖으로 후퇴한다!"

맹각이 큰 소리로 외치자 전선에서 붉은빛의 신호탄이 하늘로 올라갔다.

그렇게 수로맹과 만해도 제삼전단 백경과의 싸움은 소강 상태로 흘러가고 있었다.


"아우야, 수고했다."

기습을 나갔던 장강삼귀(長江三鬼)의 둘째 저귀(猪鬼)가 육중한 몸을 이끌고 들어오자 대두귀(大頭鬼)가 저귀의 어깨를 두드리며 반갑게 맞이했다.

"수고하셨소."

수로맹주(水路盟主) 철무경도 자리에서 일어나 저귀를 맞이했다.

한때는 적이었지만 이제는 만해도라는 공동의 적을 맞이하여 힘이 되고자 찾아온 이들.

수로맹은 진심으로 장강삼귀와 그들이 이끄는 무투귀혼대를 맞이하였다.

"아우야, 성과는 있었느냐?"

"소형 전선 한 척과 쾌속정 두어 척이 전부요."

"끙……."

대두귀가 인상을 찌푸렸다.

소형 전선이나 쾌속정들은 만드는 데 그리 오랜 시간이 걸리지 않는다. 당장 인근 해안가에 위치한 어선들만 개조시켜도 만들 수 있었다.

문제는 중형 전선이었다.

수로맹이 제일전선 풍멸이나 제오전선 수라 등 거대 함선을 보유하고 있음에도 대패한 이유가 수많은 중형 전선들 때문이었다.

"놈들이 우리를 말려 죽일 생각입니다. 더 이상 이곳에 틀어박혀 있을 수만은 없습니다. 공격 명령을 내려주십시오. 당장 놈들을 고기밥으로 만들어 버리겠습니다!"

수로맹을 통틀어 가장 장대한 체구를 자랑하는 사내답게 해웅(海熊) 종과령이 우렁찬 목소리로 말했다.

"맹주! 형제들의 복수를 해야 합니다!"

"그렇습니다. 놈들에게 당한 형제들의 혈채를 받아내야 합니다!"

"지금도 곳곳에서 형제들이 놈들의 손에 죽어가고 있습니다. 늦기 전에 결단을 내려야 합니다!"

수로맹 무인들이 결사항전을 부르짖었다.

"모두들 조용히 하게!"

마수신의(魔手神醫) 유문백의 사후 이후 유일하게 남은 수로맹의 원로 동정어옹(洞庭漁翁) 허곤이 큰 소리로 외쳤다.

"결단은 맹주께서 내리실 것일세."

허곤이 말하자 그토록 기세 좋게 외치던 장강의 호걸들이 일제히 입을 다물었다.

유문백과 다르게 허곤은 괄괄하기 그지없어 수로맹에 속한 무인들은 모두 그를 어려워하였다. 유일하게 허곤을 어려워하지 않는 이가 있다면 수로맹의 총군단장 흑상어 갈유목뿐이었다.

"총군단장은 어찌 생각하나?"

철무경이 참모라고도 할 수 있는 갈유목의 생각을 물었다.

"아직은… 기다려야 할 때입니다."

갈유목이 침중한 표정으로 말했다.

수로맹 일부 병력이 절강으로 향했다는 것은 알고 있었다. 그러나 지금 이곳을 포위하고 있는 병력만 해도 적은 병력이 아니었다. 이전이라면 몰라도 지금 수로맹의 전력은 극히 약해져 있는 상황이었다.

더욱이 무엇보다 정보가 부족했다.

대부분의 물길을 저들이 점령한 터라 쾌속정을 내보내 염탐을 하는 것조차 쉽지 않았다.

"둘째 아우에게서는 아무런 연락이 없는가?"

철무경이 묵직한 저음으로 말했다.

"그는……."

해웅 종과령이 그다지 좋지 않은 표정으로 무슨 말인가를 하려다 입을 다물었다.

"아무런 연락이 없었습니다."

종과령을 대신하여 갈유목이 대답했다.

"걱정이군."

"맹주, 그는 신분을 알 수 없는 자입니다. 더욱이 예전부터 정체 모를 자들과 자주 접선을 하였습니다. 어쩌면……."

종과령이 이를 악다물며 차마 하지 못하던 말을 내뱉었다.

"그만!"

철무경이 싸늘한 표정으로 외쳤다. 지금까지와는 다르게 무척이나 분노한 표정이었다.

"그는 배신할 사람이 아닐세. 자네들과 마찬가지로 그는 나의 의제이고, 그가 아니었다면 이 묵혈도(墨血刀)도 나도 이 세상에 존재하지 못하였을 것이네."

철무경이 애병 묵혈도를 보며 말했다.

"어디선가 외로운 싸움을 하고 있을 테지……."

어느 누가 뭐라 하여도 철무경은 흑암(黑暗)을 이끌고 있는 의제를 믿었다.

그가 아니었다면 지금의 철무경은 존재하지 못하였을 것이요, 수로맹 역시 마찬가지일 터였다.

"총군단장의 말처럼 너무 급하게들 생각하지 말게. 오늘 회의는 여기까지 하도록 하겠네. 모두 이만 물러가게."

철무경이 손을 내젓자 장내에 있던 수로맹 무인들이 자신들의 처소로 흩어졌다.


*          *          *


쇄악쇄악!

거센 물길을 헤치며 나아가는 네 척의 쾌속선에는 일단의 무리들이 힘든 기색을 보이며 노를 젓고 있었다.

그들은 바로 만해도에 의해 무너진 십팔채 중 한 곳인 금사채(金獅寨)의 호걸들이었다.

"조금 더 빠르게 저어라."

처절할 정도로 대패한 무한해전.

그 싸움 이후로 주력 병력을 잃은 수로맹은 대부분의 물길을 내어주며 총단과 몇 곳의 요새를 중심으로 수비에 치중할 수밖에 없었다.

무한(武漢)에서 악주(鄂州)로 가는 길목.

십팔채 중 한 곳인 금사채가 그곳에 자리잡고 있었다. 그러나 금사채는 만해도 제이전단 귀망(鬼網)에 의해 초토화되고 금사채에 몸을 담았던 호걸들은 부평초처럼 그 주변을 떠돌고 있었다.

철렁철렁—!

여기저기 파손된 쾌속선에 물살이 부딪쳐 왔다. 그 때문인지 쾌속선은 제 속력을 내지 못하고 있었다.

"부채주는 어찌 되었나?"

금사채의 채주 염라수(閻羅手) 귀백이 수하들의 피에 젖은 옷을 보며 물었다.

수채가 무너지며 깊은 어촌에 숨어 있던 금사채는 만해도 무인들에 의해 발각되어 큰 피해를 입고 도망치는 중이었다.

"아마도 적들에게……."

금사채 무인 중 하나가 차마 말끝을 잇지 못하고 말했다.

부채주인 곽도명은 소수의 수하들을 이끌고 추격하는 만해도 무인들을 저지하기 위해 뱃머리를 돌렸다. 그것이 귀백이 본 곽도명의 마지막 모습이었다.

"크큭… 곽 아우도 그렇게 갔군."

비록 친형제는 아니었지만 수십 년을 동거동락해 온 종명의 죽음은 귀백에게 큰 충격을 안겨다 주었다.

"뱃머리를 돌려라! 이곳에서 놈들과 최후의 일전을 벌인다."

귀백이 결단을 내렸다.

어차피 여기저기 파손된 이런 쾌속선으로 도망치는 데에는 한계가 있었다.

"채주, 하지만……."

"돌려라. 죽더라도 금사채 무인답게 죽자!"

귀백이 결연한 표정으로 외쳤다. 그 모습에 금사채 무인들의 얼굴에도 지금까지와는 다른 의지가 스치고 지나갔다.

"알겠습니다."

쾌속선 네 척이 일제히 방향을 선회하여 뱃머리를 돌렸다.

슈욱슈우욱.

불과 일각이나 지났을까?

저 멀리에서 일단의 전선들이 빠르게 다가오고 있는 것이 눈에 들어왔다. 다섯 척의 소형 전선과 십여 척의 쾌속선으로 이루어진 선단이었다.


"크큭. 놈들, 사생결단이라도 내겠다는 건가?"

만해도 제이전단 귀망(鬼網)의 다섯 편대주 중 일인인 적발귀(赤髮鬼) 파다록은 가소롭다는 표정으로 금사채 무인들을 바라보았다. 고작 전력의 반의반도 되지 않는 사십여 명의 인원으로 돌격해 오는 금사채 무인들이 무모해 보이다 못해 한심스럽기까지 했다.

"모두 죽여주어라!"

파다록은 구태여 원거리 공격을 하지 않고 직접 선두에서 배를 몰고 금사채 무인들에게 다가갔다.

금사채주인 염라수 귀백의 무공이 대단하다고는 하지만 파다록 역시 제이전단 귀망에서 몇 손가락 안에 들어가는 고수였다. 그런 이유로 대다수의 병력이 사혈련을 치러 남하한 상황에서 그다지 많지 않은 인원으로 파다록이 곳곳에 퍼져 있는 수로맹 무인들을 토벌할 수 있는 것이고 말이다.

"형제들! 수로맹을 위하여!"

귀백이 무시무시한 살광을 흘리며 크게 외쳤다.

일촉즉발(一觸卽發)의 상황.

"쳐라!"

귀백의 일갈과 함께 전투가 시작되었다.

대여섯 배에 달하는 전력의 차이를 무시하고도 공격을 퍼붓는 금사채의 무인들의 기개는 장판파에서 맹장 장비가 보여주었던 그것과도 같았다.

"크악!"

"모조리 죽여라!"

피가 튀고 비명이 난무했다.

금사채 무인들의 기세는 대단했다. 엄청난 숫자의 차이에도 전혀 물러섬이 없었다. 그러나 그것도 잠시뿐이었다. 파도처럼 밀려드는 만해도의 인원 공세 앞에 하나둘 목이 잘리며 강물 속으로 떨어졌다.

"크큭, 이런 떨거지들 따위에게……."

무려 다섯 명의 만해도 무인을 상대하며 우위를 점하고 있던 귀백은 한탄을 금치 못했다.

주력 병력도 아닌 고작 남아 있는 소수의 인원조차 감당하지 못한다는 사실은 실로 통탄할 일이 아닐 수 없었다. 물론 십팔 채 중에서도 상위 육 개 채에 해당하는 금사채의 인원이 이들이 전부일 리는 없었다. 그러나 수채가 무너진 상황에서 살아남은 인원들은 곳곳으로 퍼졌고 그것은 전력의 약화로 이어졌다.

"수로맹을 위하여!"

귀백이 힘을 내며 두 명의 만해도 무인을 주살했다. 그러나 이내 다시 만해도 무인들이 그 틈을 채웠다.

"크하하하!"

중과부적(衆寡不敵). 이제 남은 금사채 무인들의 숫자는 절반밖에는 되지 않았다.

그 순간이었다.

뿌우우웅—!

장내를 울리는 긴 뱃고동 소리. 일순간 모두의 시선이 한곳으로 향했다.

그곳에서는 전신에 흑갑을 두른 듯한 한 척의 거대 전선이 빠른 속도로 다가오고 있었다. 중형 전선의 서너 배는 됨 직한 전선은 믿지 못할 속도로 움직였다.

"흑암(黑岩)이다!"

"수로맹 놈들이 나타났다!"

여기저기서 소란이 일었다. 놀랍게도 장내에 모습을 드러낸 것은 수로맹 제이전선 흑암이었다.

쇄아아아악!

선체를 모두 드러낸 흑암은 외부에 있던 소형 전선 한 척을 들이받으며 그대로 물속으로 침몰시켰다.

"출(出)!"

천년거암(千年巨巖)을 연상케 하는 모습.

흑암의 선미에 있는 것은 육 척이 넘는 체구만큼이나 거대한 도를 든 사내였다.

그의 외침에 흑암에 타고 있던 수로맹 무인들이 일제히 중형 전선으로 넘어가며 공격을 시작했다.

"후퇴! 후퇴한다!"

편대주 적발귀 파다록이 급히 후퇴 명령을 내렸다.

수로맹 다섯 전선은 이 정도 규모의 전력으로는 상대할 수 없는 전선들이었다. 실제로 무한해전에서 수로맹 다섯 전선이 모두 모인 상황에서 자웅을 결했다면 수로맹이 그 정도까지 참패하지는 않았을 것이리라.

쾅! 콰쾅!

도망치는 만해도 전선들을 계속해서 침몰시키며 흑암은 그 위용을 과시했다.

"그만!"

육척사내의 말에 도망치던 만해도 전선들을 쫓던 흑암이 움직임을 멈추었다.

"부상자들을 돌보는 것이 우선이다."

수로맹 무인들이 부상당한 금사채 호걸들을 돌보며 파손된 배에서 흑암으로 옮겨 태웠다. 이미 쾌속선들은 몇 번의 충돌로 완전히 망가져 더 이상 배의 구실을 할 수 없었다.

"자네가 이곳엔 어쩐 일인가?"

흑암으로 옮겨 탄 금사채주 귀백이 분노한 표정으로 외쳤다.

생명을 구명 받았음에도 조금도 기뻐하는 기색이 아니었다. 귀백이 생각하기에 흑암은 지금 이 시간 이곳에 있어서는 아니 되었다.

언제 함락될지 모르는 수로맹 총단.

그곳에는 자신들의 목숨과는 비교가 되지 않는 이가 외롭게 싸우고 있었다.

수로맹주 철무경.

장강의 호걸들이 마음으로 인정한 사내였고, 수로맹을 일으켜 세운 위대한 무인이었다.

"총단은 어찌하고?"

"진정하시게나."

육척사내의 옆에 있던 형형한 눈빛의 노인이 달려들 것 같은 귀백의 앞을 가로막았다.

그가 바로 흑암의 설계자이자 조타수이기도 한 신수귀장(神手鬼匠) 곡비양이었다.

"총채는 그리 쉽게 무너지지 않을 것이네."

"그걸 노사께서 어찌 아십니까?"

귀백이 여전히 못 미더워하는 표정으로 반문했다.

"맹의 두 전선이 그곳에 있고 장강삼귀와 무투귀혼대가 지원을 하고 있다네. 더욱이 만해도의 주력 병력은 사혈련을 치러 남하한 상황이라네."

"사혈련?"

"그렇다네."

"사혈련이 아직까지 존재하였습니까?"

귀백이 불신의 눈으로 곡비양을 바라보았다.

"나를 못 믿는가?"

"아닙니다."

귀백이 한발 물러섰다.

어디에서도 환대받지 못하는 자들.

그것이 수로맹에서 육척사내를 가리켜 하는 말이었다. 사내뿐만 아니라 흑암에 타고 있는 대다수의 무인들이 수로맹에선 그런 존재들이었다.

수로맹이 만들어지기 전 장강을 떠돌며 수채를 무시하고 약탈을 일삼던 이들이 있었다.

귀사망량(鬼邪罔兩).

한때는 전 수채의 공적이었으나 철무경의 아량으로 인해 수로맹의 일원이 된 자들. 그 이후 그들의 행적이 이전과는 크게 달라졌다지만 여전히 그들을 보는 수채의 시선은 곱지 않았다.

그러나 신수귀장 곡비양만큼은 달랐다. 그는 수로맹의 원로들과도 깊은 친분이 있는 장인이었다. 그가 아니었다면 수로맹이 지금처럼 발전하지도 못했을 것이리라.

"자네들이 악 노제를 믿지 못한다는 것을 아네. 그러나 지금은 사분오열(四分五裂)할 때가 아닐세."

"그를 믿지 못하는 것은 아닙니다. 다만……."

귀백이 애매한 표정으로 육척사내를 바라보았다. 그 눈빛에는 많은 뜻이 담겨져 있었다.

"휴우……."

귀백은 긴 한숨만을 내쉴 뿐 아무런 말도 하지 못했다.

"수로맹의 힘만으로는 만해도를 상대할 수 없소."

그 순간 육척사내가 처음으로 입을 열었다. 무척이나 담담한 표정이었다.

"그래서? 쥐새끼처럼 숨어만 있으라는 것인가? 그럴 바에야 차라리 한 놈이라도 더 죽이고 죽겠네."

그런 육척사내의 표정이 더욱 울화를 돋운 것일까? 귀백이 분노한 표정으로 외쳤다.

"지금은 때를 기다려야 하오."

"크하하! 언제까지 말인가? 형제들이 모두 죽은 다음에? 대체 무슨 때를 기다린다는 건가?"

"장강이 마르지 않는 한 빚은 갚을 수 있소!"

육중한 한마디. 그 말이 주는 의미를 누구보다 잘 알고 있는 귀백이었기에 한동안 충격에서 벗어날 수 없었다.

"자네는… 자네는……."

귀백은 그제야 자신이 육척사내에 대해 잘못 생각하고 있었다는 것을 깨달을 수 있었다.

"내가 어떻게 행동해야 하는가?"

귀백이 지금까지와는 다른 진중한 표정으로 말했다.

"그건 채주께서 더 잘 알고 계시지 않소."

"크하하! 좋네. 그럼 우리의 재주가 비록 공명(孔明)과 주유(周瑜)에게는 미치지 못하지만 그들이 그랬던 것처럼 심중에 있는 말을 글로써 표현해 보세나."

찌익!

귀백은 옷가지를 찢어 약지를 깨문 후 흘러내리는 피로 두 글자를 적었다.

육척사내 역시 조금도 주저하지 않고 두 글자를 적었다. 그리고 나서 두 사내는 서로 적은 글자를 상대에게 보여주었다.

비록 옷가지에 적혀져 있는 두 글자는 서로 달랐지만 그 뜻만은 한결같았다.


〈와신(臥薪), 상담(嘗膽).〉


"장강이 마르지 않는 한."

귀백이 글자가 적혀져 있는 옷가지를 씹어 삼키며 먼저 말했다.

"맹세는 지켜질 것이오."

육척사내 역시 귀백과 같은 행동을 하였다.

변화는 사소한 것에서부터 시작된다.

그렇게 장강에서는 조금씩 변화의 바람이 불어오고 있었다.

第38章

인연은 또 다른 인연을 만들고

제38장

화마가 휩쓸고 지나간 곳에는 아무것도 남아 있지 않았다. 간혹 보이는 잔해(殘骸)만이 이곳에 건물이 있었다는 사실을 어렴풋이 짐작하게 해줄 뿐이었다.

"아미타불, 아미타불……."

아미파 여승들은 참담한 마음을 금치 못했다.

비록 적도들을 격퇴하였다고는 하지만 상처뿐인 승리였다. 이번 싸움에서 동원된 수백여 명의 제자들 중에 살아남은 이는 절반이 되지 않았다.

"사숙님……."

일대제자를 이끌고 있는 이정영이 슬픔을 참지 못하고 사숙인 매음신니의 품에 안겨 울음을 터뜨렸다.

"울지 말거라. 그들의 희생으로 우리가 이 자리에 서 있을 수 있음이니……."

성정이 괄괄하기로 유명한 매음 신니였지만 지금 이 순간만큼은 너무도 따스하게 이정영을 안아주었다.

여기저기서 아미파 제자들이 부상을 입은 동문 사매들을 돌보고 있었다. 사상자가 많았다면 부상자는 그보다 더 많았다. 장내에 서 있는 사람이 얼마 되지 않을 정도였다.

"유 소저……."

연운비는 유사하를 바라보았다. 초췌해진 몰골과 피에 전 의복이 눈에 들어왔다. 가슴이 묵직하니 아파왔다. 무엇 때문에 저리도 수척해진 것인지 그 이유를 알고 있기에 그 마음은 더했다.

"돌아오셨군요……."

잿빛 풍경 속에서 그녀는 웃고 있었다. 잔잔해 보이는 미소였지만 한없이 밝은 미소이기도 했다. 두 사람은 그렇게 아무 말 없이 한참 동안 서로를 바라보았다.

"사형."

고요함이 깨어진 것은 유이명이 부상자들을 추스른 후 다가온 시점이었다.

"왔구나."

"다친 곳은 없으십니까?"

"조금 긁힌 것뿐이다."

연운비가 담담한 표정으로 대답했다.

"무리를 하셨다 들었습니다."

"녀석… 그보다 피해는 어떻다 하더냐?"

"심각한 수준입니다. 건물은 대다수가 전소되었고, 사상자는 파악할 수조차 없이 많습니다. 사천 각지에 퍼져 있는 속가제자들이 오고 있다지만 그 수가 많은 것은 아닌지라……."

대문파답지 않게 아미는 속가제자를 그리 많이 두지 않아 실제 본산 제자가 전력의 팔 할을 넘게 차지했다. 그나마 다행인 점이라면 운남행에 참가한 아미파 제자들의 피해가 미비하다는 사실이었다.

"적들은?"

"아직 진형을 유지한 채 명정사를 기점으로 아미산 중턱에 머물고 있습니다. 그러나 곧 물러날 듯싶습니다. 추격을 해야 하겠지만 보다시피 인원이… 청성과 당문에서 지원군이 오는 대로 곧 추격을 할 생각입니다."

"그들이 온다 하여도… 추격은 하지 않는 것이 좋을 듯싶다."

연운비가 어렵사리 말을 꺼냈다.

"사형……?"

"적들 중에는 상당한 수준을 보이는 고수가 몇 있었다."

연운비는 적들이 물러난 방향을 바라보았다.

직접 겨루어본 것은 아니었지만 그 기세만으로도 능력을 짐작하기 어려운 무인이 몇 명 존재했다. 유이명이 적지 않은 발전을 이룬 것은 사실이었지만, 아직은 그들과 손을 섞기에는 부족했다. 그것은 다른 사람들이라 하더라도 마찬가지였다.

"녀석. 지금은 아미파의 복구가 먼저가 아니더냐?"

"알겠습니다."

유이명이 묵묵히 고개를 끄덕이며 대답했다.

"네가 연운비라는 녀석이냐?"

그 순간 등 뒤에서 묵직한 저음의 목소리가 울려 퍼졌다. 연운비가 신형을 돌리자 그곳에서는 낭인왕 악구패가 다가오고 있었다.

"그렇습니다."

연운비는 악구패가 누구인지 알지 못했다. 그저 마곡의 무인으로 보이는 듯한 흰 수염의 노인과 막상막하의 대결을 펼쳤다는 것만을 기억하고 있었다.

"한데 누구신지……."

"검집은 어디에 있느냐?"

악구패는 대뜸 검집의 행방부터 물어보았다.

비록 개방이나 어둠 속에서 암약하는 사혈련만큼은 아니었지만 사천으로 향했다는 단편적인 정보만으로도 검집이 연운비의 수중에 있다는 것을 알아낼 수 있을 정도로 낭인들의 정보통은 무시 못할 수준이었다.

악구패가 운남으로 향한 것도 묘독문을 상대하기 위해서라기보다 연운비를 만나기 위해서였다.

"무슨 말씀이십니까?"

"검집이 어디 있느냐고 물었다."

악구패는 여전히 무표정한 얼굴로 연운비를 바라보았다.

'어떻게…….'

연운비는 굳은 표정으로 악구패를 바라보았다.

상대가 누구인지는 모르겠지만 어떻게 검집에 관한 비밀을 알고 있는지 그것이 궁금했다. 평범하기 그지없는 검집이었고, 균열이 가지 않았다면 지니고 있던 연운비조차 알 수 없었던 비밀이다. 그렇다고 눈앞의 마의중년인이 파검 모용기와 무슨 연관이 있다고는 믿기 어려웠다. 모용기는 분명 후인을 두지 않았다는 글을 남겼고, 백여 년이라는 시간 동안 모용기의 후인이 강호에 나오지 않은 것으로 그 사실은 입증되었다.

"놈! 귓구멍이 처막혔느냐?"

"무슨 이유로 검집을 찾으십니까?"

연운비는 떨리는 마음을 진정시키며 물었다.

"너는 검집이 어디 있는지만 말하면 된다."

"이유를 알기 전에는 가르쳐 드릴 수 없습니다."

연운비가 단호하게 대답했다.

적이 아니라는 사실을 알고는 있었지만 그것만으로 검집의 행방을 가르쳐 줄 수는 없었다.

파검의 무공에 욕심이 나서가 아니었다.

모든 일에는 그 이유가 있기 마련이니, 파검의 무공이 자신에게 전해진 데에는 그럴 만한 이유가 있다고 생각했다.

만약 눈앞의 중년인이 모용기와 연관이 있는 사람이라면 얼마든지 무공을 건네줄 수 있었다. 그러나 만약 아무런 연관이 없는 사람이라면 그것은 불가능한 일이었다.

그것이 그 무공에 어린 모용기의 한과 그 무공을 이어가게 해준 백명의 중원지혼에 대한 예의였다.

"이놈이?"

악구패가 기세를 끌어올렸다. 그러자 무형의 기운이 연운비의 전신을 압박했다. 단지 서 있는 것만으로도 몸이 떨릴 정도의 패도적인 기운이었다.

기이한 것은 곁에 있는 다른 이들은 전혀 그런 기색을 느끼지 못한다는 사실이었다.

'대체…….'

연운비는 숨이 막힐 것 같은 압박감에 정신을 차릴 수 없었다.

유령문의 혼원살인공 역시도 겪어보았지만 지금 이 순간 악구패가 내뿜는 기운과는 차원이 달랐다. 문득 검집에 대한 비밀을 털어놓고 싶다는 마음이 솟구쳤다. 그러면 이 압박 속에서 벗어날 수 있다는 생각이 들었다.

'연운비야, 연운비야, 무슨 생각을 하는 것이냐? 네가 언제부터 이리 약해졌단 말이냐?

연운비는 마음을 다스리며 태청신공을 운기했다. 그러자 현묘하면서도 부드러운 한줄기 진기가 몸을 감쌌다. 압박감이 조금이나마 해소되는 것이 느껴졌다. 구성을 넘어 이제 또 다른 경지를 바라보고 태청신공의 위력이었다.

"이놈이?"

악구패가 뜻밖이라는 표정으로 연운비를 훑어보았다.

거령마군과 아이목풍을 물리쳤다는 사실을 알았지만 이 정도라고는 생각하지 못했다. 그저 단순히 운이 좋았거니 생각했다. 그러나 연운비의 몸에서 느껴지는 기운은 악구패 본인으로서도 무시할 만한 수준이 아니었다.

"무슨 짓이오!"

그제야 무엇인가 이상한 감을 느낀 유이명이 검을 빼 들었다.

"연 소협, 그분은……."

"조용히 하거라!"

악구패의 정체를 알고 있는 유사하가 급히 뭐라 말을 하려 했지만 악구패에 의해 가로막혔다.

"곤륜의 신검이라… 그 말이 과장된 것이 아니구나. 오늘 네 실력을 보도록 하겠다."

악구패가 본격적으로 기세를 드러냈다.

"흐윽……."

"크으윽……."

주변에 있던 사람들이 그 기세를 감당하지 못하고 신음성을 흘리며 뒷걸음질쳤다. 그러나 유이명만큼은 내공을 끌어올리며 그 자리에 버티고 있었다. 상대는 아무리 무공이 늘었다고는 하지만 연운비 혼자 감당할 수준이 아니었다.

"너는 물러나 있거라."

"사형?"

"그것이 나를 도와주는 길이다."

연운비가 굳은 표정으로 말했다.

"하, 하지만……."

"이것은 대사형으로서 네게 내리는 명령이다."

다소 강압적인 말투, 평소의 연운비에게서는 찾아볼 수 없던 모습이었다. 그만큼 악구패에게서 느껴지는 기도가 마음을 짓누르고 있다는 뜻이기도 했다. 적어도 다른 사람에게는 피해가 가지 않도록 해야 했다.

'이것은 내가 감당해야 할 일이다.'

파검의 무공을 이어받은 것은 자신이었고, 이 일을 해결해야 할 사람도 자신이었다.

'곤륜의 무인은 언제나 당당하다.'

연운비가 검을 들자 웅혼한 검명이 터져 나왔다.

"스승님!"

그 순간 멀리서부터 단옥령이 급히 다가왔다. 그녀 역시 심각한 부상을 입은 상황에서 문제가 발생했다는 말에 애써 아픈 몸을 이끌고 달려온 것이다.

"연 소협은 지금 부상을 입었습니다."

"네가 상관할 일이 아니다."

"하지만 그는 몇 차례나 저희의 목숨을 구해주었습니다. 부상이라도 나은 다음에……."

싸움이 시작되려는 찰나 단옥령이 두 사람 가운데로 뛰어들었다.

참으로 절묘한 상황이었다. 조금이라도 늦었다면, 그렇게 돼서 싸움이 시작되었다면 아무리 단옥령이라 해도 두 사람의 싸움을 말릴 수 없었다.

"악 시주, 오늘은 이만 하시지요."

어느새 다가온 금정 신니까지 나서자 악구패도 어쩔 수 없이 기도를 거두고 물러났다.

"놈, 운이 좋구나. 부상이 나은 다음에 보겠다."

악구패가 신형을 돌렸다. 그러자 그토록 전신을 압박했던 기운이 흔적도 없이 사라졌다.

'그가 낭인왕이었구나……'

연운비는 멀어져 가는 마의중년인의 뒷모습을 보며 떨리는 마음을 주체할 수가 없었다. 강하다는 생각은 했지만 설마 낭인왕일 것이라고는 짐작하지 못했다.

오래전 권왕 위지악과 삼권의 비무를 펼쳤던 것이 기억났다.

만약 당시 위지악이 손속에 사정을 두지 않았다면 지금의 연운비는 있지 못하였을 것이다.

그렇게 두 사람은 서로의 일을 해결하지 못한 채 멀어져 가고 있었다.

명정사를 기점으로 진형을 유지하고 있던 포달랍궁은 몇 번의 소극적인 기습이 그다지 효과를 보지 못하자 전격 퇴각했다. 단순히 아미산에 머물고 있는 전력이라면 아직 해볼 만했지만 속속들이 지원 병력이 합류하고 있었기 때문이다.

가장 먼저 도착한 것은 지리적으로 가까운 악산(樂山)에 위치한 정사 중간의 문파 적숭파(赤崇派)였고, 그 뒤로 당문을 비롯하며 청성의 무인들도 도착했다.

"적들 중에 그런 강자가 둘이나 있었단 말이오?"

당문에서 지원군으로 도착한 삼수단혼(三手斷魂) 당문현이 도저히 믿어지지 않는다는 표정으로 말했다.

"아미타불, 사실입니다. 본 사의 금정 사숙께서 그리 말씀하셨으니……."

"허어……."

당문현은 여전히 고개를 주억거리며 강한 불신감을 드러냈다.

아무리 서장일궁이라 불리는 포달랍궁이라 하지만 금정 신니가 그곳의 궁주도 아닌 대라마 중 한 명과 동수를 이루었다는 것은 실로 기가 막힌 일이 아닐 수 없었다.

아니, 거기까지는 이해할 수 있었다. 그러나 알려지지 않은 마곡의 무인 한 명과 싸워 낭인왕이 우위를 점하지 못했다는 것은 도저히 믿지 못할 말이었다.

암왕(暗王) 당문표.

그가 누구이던가? 독제(毒帝) 당악 이후 수백 년이라는 시간 동안 당문이 배출한 불세출의 무인. 그가 바로 낭인왕과 같은 오왕 중 일인이 아니었던가?

"그 말이 사실이라면 정말 큰일이군요. 그들이 본대와 합류한다면 그곳에서 누가 그들을 막겠습니까?"

청성의 장로 현목 진인이 말했다.

"다행히 마곡의 무인들은 포달랍궁과는 다른 방향으로 향했다 합니다."

"다른 방향이라면……."

"확실하진 않지만 수로를 통해 만해도와 접선하려는 것 같습니다."

"수로맹이 무너지니 이런 결과가……."

당문현이 한탄을 금치 못했다.

호북, 안휘뿐만 아니라 대부분의 물길이 만해도의 수중에 완전히 들어갔다. 악주(鄂州) 일대와 수로맹 총단를 비롯하여 몇 군데에서 저항하고 있다지만 중무장한 수백 적의 만해도 전선들의 파상적인 공세 앞에 함락되기 일보 직전이었다.

물길을 이용하지 못한다면 아무래도 기동력에서 적에 떨어질 수밖에 없다. 더욱이 장강이북을 중심으로 중원무림의 전력은 완전히 분리되어 각개격파를 당할 수도 있었다.

"수로맹은 희망이 없다 합니까?"

"지금으로서는 그런 듯합니다. 안휘 일부와 강소 대부분의 지역이 적의 수중에 들어갔고, 남해 보타암은 만해도의 전선들에 의해 완전히 고립되었다 합니다."

"대체 무벌은 무엇을 하고 있다 합니까?"

적숭파의 원로 이추생이 강한 불만을 드러냈다.

지리적으로 수로맹과 무척이나 가깝다 할 수 있는 무벌이 전혀 움직이지 않고 있었다. 사실 수적들이라 할 수 있는 수로맹과 정파가 교류가 있을 리 없었다. 수로맹이 무너졌다는 소식을 들었을 때는 이미 정파에서 지원군을 보내기에는 늦은 상황이었고 안휘 남부에서 밀려오는 마곡의 정예들을 상대하기에도 벅찼다.

"모르겠습니다. 외부에 나가 있던 무인들도 가까운 근처 분타나 총단으로 모조리 불러들인 채 연락이 완전히 단절된 상황입니다."

"답답하군요."

무벌이 움직여 줘야 했다. 십팔도궁이 있다 하지만 중원 최남단이라 할 수 있는 광동, 광서에 위치해 있는 만큼 대륙의 절반을 관통하는 거리인지라 장강까지 지원군을 파견하기란 실제 불가능에 가까운 일이었다.

더구나 십팔도궁과 무벌의 세력이 그렇게까지 큰 차이는 없다 하지만 어느 정도 차이가 있는 것도 사실이었다. 달리 천하제일세(天下第一勢)라고 부르는 것이 아니었다. 더욱이 무벌을 대표하는 고수인 삼존(三尊), 팔객(八客) 등 최절정고수의 수에 있어서는 그 차이가 더욱 심했다.

"유 대주, 사천 접경 지역은 어떤가?"

"형세가 기운 적도 있었지만 지금은 팽팽합니다. 파당에서 대치 중입니다."

회의에 참석한 유이명이 대답했다.

"당분간은 안전하다는 소리군. 감숙에서는 지원군이 없다 하던가?"

"배교가 움직이지 않고 있다 하지만 언제 도발을 해올지 모르는 입장이라 힘들다 합니다. 청해나 감숙에 위치해 있는 문파의 지원은 어렵다고 보시면 될 듯합니다."

"골치 아프게 되었군."

팔황 모두가 백여 년 동안 활동하지 않은 것은 아니었다. 대막혈랑대나 배교, 포달랍궁은 팔황의 난이 끝나고도 한 지역의 패주로서 세력을 불려 나갔다.

그나마 배교는 팔황의 난 당시 워낙 엄청난 피해를 입었기에 팔황에 속한 다른 문파에 비해 그 세력이 미비했다.

"그나저나 고생이 많았네. 유 대주가 아니었으면 자칫 큰일이 날 뻔하였다 들었네."

"제가 한 일은 아무것도 없습니다."

"허허, 겸손도 과하면 좋지 않다 하였네. 유 대주가 조금만 더 늦었다면 아미파는 더 큰 피해를 입었을 것이네."

"아미타불, 맞습니다. 아미를 대신해서 다시 한 번 유 대주에게 감사의 인사를 드립니다."

아미의 당대 장문인 매상 신니가 자리에서 일어나 고개를 숙였다.

대부분의 활약은 연운비가 하였다 하지만 실제 개인이 할 수 있는 일에는 한계가 있기 마련이었다. 당시 때맞추어 유이명이 병력을 이끌고 도착하지 않았다면 아미파는 본사까지 침략당할 위기에 놓일 수도 있었다.

"그보다 이번 싸움에서 곤륜의 일대제자가 엄청난 무위를 보였다던데… 운남에서도 큰 활약을 했다더군. 자네 사형이라고 했던가?"

호승심 높기로 유명한 적승파의 장로 이추생이 눈빛을 빛내며 물었다.

오대마군(五大魔君)이야 들어보지 못한 자였지만, 유령문의 태상장로인 야이목풍은 달랐다. 태상장로라 함은 그가 유령문에서 몇 손가락 안에 드는 고수라는 의미였고, 아무리 살수라 하지만 그런 자를 이겼다는 것은 그 무위가 범상치 않다는 것을 의미했다.

"그렇습니다."

"허허, 자네가 곤륜의 무인이었군."

"청명검(靑明劍) 운산 도인께서 정식으로 제자를 두지 않았다고 들었건만 이런 훌륭한 제자들을 두었을 줄이야……."

여기저기서 연운비와 유이명에 대한 찬사가 쏟아졌다. 실제 사천 이당의 전투나 아미산의 전투 모두 이들 사형제의 활약이 아니었다면 패전했을 전투였다.

"자, 그럼 아미산에 남을 인원과 파당(巴塘)으로 향할 인원을 구분하도록 합시다."

당문현의 말과 함께 조금 소란스러웠던 장내가 정돈이 되며 회의장 분위기가 바뀌었다.

그렇게 사천의 전황은 새로운 국면으로 접어들고 있었다.


사박사박…….

새벽녘 동이 터 오기 전 연운비는 처소에서 몰래 빠져나와 아미산 중턱에 위치한 청음각(淸音閣)으로 향했다.

한때 쌍교청음(双橋淸音)이라 하여 아미팔경 중 하나로 꼽히던 두 다리는 잿더미로 화해 을씨년스러운 모습을 보이고 있었다. 그러나 여전히 흐르는 물소리만큼은 산새들이 지저귀는 것처럼 감미로운 운율을 띠고 있었다.

"운산 도인의 제자라 하였느냐?"

그곳에는 이미 한 명의 인영이 흐르는 물줄기를 바라보고 있었다.

"그렇습니다."

"도인께서 편히 떠나신 데에는 그럴 만한 이유가 있었군."

악구패가 천천히 신형을 돌렸다.

"여전히 검집의 행방을 밝힐 생각이 없느냐?"

"그 이유를 먼저 알아야 하겠습니다."

"크하하!"

악구패가 대소를 터뜨렸다.

"권왕이 어째서 네놈을 마음에 들어했는지 이제야 알겠구나. 그래, 권왕은 광마를 쫓아 서장으로 갔다고?"

"그렇습니다."

"어리석은 짓을 했군. 포달랍궁이 괜히 수백 년 동안 서장의 패자로 군림한 것이 아니다."

비록 사천에 대부분의 전력이 포진되어 있다고는 하지만 서장은 적지였고 그만큼 위험한 요소가 산재했다. 비록 염후아가 백여 명의 낭인대와 동행하였다고는 하지만 그 정도로는 큰 도움이 될 수 없었다.

"너는 십 년 전 보타암에서 있었던 비무에 대해 알고 있느냐?"

"그저 그런 비무가 있었다는 것만 알고 있습니다. 그 결과에까지 대해서는……"

십 년 전 보타암에서 있었던 비무.

세상은 알지 못했지만, 당시 이패를 제외한 삼검, 오왕의 격돌이 있었다.

승패가 가려진 싸움이 대부분이었지만 그렇지 않은 싸움도 있었다.

중요한 것은 그들 모두의 무위가 인간의 한계를 뛰어넘었고, 실로 경천동지(驚天動地)할 비무였다는 사실이었다.

"그 비무의 승자가 누구인지 궁금하지 않느냐?"

"……."

연운비는 아무런 말을 할 수 없었다.

비무의 승자에 대해 궁금하지 않다면 그것이 거짓이겠지만, 그보다 더욱 궁금한 것은 어째서 악구패가 자신에게 이런 말을 하는지 그 이유에 대해서였다.

"그 승자 중 하나가 바로 네 사부였다. 나는 네가 과연 운산 도인의 무공을 얼마나 익혔는지 보겠다."

악구패가 서서히 기세를 드러냈다.

기이한 것은 종전과는 다르게 전신을 압박하는 듯한 기도가 전혀 느껴지지 않는다는 사실이었다.

'좋지 않구나…….'

어떤 기운도 느낄 수 없음에도 오히려 불안감은 가중되어 갔다.

그만큼 악구패가 이번 싸움에 전력을 다하고 있다는 뜻이기 때문이었다.

"오너라."

"그럼."

연운비는 포권을 취하며 검을 빼 들었다.

우우웅!

세찬 검명이 터져 나왔다. 선공은 연운비가 몸을 움직이는 것으로부터 시작되었다.

기파가 검을 타고 뻗어 나오자, 그것이 기세가 되어 검세와 절묘한 조화를 이루었다.

찌쩡!

중단(中段)을 내려치며 부드럽게 뻗어나간 기운이 악구패를 향해 밀려갔다.

"좋구나!"

악구패가 탄성을 터뜨렸다.

부드럽지만 검세에는 힘이 실려 있다. 내공이 정순하지 않다면 펼칠 수 없는 초식이었다. 그러나 악구패는 단순히 몸을 트는 것만으로도 연운비의 공격을 완벽하게 피해내었다.

"이제 내 차례다."

스윽……!

느리게 움직이기 시작한 악구패의 신형이 어느 순간 연운비의 면전까지 쇄도하여 주먹을 내뻗고 있었다. 그것은 마치 이형환위(移形換位)를 보는 듯한 움직임이었다.

"헛!"

내공을 익히지 않았다는 이유 때문일까?

이렇게 빠를 것이라고는 생각하지 못하고 있던 연운비가 급히 검기를 휘두르며 거리를 벌렸다. 그러나 이미 악구패의 주먹은 전신을 난타하고 있었다.

퍼퍽! 퍼퍼퍽!

대여섯 번의 공격. 일권 일권이 내부를 진탕시키고 뒤흔드는 위력을 지녔다.

"쿨럭……."

연운비는 적지 않은 내상을 입고 피를 토하며 신형을 휘청였다.

그렇다고 해서 사정을 보아줄 악구패가 아니었다. 악구패의 어깨가 연운비의 몸통을 가격하자 연운비의 신형이 대여섯 장 밖으로 튕겨져 나갔다.

"으으윽……."

신검의 자격을 얻었지만 아직 오왕이라는 거대한 벽과 싸우기에는 부족한 것일까? 쓰러진 연운비는 한참 동안 움직이지 못했다.

"뭐 하고 있느냐? 운산 도인에게 배운 것이 이것이 전부이더냐?"

"그렇지 않습니다."

연운비가 이를 악물고 비틀거리며 자리에서 일어났다.

'나는 지금 스승님을 대신하여 이 자리에 서 있는 것이다.'

스승인 운산 도인이 누구와 비무를 하였고 승패가 어떻게 되었는지 는 알지 못했다.

이기고 지는 것은 중요하지 않다.

중요한 것은 이 자리에 서 있는 것이 그의 의지이고, 스승인 운산 도 인 역시 그것을 부끄러워하지 않을 것이란 사실이었다.

무인은 최선을 다해 싸울 때 진정 그 가치를 발하는 법이다.

우우웅!

평정심을 되찾자 기세가 달라졌다.

검에서 두 자 정도 솟구친 검기가 악구패의 전신 요혈을 노리고 매 섭게 날아들었다.

"어림없다!"

악구패는 수비라는 것을 모르는 무인이다.

그가 익힌 대부분의 무공은 상대를 공격하는 것이었고, 실제로 악구 패가 낭인왕이라는 호칭을 받기 전 몇 차례의 비무에서 패했음에도 강호인들이 그를 인정한 것을 물러날 줄 모르는 그의 투지 때문이었다.

파팍!

한 발을 축으로 비스듬히 몸을 튼 악구패의 신형이 벼락처럼 쏘아졌다. 몇 장은 족히 떨어져 있다고 생각했던 악구패의 신형이 연운비의 바로 앞에 나타났다.

그제야 연운비는 악구패의 신법이 왜 그렇게 빠르게 느껴졌던 것인지 알 수 있었다.

전신의 모든 힘을 일시에 다리에 집중시켜 그 반동을 이용해 움직인다. 가히 낭인왕다운 수법이었다.

'대단하다!'

연운비는 그런 움직임을 보이는 악구패에게 감탄하지 않을 수 없었다.

말은 쉬웠지만 위험에 노출될 가능성이 많아 막상 그렇게 하기에는 쉽지 않은 일이기 때문이었다.

악구패의 장기는 싸우는 박투술이다.

근접한 거리에서라면 권왕조차 이길 수 없다고 알려져 있는 무인이 바로 낭인왕 악구패였다.

휘릭!

악구패의 신형이 쇄도하자 연운비는 급히 몸을 틀며 악구패와 거리를 벌리며 검을 휘둘렀다.

파르르릇!

검끝이 떨리며 변화가 일었다.

천잠변(天蠶變)!

변화가 있고 곧음이 있다. 검세는 지극히 단조로우면서도 한없이 잔영을 휘날렸다.

깡!

연이어 퍼부어지는 노도와 같은 검격.

악구패로서도 그 모든 검격을 피해낼 수는 없을 정도의 빠르고도 위력적인 초식이었다.

'호신강기, 아니, 그와 비슷한 일종의 외공인가?'

연운비는 분명 검기가 어깨 어림을 스치고 지나갔음에도 상처조차 나지 않는 것을 보고 놀라지 않을 수 없었다.

내, 외공을 모두 익힌 거령마군의 기공도 부수어 버린 공격이다. 그러나 악구패에게는 그 어떠한 타격도 줄 수 없었다. 단지 조금은 상기된 악구패의 표정만이 그가 전혀 타격을 입지 않은 것은 아니라는 사실을 보여주고 있었다.

'이놈. 권왕이 그런 말을 할 만하구나.'

놀란 것은 악구패 역시 마찬가지였다.

검기가 스치고 지나간 곳이 욱신거렸다. 외부에 상처는 없었지만 내부에는 충격을 입힌 것이다. 외공이 경지에 오른 후 이 정도의 충격을 입은 것은 실로 오랜만이었다.

이제 이립 정도에 불과한 나이. 차후 십 년이 지나면 누가 그의 상대가 될 수 있을까!

"삼 초만 더 받아봐라!"

이미 연운비를 마음속으로 인정하였음에도 악구패는 세 차례의 공격을 더 퍼부었다. 그러나 그저 확인하는 절차에 불과한 형식적인 공격이었다.

"되었다."

"비무에 감사드립니다."

삼 초의 공격이 끝난 후 악구패가 기세를 거두고 물러나자, 연운비 역시 검을 회수한 후 정중히 포권을 취했다.

"네놈한테 감사를 받으려고 한 것은 아니다."

악구패가 조금은 퉁명스러운 말투로 말을 받았다.

그 모습은 마치 권왕 위지악을 연상케 해 연운비의 마음을 조금은 아련하게 만들었다.

'어르신께서는 어디에 계실까?

광마 부평악을 쫓아 서장으로 향한 위지악. 낭인대와 함께라지만 힘겨운 싸움을 하고 있을 터였다. 더욱이 삼마 역시 서장으로 향하였다 하지 않았던가?

"천지검은 익혔느냐?"

거대한 충격. 악구패는 더할 나위 없이 담담하게 말했음에도 연운비의 입장에서는 담담하게 들을 수 없는 말이었다.

"어, 어떻게……."

"그것도 모르고 내가 검집의 행방을 물었다 생각하느냐? 팔황이 쳐들어오지 않았다면… 너는 오늘 내 손에 죽었을 것이다. 물론 천지검도 내 손에 들어왔겠지."

악구패가 진중한 표정으로 말을 이었다.

"걱정할 필요 없다. 만약 너에게서 억지로 천지검의 구결을 얻어낼 생각이었다면 이런 말을 하지도 않았을 터이니까. 신물의 주인은 하늘이 정하는 법이라더니 기련쌍괴의 말이 틀리지 않구나."

"하면……."

"대하 상인이라 했던가? 그자의 비무에서 적지 않은 것을 깨달을 수 있었으니. 과연 천지검이라 한들 지금 나에게 도움이 될지 의심스럽더 구나."

"모용기 대협과는 어떤 관계이십니까?"

"아무 관계도 아니다. 그저 파검의 흔적을 찾아 헤매다 보니 알게 되었을 뿐. 너는 아직 내 질문에 대답하지 않았다. 천지검은 익혔느냐?"

"……."

연운비는 대답을 하지 못했다.

'나는 과연 천지검을 익힌 것인가?'

무공에 담긴 묘리(妙理)는 이해하였지만 실제로 천지검을 펼칠 수는 없었다. 익혔다고 하기에도, 그렇지 않다고 하기에도 무척이나 애매한 상황이었다.

"왜 대답이 없느냐?"

"저는… 천지검을 익혔습니다."

마침내 결심한 연운비가 입을 열었다.

초식보다 중요한 것은 무엇일까? 그것은 모용기가 그 무공을 남긴 이유가 아닐까?

의지를 가지고 그 의지를 실현하며 뜻을 펼친다.

무공은 이어받지 못했다 하지만 분명 그 뜻만큼은 이어받았다.

"그렇더냐?"

일순간 악구패의 눈에 기이한 빛이 스치고 지나갔다. 하지만 워낙에 찰나지간인지라 연운비는 그 모습을 보지 못했다.

"어차피 너에게 인연이 닿은 무공, 내 제자가 너에게 생명의 구함을 받았다 하니 한 가지 도움을 주도록 하겠다. 내공을 사용하지 않는다해서 천지검이 다른 무공과 다르다고 생각하지 말거라. 결국 모든 것은 하나로 흐르기 마련이니……."

"……."

그 순간 마치 둔기에 얻어맞기라도 한 것처럼 무엇인가가 연운비의 머리 속을 강타했다.

'귀일(歸一)이라…….'

연운비는 오래 전 운산 도인이 했던 말을 떠올렸다.

"이어짐이 순리이라면 그것은 귀일(歸一)이라 먼 훗날 네가 이 말의 의미를 깨달을 날이 온다면 그때 너는 진정으로 검을 들었다고 할 수 있다."

'그렇구나. 이제야 나는 검을 들 자격이 생긴 것이구나…….'

그것은 상청무상검도의 후초식들을 가리키며 운산 도인이 했던 말이었다.

한때는 그 말이 이해가 가지 않아 그저 운산 도인이 분발하라는 의미에서 한 이야기라 생각했다. 그러나 지금 연운비는 누구보다 그 말에 담긴 의미를 절실히 느낄 수 있었다.

"도움이 되었을지 모르겠다."

그렇게 생각에 잠겨 있던 연운비를 깨운 것은 악구패의 목소리였다.

"고마워할 필요는 없다. 그저 빚을 갚은 것이라 생각하면 될 터이니. 이제 하던 이야기를 마저 하겠다."

잠시 한 호흡을 쉰 악구패가 말을 이었다.

"비무가 있기 전, 그러니까 암천회의 난부터 우리 대부분은 알고 지

내던 사이였다. 비무는 호승심이 강한 창왕(槍王) 벽리극에 의해 이루어졌지. 도왕과 권왕보다 약하다는 평가를 받은 것이 못마땅했던 모양이다. 암천회의 회주인 암천무제(暗天武帝)야 그 이십 년 전부터 행방이 묘연했으니 당연히 참석할 수 없었고, 무광(武狂) 백리천은 암천무제가 참가하지 않는다는 이유로 불참했지. 재미있는 것은 수십 년이라는 시간이 지났음에도 여전히 강호인들이 암천회의 회주를 천하십대고수의 수좌에 꼽는다는 사실이었다."

"무슨 이유가 있습니까?"

"너는 암천회에 대해 얼마나 알고 있느냐?"

"삼십여 년 전 천하를 제패하고자 했던 세력이라 들었습니다."

"반은 맞혔고, 반은 틀렸다. 그들은 천하에 군림하고자 하기보다는 세상을 얻고자 했다. 너는 그 말의 뜻을 아느냐?"

"설마 황실까지 넘보았다는 것입니까?"

"그것은 아니다. 단지……."

악구패가 말꼬리를 흐렸다.

"그들이 발호한 것이 세상에 알려진 것과는 조금 다르다는 것이다. 그들은 진정 무인다운 무인들이었지……."

악구패가 옛일을 회상이라도 하듯 중얼거렸다.

"그들이 실제 이백여 명으로 이루어진 세력이라는 것은 아느냐?"

"과장된 말이 아니었습니까?"

연운비가 놀라는 표정으로 물었다.

"실제였다. 오히려 이백여 명에도 못 미치는 인원이었지."

"그럴 수가……."

어느 정도는 과장된 말이라고 생각했다.

구파일방은커녕, 중소문파조차 그 정도 규모가 되는 문파는 수두룩
했다. 그런 인원을 가지고 천하를 도모했다는 것이 이해가 가지 않을
정도였다.

"십장생(十長生)에 대해서는 들어보았느냐?"

"암천회의 주축을 이루는 무인들이라 들었습니다."

"당시 그들의 무공은 지금 오절(五絶)이라 불리는 자들과 비슷하거
나 오히려 높은 수준이었다."

또 하나의 거대한 충격.

오절(五絶)!

그들이 누구이던가?

독절(毒絶) 당운학은 당문의 가주로서 독으로는 상대할 자가 없다는
독공의 달인이었고, 장절(掌絶) 현풍 진인 역시 청성파에서 세 손가락
안에 드는 고수였다.

"자존심이 있던 무인들. 적이지만 상대로서 부족함이 없었다. 당시
나는 기적적으로 그들과의 혈투에서 살아남았지만 죽었더라도 후회는
없었을 것이다. 그들이 그랬던 것처럼 나 역시 한 점 부끄러움이 없는
싸움이었으니……."

강호오왕(江湖五王). 그들이 처음부터 강한 것은 아니었다. 분명 동
배의 무인들보다는 월등한 것이 사실이었지만 높은 배분의 무인들에
비해서는 그 실력이 처졌다. 그러나 암천회와의 싸움을 기점으로 그들
은 확연히 두각을 나타내었고, 결국 오왕이라 불리게 되었다.

"기이한 것은 암천회가 그렇게 급작스럽게 생겨난 것에 대해 많은
의문점을 가지면서도 무벌이 그렇게 갑작스럽게 생겨날 수 있었던 이
유에 대해서는 아무도 궁금해하지 않는다는 것이다."

"무벌은 암천회에 대항하던 무인들이 만든 세력이 아닙니까?"

"그것은 사실이다. 그러나 그것과는 별개로 전혀 알려지지 않았던 무인들 역시 무벌에 합류하였다. 그들 역시 암천회의 십장생들처럼 갑작스럽게 나타난 자들이었지."

"……."

머리 속이 복잡했다.

도대체 암천회는 어떻게 생겨난 집단이고 무벌은 또 어떻게 생겨난 집단이라는 것인가?

그리고 대체 이런 말을 악구패가 하는 이유는 무엇이란 말인가?

"나는 오래전부터 무벌에 대해 조사를 하였다. 그들이 삽시간에 천하제일세라 불리게 된 이유도. 그러나 아직은 모든 것이 불투명하다. 무제(武帝), 그를 만날 수 있다면 이 모든 의문점이 풀릴 수 있을 터인데, 그의 행방은 알 수 없으니……."

"무벌이 침묵하는 것이 그런 이유와 관련이 있습니까?"

연운비 역시도 중원무림이 이토록 힘겨운 싸움을 하는 것도 무벌이 움직이지 않아서라는 사실 정도는 알고 있었다.

"모른다. 열쇠의 행방은 무제나 당시 생사평의 혈전에서 살아남은 십장생들이 알고 있겠지."

"새, 생사평이라 하셨습니까?"

어딘지 모르게 들어보았던 것 같은 이름, 그다지 낯설지 않게 느껴지는 말이었다.

"생사평이라 해서 명확한 장소인 것은 아니다. 그저 무벌과 암천회의 주력 병력이 정면으로 부딪친 장소를 가리키는 말일 뿐이니. 그 싸움에서 암천회는 대패하고, 그 이후 몰려드는 정사 양도의 연합군에 의해 어둠 속으로 숨어들었지."

'생사평, 생사평이라…….'

연운비는 몇 번이고 속으로 생사평이라는 이름을 되새겼다.

"너에게 이런 이야기를 해주는 것은 도왕과는 이미 어느 정도 이야기가 되었지만 암왕이 죽으며 정파와의 연결 고리가 끊어졌기 때문이다. 이제 그 고리를 이어가는 것이 너의 몫이다. 물론 내 말을 믿고 그렇지 않고는 너의 선택이겠지."

"제가 어찌……."

"암왕이 너를 살리기 위해 목숨을 희생했다고 들었다. 너는 그 빚을 갚지 않을 생각이더냐?"

"저는… 최선을 다하겠습니다."

무엇인가를 말하려던 연운비가 강한 의지를 드러내며 대답했다.

예전의 연운비라면 결코 보이지 못했을 행동. 분명 연운비의 모습은 이전과는 크게 달라져 있었다.

"우유부단한 녀석이라고 들었거늘, 꼭 그렇게 보이지만도 않구나. 나는 이제부터 사천에서 싸울 것이다. 아니, 떠나지 못한다고 해야 하는 편이 옳겠지. 만약 네가 나의 말을 믿는다면 이 이야기를 소림에 전해라. 어쩌면 소림도……."

악구패가 돌연 말끝을 흐렸다.

"어찌 되었거나 할 말은 이것으로 끝이다. 나에게 물어보고 싶은 것이 남았느냐?"

"없습니다."

"좋다. 이 일에 대한 선택은 너에게 달렸으니 굳이 강요는 하지 않겠다. 운명은… 아무도 모르는 것이니까."

그 말을 끝으로 악구패는 몸을 돌려 내려갔다.

팔황겁난(八荒劫亂).

가을이 끝나고 본격적인 한파가 시작되는 시기, 그렇게 혈난은 점차 천하로 번져 가고 있었다.

『검선지로』 5권에 계속…

FANTASTIC ORIENTAL HEROES

# 청 어 람 신 무 협 판 타 지 소 설

## 제1회 신춘무협 공모전에 『보표무적』으로 금상을 수상한 작가 장영훈의 신작!!

일도양단(一刀兩斷) / 장영훈 지음

한 겹 한 겹 파헤쳐지는
음모의 속살을 엿본다!

# 『일도양단』
# (一刀兩斷)

그의 이름은 기풍한.

**천룡맹(天龍盟) 강호 일급 음모(一級陰謀) 진압조(鎭壓組)**
**질풍육조(疾風六組)의 조장이다.**

임무를 위해 출맹한 지 사 년이 지난 어느 겨울날 새벽,
돌아온 그에게 천룡맹 섬서 지단 부단주가 말했다.

"질풍조는 이미 해체되었네."

그리고…
그의 존재를 알던 모든 이들이 죽었다.